南北朝诗文雅析

许威汉　金　甲　著

商務印書館
创于1897　The Commercial Press

2014年·北京

图书在版编目（CIP）数据

南北朝诗文雅析/许威汉，金甲著. —北京：商务印书馆，2014

ISBN 978－7－100－10543－9

Ⅰ.①南… Ⅱ.①许… ②金… Ⅲ.①古典诗歌—诗歌研究—中国—南北朝时代 ②古典散文—文学研究—中国—南北朝时代 Ⅳ.①I206.2

中国版本图书馆CIP数据核字(2013)第318470号

南北朝诗文雅析

许威汉　金　甲　著

商　务　印　书　馆　出　版

（北京王府井大街36号　邮政编码　100710）

商　务　印　书　馆　发　行

三河市尚艺印装有限公司印刷

ISBN 978－7－100－10543－9

2014年5月第1版　　开本 880×1230　1/32

2014年5月北京第1次印刷　　印张 9 3/4

定价：28.00元

目 录

综　论

南北朝是西晋东晋以后的朝代（从 420 年至 589 年，约 170 年）。这个时期，南方经历了宋（刘宋）、齐、梁、陈四个朝代的更换。这四个朝代，历史上称为南朝。宋朝建立不久，北魏（也叫拓跋魏、后魏）统一北方，结束北方长期混战局面（此前有成汉、前凉、西凉、南凉、北凉、后凉、前秦、后秦、西秦、前燕、后燕、南燕、北燕、前赵、后赵等政权）。这个统一维持近百年，后来分裂为东魏和西魏。不久，北齐取代了东魏，北周取代了西魏。577 年北周灭北齐，北方重新统一。从北魏到北周，北方先后建立的朝代，历史上叫做北朝。南北朝对立时期，历史上叫做南北朝。581 年北周的外戚杨坚夺取帝位建立隋朝，589 年隋朝灭陈朝才结束南北对立的局面。

南北朝时期政治军事斗争惨烈，经济受破坏严重，这些在史书上都有详细记载，这儿要探究的是当时的文学状况。

一、南北朝诗文的再认识

南北朝文学在我国文学史上有着十分重要的地位，但是历来人们对它的评价却褒贬不一，分歧较大。总的说来是赞扬的少，指责的多。韩愈说“齐梁及陈隋，众作等蝉噪”，几乎等于全盘否定了。这显然杂有古文家的偏见。毋庸讳言，南北朝文学有浮靡轻艳、重形式、轻内容的弊病，但是我们不能因而无视南北朝文学的重要历史地位。谢灵运开创一代诗风，对我国山水诗的发展起了重要作用。鲍照继承了汉魏诗歌的现实主义传统，其诗歌有着较深广的社会内容，而且创造性地运用七言和杂言，开创了七言体发展的新局面。永明时代声律论的确立，引起了诗体的变化，使比较自由的古体诗向格律严整的近体诗发展。谢朓是永明诗人中最优秀的作家，他的诗歌风格清新流丽，音节和谐，他的声律论和创作实践为诗歌的发展作出了贡献。庾信后期的诗文苍劲悲凉，大量地抒发了怀念故国之离情和身世遭逢之感慨，在诗歌形式上发展了永明体，使五言律诗和五言绝句的形式更趋于成熟，七言形式有进一步发展。他的不少诗作初具七律、七绝的规模。南北朝的乐府民歌，更是诗苑奇葩，对诗歌的发展有着深远影响。唐代是我国古典诗歌艺术发展的顶峰，百花竞放，万紫千红，风光喜人，这与南北朝诗歌艺术的发展是分不开的。有了南北朝诗人在体制、格律、声韵以及题材、意境方面大量创造性的探索和奠基工作，唐诗的繁荣景象才相应呈现。

对我国文学的发展产生过深远影响的骈文，成熟于南北朝，不少优秀作家为我们留下了内容充实、感情丰富的名篇。魏晋南北朝的许多抒情小赋至今广为传诵。魏晋南北朝的小说，为唐人传奇开了先河。南北朝的文学理论、文学批评历来受到研究者的重视。凡此种种，说明南北朝文学在我国文学史上有着不可磨灭的地位。

为了更好地批判继承南北朝时期的文学遗产，我们力求运用马克思主义的基本观点对它进行比较全面的分析，既阐明它在文学史上的积极作用，汲取它“民主性的精华”，也表明它曾经产生过的消极影响，批判它“封建性的糟粕”。对具体的作家，既肯定其成就，也指出其不足。即使对徐陵、江总等宫体诗作家，也不忽视他们在诗歌形式的发展方面所起的一些积极作用。为了让读者更好地了解南北朝文学的全貌及其承先启后的作用，从而把握其历史发展的线索，山水诗的兴起，声律论、永明体和诗体的变化，宫体诗以及骈文的形成等内容都单列章节。作家作品的介绍和分析，突出有重要成就的名家，虽非大家而写过一些优秀作品的作家，也适当予以评介。

二、文学分析与语言分析相结合

先秦时期哲学、史学、文学统称文学，魏晋南北朝时期文学独立于史、哲之外。到了现代，文学则专指用语言塑造形象以反映社会生活和表达作者思想感情的艺术，因而又称文学为“语言艺术”。从文学是语言艺术和“一切文辞学术皆以章句为始基”这一总观念出发，语文学习、教学与研究都必须重视文学分析与语言分析相结合。

文学因素和语言因素在成片文字中体现，离开成片文字，就谈不上文学因素和语言因素的分析和揭示。分析越具体，则揭示越深入。否则，“言虽多而不要其中”。

文学分析和语言分析涵盖面很宽，这里略谈数端。

（一）历来文章赏析若干流弊

历来论述诗文常有晦涩不明之弊。《文心雕龙》是我国古代文学理论专著，较为全面地总结了前代文学现象，把文学理论批评推向新阶段，成为我国古代文学批评史杰作，其历史地位和贡献不言而喻，然书中不少叙述难以捉摸，亦有目共睹。有人举例指出，《体性》篇赞曰：“才性异区，文辞繁诡。辞为肤根，志实骨髓。雅丽黼黻，淫巧朱紫。习亦凝真，功沿渐靡。”“肤根”、“凝真”、“功沿”、“渐靡”便甚晦涩。《风骨》篇赞曰：“情与气偕，辞共体并，文明以健，珪璋乃骋。蔚彼风力，严此骨鲠。才锋峻立，符采克炳。”“文明（文辞）”、“符采（文采）”也欠明确。理论阐述费解，指导实践必受局限。其文风受当时文坛影响，行文费解。

具体赏析每篇作品，亦有玄虚空泛之嫌。不啻赏析南北朝文章，其他文评也有所谓“英爽、神韵”等不便如实言传之辞，更有所谓“跌宕取神、匣剑帷灯、复笔取神、辘轳旋转、鹰隼盘空、两扇开阖、空中楼阁、光怪离奇、倒卷珠帘、响遏行云、风云变态、追魂摄魄、炼气归神、神光离合”等语，实在难以让人领会。过去学界觉察到这一点，干脆以“只能意会，不可言传”搪塞。

文章已经难读难懂，加上引用典故，而用典文字有时运加删节、改造，融入自己文章，这些更使文章的读解难上加难。这一风尚始于魏晋，盛于齐梁的骈体文。

> 畏南山之雨，忽践秦庭；让东海之滨，遂餐周粟。
>
> ——庾信《哀江南赋序》

这儿笔者认同鲍善淳的说解："这里四句话，每句都用了一个典故。第一句，出自《列女传》，陶答子妻讥刺丈夫不修名节，说了一个南山豹为不使雾雨湿坏毛色，而宁愿七日不下山找食的故事。第二句，出自《左传》，申包胥哭秦庭，乞师救楚。第三句，用战国时齐田和放齐康公于海滨，自立为国君的故事。第四句，反用伯夷叔齐在周灭殷后，不食周粟而饿死的故事。从字面上看，这几句是说：怕南山的雾雨湿了毛色，又很快踏上秦庭；齐康公避于海滨，让位给田和，我于是又吃了周粟。实际上作者要表达的意思却是：本想保持名节，没想到又出使西魏；西魏亡于北周，我又惭愧地做了北周的臣子。本意不明说，完全用典故来表达思想。"①

> 夫桃李不言而成蹊，有实存也；男子树兰而不芳，无其情也。
>
> ——刘勰《文心雕龙·情采》

"这里上句见《史记·李将军列传》'桃李不言，下自成蹊'。下句见《淮南子·缪称》'男子树兰，美而不芳'。"②

六朝文人用典达到高峰，形成"据拾细事，急疏假典。以一事不知为耻，以字有来历为高"③。用典故来表达甚而"论证"自己

① 鲍善淳：《怎样阅读古文》，上海古籍出版社 1982 年版。
② 同上。
③ 黄侃：《文心雕龙札记》，中华书局 2006 年版。

的思想观点，南北朝盛极一时，前面首例拐弯抹角，避重就轻，为自己轻轻开脱；次例删削字词，随意挪用，都是不良风气使然，难怪韩愈（第一次古文运动旗手）、欧阳修（第二次古文运动旗手）对骈文（不特充塞典故，而且拘守形式等等）大加反对。骈文的优劣和骈散之争本书有专章阐述，先不一一论述，唯从文学分析与语言分析结合角度暂先作必要提示而已。

说实在的，从事文学工作，不少人缺乏语言修养，要阐说也说不出，今昔常见。此风由来已久，相沿成习，远的不说，清人誉李清照“草绿阶前”句谓“极似唐人笔法”；评《醉翁亭记》通篇用了二十一个“也”字说“妙极”；今人在文言文的《阅读与欣赏》一书中，析《阿房宫赋》大说“一口气用六个‘也’字，读了以后大有人间天上之感”，诸如此来，既未说“是什么”，又不析“为什么”，对语言因素的缺失不难想见，对语言因素的分析揭示的无能为力不言而喻。文学是语言的艺术，语言因素不能分析揭示，文学因素分析从何谈起？人们自可想而知了。

由于缺乏语言修养，即使接触到语言分析，也往往说得不对劲，有传说纪昀（晓岚）批改门弟子作文时借用杜诗“两个黄鹂鸣翠柳”（不知所云），“一行白鹭上青天”（离题千里）。近人林纾（琴南）《春觉斋论文》末篇专谈《也字用法》说：“《始古录》谓欧阳《醉翁亭记》用‘也’字，东坡《酒经》用‘也’字，王荆公《度支郎中萧公墓铭》亦皆用‘也’字，不知谁相师法。”不析功用，考据“师法”，跟论文《也字用法》主旨不相涉。况且“师法”之语，并非己出，明代钱福早就曾经说过，《孙子·行军》连用“此三十一‘也’，洞敌之情，彻肺腑发隐微之论”，林纾袭其说而已。连用“也”究竟怎么产生“洞敌之情，彻肺腑发隐微”的魅力呢，钱福也根本没说，恐怕并不一定说得出。说连用“也”，不说同时连用“者”相照应的作用，这也失之于偏，因为先秦没有用作判断词的“是”，《孙子》用“也”得有“者”照应。视《孙子》全书762字，出现的字次6071，其中“也”用了196次，“者”用了228次，使用频率很高，其功用不加讲述，自非析文赏文评文之正途，侈谈“师法”无异“不知所之”“离题千里”。该谈的没谈，毋须多谈的常有人借题发挥谈个没了。比如南北朝的赋，常用“兮”语气词，一般点示一下就可以了，可是有的在报上谈了许多，有的在刊物上也谈了。有篇借题发挥的文章说：“屈原《橘颂》全文……十八个兮字本该读xī音；兮读作啊，闻一多创其说……”其实上古汉语声母没有念x音的，近现代汉语念j、q、x的，上古念g、k、h，不是“闻一多创其说”之误，而是文章作者不懂语音发展规律之嫌。①

宋祁《玉楼春》词句“红杏枝头春意闹”把事物无声情态描写成似有声响，表示在视觉里仿佛赢得了听觉的感受，这是“通感”的语音反映，是语言的艺术运用，而李渔表示责疑和不解。今人有本专著（恕不指名）说“闻”是耳听，嗅觉却常用“闻”，这是“错用”。《文学评论》1962年第1期钱锺书《通感》一文称“通感”为“感觉移借”。感觉移借历来文人中不乏例：“促织声尖尖如针”用触觉“尖”写声音；“色静深松里”用听觉“静”写深

① 笔者有鉴于此，特发《〈兮字的读音〉一文指谈》，见《许威汉语文研究文存》，中华书局2008年版，第490—491页。

净的水色；“歌台暖响”用“暖”写乐声；“绿杨阴外晓寒轻”用“轻”写温度；“净碧山光冷”用“冷”写光度；“风来花底鸟声香”的“鸟声”竟被风吹“香”；“风随柳转声皆绿”的“风声”竟被柳色染“绿”。这些都唤起人们生动具体的种种联想，对开拓诗文意境、丰富读者美感都有积极作用。通感的语言反映有两种情况：一是习惯性的（约定俗成），如“久而不闻其香”的“闻其香”；一是修辞性的，如“风来花底鸟声香”的“鸟声香”。前者已是固定型，后者尚属临时型。反映在文艺作品里，临时型尤应正视，内发其艺术精英。对今人的作品亦然，鲁迅《野草·雪》中“雪下面还有冷绿的杂草”的“冷绿”是用触觉感“冷”形容视觉“绿”，表示杂草受雪覆盖和滋润而显得更翠绿，呈现江南雪野盎然春意。《华盖集续编·纪念刘和珍君》“我将深味这非人间的浓黑的悲凉”中用视觉感“浓黑”修饰带触觉感的“悲凉”，又与带味觉感的“深味”相照应，显现人物的悲痛和社会的冷酷。其他还有“血腥的歌声”用嗅觉感“血腥”修饰听觉感“歌声”，等等，如果不以语言中通感的运用索解，随意诋为“不规范”用法，甚而认定是“错用”，殊不足取。“通感”不仅在文句里反映，而且渗透到词的构成领域：“甜腻腻”（味觉、触觉），“寒颤颤”（触觉、视觉）等，已经非得认同不可了。

（二）重视文学诸多要素

文学从史学、哲学中独立出来之后，魏晋南北朝开始，人们再分文学为韵文和散文两大类，这两大类又各有许多不同样式。这样的分类很重要，也是语文分析的起码常识。举例来说，“美人”这个词在古代韵文中只是指心里所怀慕的对象，没有性别上的含义，《诗·邶风·简兮》“彼美人兮，西方之人兮”和《离骚》“恐美人之迟暮”的“美人”就都是这样，而在散文中“美人”却用来指“美女”，《韩非子》“魏王遗荆王美人”和《史记·秦始皇本纪》“所收诸侯美人钟鼓以充入之”的“美人”，便都是指“美女”了。然而宋代苏东坡《赤壁赋》中“望美人兮天一方”的“美人”却又是指心里所仰慕的贤人，因为苏文的体裁是赋，赋是“古诗之流”，属韵文范畴，是继承诗骚传统的，所以也袭用诗骚词义（参李笠说）。其他像历史散文《左传》为求语义明确，同义互训，故复词多，诸子散文《老子》为求深发哲理，反义词多，《诗经》比起《论语》、《老子》、《荀子》、《韩非子》来，则联绵词多，不同文体有不同语言特色。

作者的生活、作品的社会意义、行文的基调必须全面透视。南朝刘宋时期，谢灵运的不少诗作被同时代的汤惠休誉为“如芙蓉出水”（钟嵘《诗品》引），唐代大诗人李白也多次称赞过，唐代《诗式》作者皎然曾称谢灵运《登池上楼》“识度高明、盖诗中之日月也”。《登池上楼》中的“池塘生春草，园柳变鸣禽”更一直为历来诗人称诵不绝。宋代诗人称赞说“‘春草池塘’一句子，惊天动地至今传”，金代元好问也赞誉说“池塘春草谢家春，万古千秋五字新”。这一名句，在诗坛上简直有口皆碑。

“池塘生春草，园柳变鸣禽”不仅寄予深沉寓意，还把初春景色写得形象鲜明而逼真，春到人间的色彩和声响跃然纸上，使人如入其境，似闻其声，感到富有情趣，春意盎然，这是人所共有的感受。但是我们对它的赏识如果只是停留在这一艺术感受上，那还是不够的，至少还是不足以表明它为什么会被激赏为“惊天动地至今传”，“万古千秋五字新”。

那么这两句诗究竟怎么会有那么大的魅力而使历代诗人为之倾倒呢？这似乎还没有人较具体论述过。据说谢灵运本人也很喜爱这两句，可是也没有说出个所以然来，竟以为“此语有神助，非吾语也”（钟嵘《诗品》引）。其实，单纯从字面上去捉摸，是难以找到合理解释的。个人认为它之所以长期来成为传诵的佳句，是因为在一定历史条件下从内容到形式都显示出当时诗坛所少见的特色。具体说来，就是：第一，它饱含新鲜生活气息；第二，它拨开玄言诗迷雾；第三，它合乎修辞上“诚”与“达”的原则。这三者是主要的，其余当然还可以再说上一些。现在不妨就从这几方面来观察谢诗的动人佳句，顺便再说点别的有关问题。

（1）“池塘生春草”句饱含新鲜生活气息。

这得联系诗人半辈子的境遇来认识。

谢灵运因祖父是东晋名将谢玄，十八岁便袭封为康乐公，出任要职，享有特权。但在统治集团内部倾轧中常受排挤，郁郁不得志。刘宋时代他成为东晋遗臣，由公爵降为侯爵，更不被重用，于是对刘宋王族尤为不满。他自恃才高，不被驯服，不时抨击时政，权臣则视为眼中钉，因而被谗外放，任永嘉太守。因心有愤懑之情难消，在太守任上不理政务，一味寄情山水，终日任性遨游，以为自遣。因病卧床时，则颇以未能观赏阳春烟景为苦。一旦病愈登楼，眼看池塘芳草丛生，耳听林间群莺和鸣，饱览满园景色之美，置身明媚春光中，顿觉心旷神怡，乐趣无穷，于是“天然去雕饰”的“池塘生春草，园柳变鸣禽”的名句便油然而出了。这不是什么“神助”，而是诗人久病初愈，政治上失意的苦闷暂时得到消释，欣喜之情与阳春烟景猝然相遇而引起的。“池塘生春草，园柳变鸣禽”

的诗情画意正与诗人当时的生活气息相交融。

（2）拨开玄言诗的迷雾。

西晋的黑暗统治使思想界崇尚老庄，高谈玄理。东晋清谈之风有所发展，诗坛深受影响。玄言诗雕章琢句而内容贫乏枯燥离奇。东晋末年陶渊明的田园诗独树一帜，使诗歌回到清新自然境地。晋宋之际，文学上发生了一大变化，表现在诗歌方面便是山水诗的兴起和玄言诗的消逝。谢灵运就是这一时期第一个以创作大量山水诗打破玄言诗统治诗坛局面的杰出诗人。诗人把自然界山山水水美不胜收的景色引进诗歌中来，由景抒情，寓情于景，扩大诗歌题材所表现范围，增强诗歌形象性，开拓诗歌新意境，使人耳目为之一新。《登池上楼》是山水诗的名篇，"池塘生春草，园柳变鸣禽"正是这一名篇的佳句。它比起玄言诗句来，有如由沙漠进入清流之境，对我国诗歌的发展也产生积极影响。正因为这样，说它"惊天动地至今传"，"万古千秋五字新"就不难理解了。

（3）合乎修辞上"诚"与"达"的原则。

《易经·乾卦》有句"修辞立其诚"的话。顾名思义，"诚"就是真心，不诈伪的意思，跟"诈"相对，又跟"伪"相对（《礼记·乐记》"著诚去伪"正是"诚"与"伪"相对）。"立其诚"强调要"诚"而不能"诈"或"伪"，这是"修辞"所必须考虑的。

《论语·卫灵公》还有句"辞达而已矣"的话。这用现代的话来说，就是"说话和写文章只要能够把意思有效地表达出来就是了"。但是要真正做到这一点并不容易，因为是否"达"必须经过实践的检验，写文章的人认为自己的意思表达出来了，而读者还没有认可，那还不能算是真正的“达”。既能“诚”又能“达”，内容与形式紧密结合，真实性与艺术性完美统一。

“池塘生春草，园柳变鸣禽”直书所见，不借雕琢，别开生面，真实展现大自然的美，给人以艺术感受和满足，正符合修辞上“诚”与“达”的原则，这是不言而喻的。还有类似“池塘生春草”的其他名句，如“明月照积雪，朔风劲且哀”（《岁暮》），“野旷沙岸静，天高秋月明”（《初去郡》）等，使人读来如同观赏优美的艺术写生画，同样符合修辞上“诚”与“达”的原则。鲍照形容谢诗“如初发芙蓉，自然可爱”，当不过分。

总之，以上主要从诗的生活源泉、诗的社会意义和诗的表达效果诸方面叙述“池塘生春草”句之所以成为历来诗人高度赞誉的理由。而这几方面原是相联系的。离开生活和社会的因素，就谈不上表达效果，表达效果要服从于诗人生活及诗作社会意义。诗句的语言分析无视这些，则失所依归。

有人认为“池塘生春草”句之所以脍炙人口，只因为它明白如话。仅仅这样理解，显然是不够的。我们知道，做诗写文章必须明白如话，要认真锤炼达到明白如话，诚如老舍所说的那样，要下工夫把文章写得像清水一样，一看就明白。但是我们仍不应忽视前面所说的不管写诗做文章，都要有新的生活气息，要有积极的社会意义，还要有较高的语言修养。陆游说：“汝果欲作诗，工夫在诗外”，“纸上得来终觉浅，绝知此事要躬行”。要是忽视“诗外”的“躬行”，自然就谈不上有艺术生命了。

当然，对于谢灵运，我们也只是对他的一部分名句有所赏识，并不是说他的诗篇都是完美无缺的。由于阶级和历史的局限，他也有不少诗作缺乏社会内容，在一定程度上还流露较浓重的颓废情绪，并且也还夹杂玄理，不免雕琢堆砌。就是向来受人称道的《登池上楼》，从全诗看，中间也难免晦涩之病。有人说谢灵运的诗作名句多而佳篇少，这话确是不假。谢灵运的山水诗若与陶渊明的田园诗相比较，也还有重要的实质性的区别，即思想基础与表现方法都有所不同。这些不同，跟陶、谢两人所处的社会地位、思想的基本倾向等有密切联系。但总的说来，谢灵运毕竟为开创山水诗（山水诗的先导是殷仲文和谢混，而两人并无大的成就）起了很大作用，他的名句对后世诗歌文学语言都有新的启迪。

但权臣蓄意贬低谢诗，从谢诗字缝里罗织罪名，寻觅引致谢灵运杀身之祸的把柄，无疑是随意牵合曲解，进行政治迫害，无损于谢诗应有的价值。

以上着重从文学诸要素剖析谢灵运这两句诗聊供赏识，其他名句很多，说来尽可泼墨如云，如南朝王籍“蝉噪林逾静，鸟鸣山更幽”（《入若耶溪》）以动衬静，在文学艺术上是一种创新。试类比影视中沉静的空间唯有时钟的摆动声响引起人们愈加寂静的感受，是同一个道理。钱锺书说“寂静之幽深者，每以得声音的衬托而愈觉其深”，斯言谅矣。

（三）重视语言诸多要素

具有语音、词汇、语法、修辞及其综合运用知识，则有利于语文分析。限于篇幅，只能举例说明一二方面。

(1)《孟子·离娄》：“蚤起，施（yí）从良人之所之，遍国中无与立谈者。卒之东郭墦间，之祭者，乞其余；不足，又顾而之他。此其为餍足之道也。其妻归告其妾，曰：‘良人者，所仰望而终身也，今若此！’与其妾讪其良人，而相泣于中庭，而良人未之知也。施施从外来，骄其妻妾。”文中几个“施”字，《辞海》说“通‘迤’：斜行”，并引证上述《孟子》句例。汉字与汉语单音成义相适应，“施”《说文·㫃（yǎn）部》说“旗旖（yí）施也，从㫃，也声”，“㫃”《说文》说“从屮（chè），曲而垂下，㫃相出入也。”“㫃”段注“从㫃者，谓杠（旗杆）首之上见者”。依此，“施”的意符（形符）“㫃”本义是旗子的飘带在微风中左右飘扬的样子。了解这些意思，我们就可以把上面描写齐人及其妻的情态体味得更加细致入微；“施从”的“施”形象地描绘了齐人之妻既要跟踪自己的丈夫，又怕被发现，躲躲闪闪，忽左忽右，尾随在后的样子，而“施施从外来”的“施施”更是把这个齐人回家时那种怡然自得，左右摇摆，在妻妾面前大摆威风的神气活灵活现地刻画出来。如果不分析与汉语单音成义的“施”的意符，不推求“施”的本义，就不可能深入理解“施”、“施施”所表示的动作的生动性与形象性。不作文字词汇分析则文学因素难以具体体现，由此可窥一斑（如果用“斜行”两字来解释，优劣自见）。

（2）《后出师表》有这么一段话：“自臣到汉中，中间期年耳，然丧赵云、阳群、马玉、阎芝、丁立、白寿、刘郃、邓铜等及曲长屯将七十余人，突将无前，賨叟、青羌散骑武骑一千余人，此皆数十年之内所纠合四方之精锐，非一州之所有；若复数年，则损三分之二也，当何以图敌？”通常“耳”和“矣”同是表示陈述语气的词，但这里“中间期年耳”的“耳”绝对不能换用“矣”，否则必如《助字辨略》作者刘淇所说，“一字之失，一句为之蹉跎；一句之误，通篇为之梗塞”。“耳”往小处说，极言时间之短暂（仅周年)，随后历数损失之多，前后对比，险情毕现；“矣”却往大处说，言时间之久长（对周年看得重)，自与后文不相协调，必使语句“蹉跎”，通篇“梗塞”。对此能稍作提示，读者由此及彼，闻一知十。遗憾的是，历来析文未加指点。

(3) 丘迟《与陈伯之书》“主上屈法伸恩，吞舟是漏”句要讲解得恰如其分，便得运用词汇、语法、修辞诸方面知识。仅以“吞舟是漏”而论，探求用典出处《庄子·庚桑楚》有“吞舟之鱼”，桓宽《盐铁论·刑德》继有“网漏吞舟之鱼”等，属词汇学内容：“吞舟之鱼”省说成“吞舟”并提到动词“漏”前以示强调，属语法学（省略及语序）内容；“吞舟之鱼”用来比喻梁朝对犯人过分宽大，又属修辞学内容。古人行文往往综合运用词汇、语法、修辞等手段，我们也要相应地综合运用词汇、语法、修辞等知识细加分析。

凡所分析，都应紧扣上下文。比如一般说“呜呼”是感叹词，泛用来表悲哀，但它在使用状态中是不是仅表哀，应视作品上下文而定。试比较韩愈《祭十二郎文》“呜呼！汝病吾不知时，汝殁我不知日”与张溥《五人墓碑记》“呜呼！亦盛矣哉”，前者表哀叹后者表赞叹，若离开上下文而囿于一解，不免困惑。

现代汉语语法书有些例说也不无参考价值：同一动宾结构，动词和宾语也有时可以表示两种不同的关系，如“下船”一般是说从船上下来，可是也间或指往船上去，等于说“上船”；“借钱”可以是借出去钱，也可以是借进来钱。有的动词甚至是两面性的，主语和宾语互换而意思没大差别，如“三个人盖一条被子”和“一条被子盖三个人”意思差不多。有时由于一定上下文关系，甚至说

"胜之"和"败之"意思相同："胜之"是"战胜了他"，"败之"是"打败了他"，也须留意。

语言表达中，语序的调节也是重要的一环："屡战屡败"是狗熊，"屡败屡战"是英雄。"事出有因，查无实据"，似可不了了之；"查无实据，事出有因"，寓尚得追查真相之意。

古人行文中流传许多佳话，如欧阳修文常历时多年才行之于世，语言运用推敲甚严。要之，语言运用涵盖面很广，以上数端仅资隅反，唯读者明鉴是幸。

（四）重视汉语发展和文学发展交织的画面

南朝陆凯《赠范晔》诗句"江南无所有，聊赠一枝春"，我们从"一枝春"这一视点展望汉语发展史在南北朝文学中的折射，可知汉语的发展史和文学的发展史相得益彰。

数的观念产生得相当早，后来量的观念也相继产生。先秦时代出现了一批名量词，如"丈、尺、寸、井、斗、石、钟、斤、钧、镒"以及"区、乘、张（指幄幕）、个（指矢）"等。真正的发展，还在汉代以后。先秦没有动量词，"击之三"和"三击之"都是先秦用法，"击之三下"则是魏晋南北朝用法。有人争议《列子》一书是战国时作品还是晋时作品，我们从《列子·汤问》"遇黑卵之子于门，击之三下"，再联系当时有关语料在《列子》中的反映，可断定《列子》是晋代的作品。"下"原先是表示方位的，引申表示动作的量，用作量词了。量词从无到有，从简到繁，从事物单位到行为单位，是汉语发展史上很值得注意的现象。

表示事物单位的名量词魏晋南北朝已经有百余个，后代多半沿用，通常是实性的，也有是修辞性的。这也就是说，有些量词，是人们为了增强语言形象性而生成的。比如小船称扁舟，远看就像是一片树叶子，便用“叶”（一叶扁舟），说到“明月”，用“轮”（一轮明月），“明月”残缺时候多，便用“残”（一钩残月），“太阳”始终是圆的，永远用“轮”（一轮红日），说到“白云”用“朵”（一朵白云），都使具体事物形态鲜明化。又如说到“愁思”用“缕”（一缕愁思），说到“光阴”竟然用“寸”（一寸光阴）。甚至在一定场合，“春”前面也用“点”或“枝”。比如“庭梅对我有怜意，先露枝头一点春”（侯夫人《看梅》）；“江南无所有，聊赠一枝春（梅）”。前些时，四川一位学者寄来画有梅花的贺年片，仿题曰：“蜀鄙无所有，聊赠一枝春”，笔者看来，顿生春日融融、生意盎然的兴味。这类说法，是东方语言，特别是汉藏系语言所特有的。笔者早年在从事西方语言翻译的语文工作者讲座上谈及汉语量词的方方面面，两个小时的听讲者，个个兴味不减。联系到现代汉语，除讲度量衡单位外，讲表集体单位的有“双”（一双鞋）、“对”（一对花瓶）、“副”（一副对联）、“堆”（一堆石子）等；借用器物名称的有“笔”（一笔款子）、“身”（一身汗）、“桌”（一桌菜）、“口”（一口北京话）；借用物件部分的名称的有“面”（一面旗子）、“口”（一口井）、“顶”（一顶帐子）；依照物件形状的，长的用“根”、“条”，厚实的用“块”，薄的用“片”。这些是大致情况，“人”用“个、位”，而“人”是长条形的，有些方言有“一条人”说法，我们认为不规范，可笑，可是《水浒传》里倒有“一条汉子”“一条好汉”的说法。不过从大处着眼，方言量词比较贫乏。拿上海来说，许多东西都用“只”表达，“书橱”通常用“架”，也会说成“一只书橱”，其他像“一只学堂”、

“一只糖”、“一只椅子”，简直无处不“只”。这是量词不发达的表现，也是语言发展不平衡的表现，设若进入文学领域，必难认同。

从历史发展上看，南北朝大开量词发展的先河，上承魏晋、下启隋唐。不特反映在名量上，也反映在动量上，以上示例固少，但可联系实际隅反，不尽一一铺陈。

以上集中从南朝“一枝春”说开来，略展汉语史发展和文学发展中个别侧面的画面，其实南北朝的汉语史发展是多方面的，影响文学语言和文艺创作多层面多渠道的发展。前面以点带面，后面点面结合、以史带论阐发南北朝语言文学种种现象。当然，这不能全局铺叙、面面俱到，权以素称“半文不白”的《世说新语》为例明其所以。这或可视为中古语言文学认知的一个引子吧。这个引子便是以《世说新语》为例看中古语言现象及其余。

为眉目清楚起见，兹将笔者以往发表于学报上的专文摘录如下：

《世说新语》是我国第一部笔记小说集，在文学史上有一定地位。从语言学角度观察，它反映了中古汉语及其发展的状况，为研究汉语史提供了可贵资料，也为文艺创作迎来新的气息，本文仅就《世说新语》中的词汇语法现象作些例说，略资参鉴。

在词汇方面，从常用词及其意义上看，《世说新语》已透露了若干近代语词和现代语词的萌芽，像“白雪、文书、木屑、空中、料理、刻薄、多少、要、了、那、伊、都”等，在《世说新语》中早就广泛使用了。比如：

（1）公欣然曰：“白雪纷纷何所似？”兄子胡儿曰：“撒盐空中差可拟。”（《言语门》）

（2）骠骑看文书不顾之。（《政事门》）

（3）敕船官悉录锯木屑，不限多少。（《政事门》）

（4）都不料理。（《俭啬门》）

（5）家舅刻薄。（《俭啬门》）

（6）卿试掷地，要作金石声。（《文学门》）

（7）虽神气不变，而心了其故。（《雅量门》）

（8）小时了了，大未必佳。（《言语门》）

（9）那得方低头看此邪？（《政事门》）

（10）伊必能克蜀。（《雅量门》）

这类用例，在《世说新语》里是不胜枚举的。这许多词，如果仔细探讨，当然各有其历史演变过程。比如“那”，大约在汉末就产生了。其语法意义来自上古的“安”和“焉”。有人说“‘安’和‘焉’收音于n，可能转化为na（那）”，大致可信。从魏晋到唐代，疑问代词“那”已经用得很普遍。往后，指示代词“那”也相继产生了。又如“伊”，在魏晋和唐代是很重要的，到了宋代，由于“他”（上古是旁指代词，中古才是第三人称代词）在口语里普遍使用，“伊”转而少见。现代“伊”只在一些方言里沿用着。

从《世说新语》中还可以看到古今词义的发展演变：有的同先秦两汉已有不同，有的同现代又有所不同。比如：

（11）王公曰：“使太阳与万物同辉，臣下何以瞻仰？”（《宠礼门》）

（12）门庭萧寂，居然有名士风流。（《品藻门》）

“太阳”最初并不是指“日”，而是指极盛的阳气，或极盛阳气的代表物，普遍用来代表“日”是魏晋的事。“风流”最初用作名词，表示风俗教化或者遗风，魏晋则指士大夫阶层所喜爱的一种生活方式，即所谓“雅”。甚而用作形容词，指骚人雅士的品质（“江左风流宰相，惟有谢安”）。又如：

（13）帝问曰：“夏侯湛作《羊秉叙》，绝可想，是卿何物？有后不？”（《言语门》）

（14）卢志于众坐问陆士衡：“陆逊、陆抗是君何物？”

例（13）、（14）的“物”都是用来指人。此外的用例还有像阮籍目王戎为“俗物”，温峤称桓温是“英物”，“物”也都是用来指“人”。后代“物”在一般情况下已不再用来指“人”，不表示“人”的含义了。

《世说新语》还吸收运用了当时的民间“俗语”，比如：

（15）顾长康画人，或数年不点目睛。人问其故，顾曰：“四体妍蚩，本无关于妙处；传神写照，正在阿堵中。”（《巧艺门》）

“阿堵”是当时民间“俗语”，相当于说“这个”（指眼睛）。这意味着《世说新语》用词为求通俗易解是不避民间口语的。

在语法方面，《世说新语》明显反映了魏晋南北朝时代新的语法要素的增长。除了否定句代词宾语一般不前置、少用语气助词等现象外，已较大量地使用量词，经常使用判断词“是”。其他各类词也有这样那样的发展演变。

量词（名量）最早出现在殷周时代，但直到秦代还不发达，只是随着度量衡制度的建立才出现了一些表度量衡单位的词。汉以后大量地出现一般名量词。到了南北朝，已形成了一种稳定的范畴，从而使事物类别更加明确化。《世说新语》中量词使用的情况，在一定程度上已表明当时汉语量词由贫乏而丰富多彩的一个侧面。

比如：

（16）得竹简一枚。（《雅量门》）

（17）刘道真尝为徒，扶风王骏以五百匹布赎之。（《德行门》）

（18）使我有身后名，不如即时一杯酒。（《任诞门》）

（19）今年田得七百斛秫米。（《任诞门》）

（20）仲文雅有才藻，著文数十篇。（《文学门》）

（21）斋前种一株松。（《言语门》）

（22）可惜惟此一条而已。（《品藻门》）

（23）合一剂汤与之。（《术解门》）

（24）今有一丸药，得济一人疾。（《轻诋门》）

（25）别撰斯部，凡二百五十偈（jì），以为要解。（《文学门》）

（26）直唤人取酒，自饮一碗。（《方正门》）

（27）孔文举年十岁，随父到洛。（《言语门》）

（23）送一船米。（《方正门》）

（29）两行科斗书。（《雅量门》）

（30）俄见一人持半小笼生鱼径来造船。（《任诞门》）

（31）被、褥一副。（《方正门》）

（32）殷洪乔作豫章郡，临去，都下人因附百许函书。（《任诞门》）

（33）张华见其文章，篇篇称善。（《文学门》）

（34）闻卿祠，欲乞一顿食耳。（《任诞门》）

（35）有大牛，重千斤。（《轻诋门》）

由这些情况看来，名量词在南北朝已经用得很频繁而灵活了，其中有的是南北朝以前就用过的（“枚”在《史记》、《汉书》中都出现过），有的是专用于佛门的（“偈”始终未越出佛门），有的是临时借用的（“小笼”），有的是从上古到现代都用来兼表形量的（“斤”与“重”配合）。又比如：

（36）因示语攻难数十番。（《文学门》）

（37）时道此非复一过。（《纰漏门》）

以上“番”、“过”都是动量词（“番”有人认为是到了唐末才出现，举杨万里诗“日暮闲来数一番”为证，当然不合事实。“一过”是一次，“左顾者数过”在先秦只好说“左顾者数”）。真正的动量词在先秦两汉几乎没有出现过，称述动量时一般只把数词直接加在动词前。到了南北朝，才逐渐出现动量词。

判断词“是”在先秦还没有，在西汉末东汉初才产生。到了魏晋，判断句进而摆脱了语气词“也”，“是”就成了判断句所不可缺少的了。《世说新语》也充分反映了这一点，比如：

（38）张玄之、顾敷是顾和中外孙。（《言语门》）

（39）豫章太守顾邵是顾雍之子。（《雅量门》）

（40）我是李府君亲。（《言语门》）

（41）自是孙仲谋、司马宣王一流人。

（42）自谓是名理奇藻。（《容止门》）

（43）故当是丈夫之德，表于行事。（《文学门》）

“是”用作判断词以后，又产生许多灵活用法，它不限于用在以名词为中心的谓语前。比如：

（44）此中最是难测也。（《雅量门》）

（45）故当是妙处不传。（《文学门》）

（46）君与家君期日中，日中不至，则是无信，对子骂父，则是无礼。（《方正门》）

（47）庾曰："君复何所忧惨而忽瘦？"伯仁曰："吾无所忧，直是清虚日来，滓秽日去耳。"（《言语门》）

判断词"是"是由指示代词发展而来的。先秦主语后面常用指示代词"是"复指，然后接判断语，如"千里而见王，是予所欲也"（《孟子·公孙丑下》），"是"经常处在主语与谓语中间，这就更有可能产生判断词的性质，发展成为判断词。

《世说新语》还有一些词的用法也反映了中古汉语的动向。

人称代词"尔"用作指示代词时充当定语、谓语、宾语，这在先秦还没有过，汉末偶尔见到，而在《世说新语》里已屡见不鲜了。比如：

（48）许掾尝诣简文，尔夜风恬月朗。（《赏誉门》）

（49）尔时语已神悟，自参上流。（《言语门》）

（50）何以知尔？（《言语门》）

（51）何为乃尔也！（《德行门》）

例（48）、（49）的"尔"相当于"这"，充当定语；例（50）的"尔"相当于"这（个）"、"这（一点）"，充当宾语，例（51）的"尔"相当于"如此"、"这样"，充当谓语。

词语的词汇意义的变动，往往涉及词语的语法意义的变动。比如动词"箸"即"著"（《说文》有"箸"无"著"），常见意义是"显露"（《礼记·大学》有"掩其不善，而著其善"）和"撰写"（司马迁《报任安书》有"仆诚已著此书"），另一意义是"附着"（《左传·庄公二十二年》有"风行而著于土"）。"附着"意义的

“著”也写作“着”。“箸”这个词最初是动词，南北朝时开始虚化：它一方面不单独作谓语，另一方面在某种程度上保持着“附着”的意义，和方位词相照应。比如：

（52）长文尚小，载箸车中。（《德行门》）

（53）文若亦小，坐箸膝前。（《德行门》）

现代语法的结构助词“着”就是从这“附着”的意义演变来的。诚如吕叔湘先生在《汉语语法论文集》中所说，“以‘箸’字辅助动词，初以表动作之有所著，继以表事态的持续”。

介词“被”在《世说新语》里用得很频繁，而且有些用例反映了中古用法的新发展。比如：

（54）孔融被收，中外惶怖。（《德行门》）

（55）李弘度常叹不被遇。（《言语门》）

（56）谢为太傅长史，被弹。（《言语门》）

（57）嵇康被诛。（《政事门》）

（58）殷中军被废，徙东阳。（《文学门》）

（59）参佐无不被系束。（《规箴门》）

（60）王武子被责。（《汰侈门》）

（61）祢衡被魏武谪为鼓吏。（《言语门》）

（62）亮子被苏峻害。（《方正门》）

“被”字句大约萌芽于战国末期（“被围于赵”、“国一日被攻”），普遍应用于汉代（“错卒以被戮”，“被谗放逐”）。不过当时“被”字句并不出现施事者。到了中古，“被”字句已有了新发展。我们在《世说新语》里就可以看到“被”字句不仅用得相当普遍，例（54）—（60）用法在上古已有，而且可以出现施事者，例

(61)、(62) 用法中古才有，在一般口语里“被”字句逐渐代替了“为……所”的说法。

以上是《世说新语》中较突出的语法现象。此外，如名词前缀“阿”（“阿兄”《德行门》、“阿翁”《排调门》以及王澄字平称“阿平”、殷浩字渊源称“阿源”、王忱字佛大称王大又称“阿大”、庾会小名称“阿恭”、谢安小名称“阿奴”）和数词前缀“第”（“第二流”《品藻门》）之类，也都有个继承和发展的问题。

以上种种，在一定程度上表明了中古时期汉语发展的实际状况。我们今天读《世说新语》这部书，许多地方常常会有“不古不今”、“半文不白”的感觉，这“不古”和“半文”固然是这部书本身的语言特色，也体现了当时实际语言的一些状况（不同于一般的“正统”文言文——特殊书面语)。凡此，运用到各种文艺作品中，既浅显易懂，生动活泼，又易感印象美好深刻，体现语言、文学的完美统一。

除了《世说新语》外，古代其他不少重要作品也都有语言剖析研究之必要。真正做好有代表性的作品语言分析研究工作，对古汉语规律性的正确认识以及古今汉语继承与发展关系的具体了解，无疑都将会有新的启迪。目前这方面的工作还是做得相当少的。

三、领悟汉人的思维模式

王力生前曾经花了很多时间探索古人的思想表达，惜未成文(王先生高足郭锡良教授面告)。季羡林生前感悟到语言和语言艺术

（文学）的表述，与思维模式有关，说东方“综合的思维模式产生出来的语言，其特点是综合性、笼统性、模糊性、多义性、灵活性、圆融性等”①。继说学习分析诗文，“主要靠语感，靠悟性，靠综合能力，也要佐之的少量的分析能力”。对古诗文来说，“语感是长期形成的，必须长时期地大量阅读和背诵”。不久季羡林《汉语与外语》又重申了东方的思维模式的观点。② 这样看来，汉人言语跟汉族思维模式息息相关，人们对文学作品的写作与赏识亦然。季羡林这里谈的是全局性的，姑且就个别句例观察，焦点审视，似可更易意会。试看“鸡声茅店月，人迹板桥霜”，“枯藤老树昏鸦，小桥流水人家”，这里纯是名词的叠加，没有动词，关联词等，但造成的意境让人意会神往，体现了综合思维模式。赋是古诗之流，词是诗余，曲是词余，它给人的感受都完美而有余韵。不过这方面还乏人具体描述，有待来日。眼下只是提出问题而已。

四、现实的观感——骈散由之

“五四以后，白话文成了写文章的正统”（季羡林），但不排除文言笔调，回顾历史，面对现实，行文或骈或散，只要有利于内容的表达，都应该认可，毋庸别议。四六文，哪怕是“旧瓶装新酒”，只要无损于内容的表达，何简而不为？笔者曾接读好几

---

① 季羡林：《外国汉学家与古代汉语》，《新民晚报》1998 年 7 月 19 日 28 版。
② 季羡林：《汉语与外语》，语文出版社 2000 年版。

篇这类文章（朋友的一般写作），说理叙事就都很畅达。散文各有适用场合，论说文长句多见，小说以短句为尚，战斗檄文更以短句显有力。现代汉语是古代汉语发展来的，古代语言要素和行文格调，这在许多报刊和论著中不难看到，就连一般应用文句中，也随处可见。比如在一次座谈会中有人说“骄傲来自浅薄，狂妄出于无知”，两两比对互衬，益觉含义深刻，发人深省。陈毅元帅在杜甫草堂题了八个字：“千古诗人，诗人千古”。前者说诗人的杰出贡献，后者说诗人永垂不朽，不拘对散格局，信手写来，韵味深浓。北京高校资深教授来函写道：“夫唯根深，故能枝繁叶茂，硕果累累，惟其识博，是以触类旁通，左右逢源……为学如先生者，凤毛麟角，已不多矣。”骈句散句交错，一应表达之需，自非人为造作。说到这里，不免使自己回想以往的感怀：骈散由之。

五、论　余

语言是思维外在形式，文学是语言艺术。思维是思想过程，思想是思维结果。语言、文学、思维、思想有机联系。有位多年从事文学和文学理论研究的学者，常说语言分析研究是搞“小儿科”。有位写文艺作品的作者，语言毛病甚多，有家颇有影响的权威刊物几乎逐页指出语言失误（包括生造词、用词不当等）公之于众。这儿与其说是偏见，毋宁说是浅识。语言的分析研究与文学的创作及研究相辅相成。

梁启超《清代学术概论》认为乾嘉时期考证之学已发挥略尽，“后起者皆因袭补苴，无复制作精神；即有发明，亦皆末节”。由于事实并非如此，他又说章太炎《国故论衡》中多篇精义为“乾嘉诸老所未发明”。王国维说乾嘉时期古韵分部已成定论（按分古韵为十七部），“后无来者”（《两周金石文韵读·序》）。要是确然如此，那么章太炎分古韵为二十三部，黄侃分二十八部，王力分二十九部，这又如何解释呢？前修未密，后出转精，这是必然规律，要看到学术的不断发展性，要有学科的历史发展观点。诚如王力所说，研究汉语，特别在研究古代汉语，说来说去，是要有“历史观点”。任何事物都是发展的，文学艺术无疑也是发展的，科学的发展观施之于语言与文学的探究必有创获。

探讨研究文学、语言过程中，常见有逻辑错误，有的是偷换概念，有的是定义出错，等等。逻辑方法有特定要求和严格规定，随便不得，要不然，探究的成效不难想象。这方面的例说，拙文《综论文史、语言研究的考辨》已有所涉及，不复述。①

末了还想强调个人点滴体会。笔者曾用文艺笔调撰写过《诗圣杜甫》②，凭过去对杜甫的了解，心里不踏实，因未动笔。后来细读了杜甫的全部著作，便感游刃有余。有此感受，我在张岱年前辈之约为《戴震全集》③ 写的“序言”中着重指出充分占有材

---

① 许威汉：《综论文史、语言研究的考辨》，《学术月刊》2000 年 5 月总 408 期。

② 胡梅祥、金甲：《诗圣杜甫》，河南人民出版社 1982 年版。

③ 张岱年主编：《戴震全集》，黄山出版社 1994 年—1997 年版。

料的重要性：资料丰富全面而又真实可靠，才能形成正确概念、判断和推理。充分占有材料的实质是尊重语言事实，尊重语言事实则有利防止臆测。文学是语言艺术，尊重语言材料的全面和驾驭，势不可忽。

山水诗的兴起

南北朝文学，诗歌占有重要地位，而南朝诗人的创作，显示着中国诗歌的发展趋势。

刘宋初期，诗歌从内容到形式，都向新的方面有所开拓。一个显著的特点是，诗歌逐渐由谈玄转到描绘山水自然，山水诗逐步取代了玄言诗在诗坛的地位。这是南朝诗歌重要的具有进步意义的历史性变化。

一、先说玄言诗

什么叫“玄”？老子称“道”为“玄之又玄”，后来人们就以“玄”指代道家学说。所谓玄言诗，就是以谈玄为内容的诗歌。

玄言诗的产生不是偶然的，它是当时政治、文化、思想直接影响的结果。比如在曹魏正始时期（240—249），统治阶级内部的矛盾斗争非常激烈。代表世族大地主利益的司马懿父子逐渐掌握了魏国的军政大权，与曹魏统治者互相争夺最高统治权，用血腥的屠杀政策排除异己，司马氏统治集团内部也彼此倾轧，形成黑暗恐怖的政治局面。其后司马懿的孙子司马炎终于代魏自立，并且凭借魏国的实力，统一了中国，史称西晋王朝。司马炎和他的子孙都是腐朽透顶的人物，他们不但阴险毒辣，而且极端荒淫无耻，政权操在他们手中，人民的痛苦自不待言。因此，西晋统一之初，虽曾暂时呈现安定，随后便发生了“八王之乱”，前后达十六年之久。连遭兵燹，国力削弱，导致了西北少数民族统治者的侵扰，造成了“五胡乱华”的局面，使北部中国成为游牧部族的贵族、酋长们混战的场所，西晋王朝也因此覆灭。司马氏在江南重建偏安的政权后，又相继发生王敦、苏峻、桓玄等军阀的叛乱及孙恩、卢循领导的农民起义。魏晋时代尖锐复杂的阶级斗争形势，决定了当时的文化、思想潮流。士族文人处在那种混乱、血腥的统治局面下，感到生死莫测，祸福无常，为了全身免祸，他们不仅怕谈政治，而且尽量采取各种方式避开政治：有的游山玩水，隐居不仕；有的借酒浇愁，整天沉醉；有的行为放荡，以示无政治野心。随着儒家思想的衰微，老庄学说的抬头，一些在统治阶级内部斗争中遭到失败、在政治上不得意的士族文人，都想在老庄思想中寻求安身立命的理论，凭借老庄的虚无思想，向自己不满的某些封建统治者表示反抗。他们虽也批评现实，对现实表示不满，但在行动上却是消极地逃避现实。这样，老庄学说中逃避现实、否定一切的虚无思想，便风靡一时，并且被作为谈玄的依据。他们还对老庄思想从理论上加以解释和发展。所谓魏晋玄学，就是指这种宣扬老庄虚无思想的哲学，西晋后期至东晋，社会动乱，玄风更盛。那些世家大族子弟，整日谈玄说理。他们口锋犀利，滔滔不绝，但是内容玄而又玄，不着边际，不涉人事。这些人过的是声色犬马的生活，唱的是无为的高调，一个个标榜清高，以参与俗务为耻，以无所事事为荣，玄谈日益成了知识分子逃避现实的“防空洞”，纯粹成了统治者的思想武器和王谢大族自命风雅的装饰品。这种风气影响到诗歌，便出现了“理过其辞”、“淡乎寡味”、“平典似道德论”的玄言诗。

关于玄言诗，文学评论家刘勰和钟嵘曾经有过精辟的论述：

> 正始明道，诗杂仙心，何晏之徒，率多浮浅。
>
> ——《文心雕龙·明诗》
>
> 自中朝贵玄，江左称盛，因谈余气，流成文体，是以世极迍邅，而辞意夷泰。诗必柱下之旨归，赋乃漆园之义疏。
>
> ——《文心雕龙·时序》
>
> 永嘉时，贵黄老，稍尚虚谈，于时篇什，理过其辞，淡乎寡味。爰及江表，微波尚传。孙绰、许询、桓、庾诸公诗，皆平典似道德论，建安风力尽矣。
>
> ——《诗品》

这些论述和批评是相当确切的，综合起来说：

（1）玄言诗的产生，是由于老庄学说和清谈之风的影响，它发端于曹魏正始时期。西晋后期以至东晋，玄风更盛，并产生了当时享有盛名的玄言诗的代表作家孙绰、许询等。

（2）玄言诗“理过其辞”，“淡乎寡味”，“平典似道德论”，无疑是老庄虚无哲学的讲义。在玄言诗里根本没有“世极迍邅”

的社会现实的反映，有的只是完全脱离现实，逃避现实的老庄哲学的枯燥无味的说教。

像上面我们提到西晋后期发生的“八王之乱”和“五胡乱华”给人民带来无穷灾难的情景，在玄言诗中是看不到的。史载匈奴贵族刘曜攻陷洛阳，杀王公士民三万人，纵兵大掠，焚烧宫庙、官府、民房，魏晋两朝经营将近一百年的洛阳化为灰烬。关中连年饥荒，饿死、疫死以及被杀死的人“流尸满河，白骨蔽野”（《晋书·食货志》），生存的人不到百分之一二。东晋王朝对人民的剥削变本加厉。那些大贵族官僚们拼命压榨人民来满足他们的贪欲，还经常火并，不断爆发内战，人民遭受浩劫。对这样国破家亡，经济文化崩溃，充满战争、灾祸、死亡的社会现实，在玄言诗里没有一点表现，有的是文辞平静宽缓的老庄哲学的空谈。玄言诗无疑是反现实主义的诗歌的逆流。

这种“淡乎寡味”的作品已经为时间所淘汰，今存许询的诗只有《竹扇》一首；孙绰的诗也只存《答许询》、《赠谢安》、《兰亭》、《秋日》等几首，都是就眼前景物及道家哲理敷衍成篇。

永嘉以后的一百多年间，虽然产生了左思、刘琨、郭璞、陶渊明等杰出的优秀诗人，但玄言诗的逆流却长期炽盛，统治诗坛，直到晋末宋初，才逐渐被山水诗所代替。

二、再说山水诗的兴起

文学是人学。诗歌主要是写人的，写人的喜怒哀乐，写人的悲欢离合，写人的爱憎，写人的身世之悲、家国之恨，写人的亲情、爱情、友情……所有这一切，都以人为主要对象，都离不开人。当然作为自然界客观存在的山水景物，是人们生活中必然要接触到的，也必然要被表现在文学作品中。《诗经》中的“昔我往矣，杨柳依依。今我来思，雨雪霏霏”；《楚辞》中的“嫋嫋兮秋风，洞庭波兮木叶下”，是历来为人传诵的描写山水景物的动人诗句；曹操的《观沧海》更集中笔力描写了大海，大海中竦峙的山岛，山岛上丛生的草木，气魄宏伟；陆机、左思、郭璞也都写到山林泉石的清美声貌。但这些诗篇中的山水景物，大多只是作为比兴，作为生活的环境，是为写人服务的，而不是作为诗歌的主要对象来加以描绘、刻画的。刘宋时代则不同，不仅诗人们把自然界的山水作为主要描写对象，而且精美的山水诗大量产生，这就为我国诗坛开创了新的局面。

大量的山水诗、一些主要以写山水诗出名的诗人为什么直到东晋末刘宋初才出现呢?

我国封建社会中的文人作家，都是封建士大夫阶层的知识分子，他们总是力求在仕途中寻找出路，他们的生活道路总不外乎“用之则行，舍之则藏”，也就是说，在仕途上顺利时就做官，不顺利就退回家里做隐士。而做隐士的人，其实心里并没有忘记做官，所谓“身在江湖，心存魏阙”。做了隐士，只要在社会上有名声，而且传到了统治者的耳朵里，就常常可能被征聘，被认为是“贤者”，受到社会上的尊敬。这种风气流行久了，人们都把隐居生活看作清高表现，甚至连已经做了官的人也要过过山林生活，一方面图享受，一方面更自命不凡。当然也有些人做了官，看到了官场险恶，又因为种种原因不能退隐和不愿退隐，就一面做官，一面游山玩水，以求明哲保身。魏晋南北朝时，由于社会动乱，政治黑暗，隐逸之风大盛，士大夫们不论在野的还是在朝的，大都以隐逸为清高，以山林为乐土，这样，山水描写就逐渐多起来了。这是山水诗盛行的第一个原因。

山水诗的兴盛与当时老庄思想的盛行也有着密切关系。老庄思想讲究清静自然、养生之道，因此喜爱老庄哲学的人同时也喜欢山水。孙绰是老庄哲学的信徒，还是东晋玄言诗的代表作家，他“居于会稽，游放山水，十有余年”。他写的《天台山赋》就是自夸为“掷地作金石声”的写景之作。老庄信徒所以喜欢山水还有一个原因，那就是他们喜欢借用山水景象来表现哲理。这是因为像偈语似地说理，往往陷于淡泊无味，用山水的形象来表达玄理，有时却能收到更大的效果，例如《世说新语·文学》记阮孚评论郭璞“林无静树，川无停流”的诗句说，“每读此文，辄觉神超形越”，效果十分大。因此他们就转而用山水的形象来表现这些玄理。例如孙绰的《兰亭》：

> 流风拂枉渚，停云荫九皋。莺语吟修竹，游鳞戏澜涛。
> 携笔落云藻，微言剖纤毫。时珍岂不甘，忘味在闻韶。

这首诗前面写景，后面说理。这种写诗的形式和谢灵运的山水诗很少区别，谢灵运的山水诗也是前面写景，最后归结为一些玄理。显而易见，这是从孙绰等人的诗歌变化出来的。因此，有人说谢灵运式的山水诗与其说是改变了玄言诗的风气，还不如干脆说只是玄言诗的继续罢了。虽然话说过了头，但不是毫无道理的。

《世说新语·言语》说："顾长康从会稽还，人问山川之美，顾云：'千岩竞秀，万壑争流，草木蒙笼其上，若云兴霞蔚。'"又说："王献之云：'从山阴道上行，山川自相映发，使人应接不暇。若秋冬之际，尤难为怀。'"江南秀丽的山水是山水诗创作的源头活水，如果缺少丰沛的山水滋养，一幅山水诗清丽秀美的画卷就无从展开。诗人陆游《偶读旧稿有感》说得好："挥毫当得江山助，不到潇湘岂有诗。"江山之助，这也是南朝山水诗兴起不可或缺的条件。

最后，南朝山水诗的兴起，还由于谢灵运等杰出诗人个人的作用。一个文学流派的形成，一代诗风的开创是需要领军人物的，《宋书·谢灵运传论》说："仲文始革孙许之风，叔源大变太元之气。"这里的"孙许"就是指以孙绰、许询为代表的玄言诗。《续晋阳秋》也说玄言之风至义熙中"谢混始改"。可知接着玄言诗兴起的是山水诗，它的先导是殷仲文和谢混。

但殷、谢二人并无多大成就。《南齐书·文学传论》说："仲文玄气，犹不尽除；谢混情新，得名未盛。"殷诗仍然保留着浓厚的玄言之风，但谢混的诗句清新美好，和枯燥乏味的玄言诗不可同日而语。例如：

> 惠风荡繁囿，白云屯曾阿。景昃鸣禽集，水木湛清华。
>
> ——谢混《游西池》

他"得名未盛"的原因恐怕是作品不多，这自然不足以改变当时的诗风。

谢灵运就不同了，他任永嘉太守时，仅一年多时间就游遍了永嘉所属几个县的山山水水。任临川内史时，“在郡游放，不异永嘉”。他写了大量山水诗，描写了会稽、鄱阳湖、庐山等地的山水自然景色。他观察自然景物很仔细，又有高度的艺术修养，因此在描写山水景物时，能够把握其特点，精雕细琢，刻画逼真，艺术上有精到之处。他许多传世的名篇名句，大都写出了自然的美，给人以清新可爱之感。他的诗文和才华为当世所重。鲍照对他的诗歌的评价是，“谢五言如初发芙蓉，自然可爱”。《宋书·谢灵运传》说他在始宁山居时，“每一诗至都邑，贵贱莫不竞写，宿昔之间，士庶皆遍，远近钦慕，名动京师”。根据这段话，可以断言，当时诗风的转变，即从东晋的玄言诗转向宋初的山水诗，使诗由淡漠而步入清新之境，谢灵运的作用是巨大的。

当玄言诗长期统治诗坛，一般诗作令人感到“淡乎寡味”的时候，山水诗的兴起，不仅打破玄言的桎梏，驱散玄言迷雾，使当时诗坛面目一新，而且在我国诗歌发展史上，也是别开生面，有着巨大影响的。它开辟了诗歌创作的新领域，启发了后代诗人把自然界的山山水水作为取之不竭的素材，并艺术地再现出来，从而极大地丰富了我国的艺术宝库。唐代著名诗人王维、韦应物、孟浩然、李白、杜甫、柳宗元以及后代诗人，无不受南朝山水诗的影响，并把山水诗的创作提到更高水平。

六朝为盛唐诗坛繁荣奠基

唐诗，是我国古典诗歌获得高度成就的标志。鲁迅说“一切好诗，到唐已被做完”（《致杨雯云》），闻一多说“一般人爱说唐诗，我却要讲‘诗唐’，诗唐者，诗的唐朝也”（《闻一多先生说唐诗》），都是对唐诗成就的高度肯定，而唐诗的繁荣，又以盛唐为高峰。

唐诗的繁荣，有其具体而复杂的历史条件，也有诗歌的传统因素。以后者而言，我国古代的诗歌源远流长，《诗经》经乐府以来重写实的传统和《楚辞》以来重幻想的传统，为我国诗歌的发展奠定了良好的基础。魏晋南北朝文学为唐诗的思想内容和艺术技巧提供了丰富的养料，尤其是魏晋以来文学的觉醒，文人创作的乐府古诗的兴盛，声律论的创立，南北朝诗人在诗歌的体制、格律、题材、意境等方面的探讨和艺术成就等，都为唐诗的繁荣准备了条件。下面着重从声律论和南北朝优秀诗人的艺术成就对唐诗的积极影响两方面加以说明。

一、声律论为盛唐诗歌繁荣奠定基础

南朝初期刘宋时代，诗歌起了很大的变化，这就是山水诗的兴起和玄言诗的告退。刘宋之初，范晔在《狱中与诸甥侄书》中说他“性别宫商，识清浊”，表明他初步感到文字声音的高下类别了。

南朝萧齐永明年间（483—493），周颙作《四声切韵》，沈约作《四声谱》，从理论上确定汉字有平、上、去、入四声，四声之名正式成立。沈约还把音韵学上的成果应用到文学上去，创立“四声八病”说。他非常强调诗文中调协音节抑扬的重要性：由于讲究对偶的文风和声律论的建立，引起了诗体的变化，使我国古典诗歌由比较自由的古体诗逐步走向格律严整的近体诗（唐代的律诗和绝句）。

为了诗歌的形式美，诗人们刻意追求词句的整齐对偶。汉字是单音节文字，宜于讲对偶，口语中的对偶句早就存在，例如：“多钱善贾，长袖善舞”；“止寒莫如重裘，止谤莫如自修”；“宁为玉碎，毋为瓦全”；“前车覆，后车诫”；“关西出将，关东出相”；等等。这些谚语就是很好的例证。就书面语言来说，《诗经》中也有不少对仗工整的诗句，如“鹳鸣于垤，妇叹于室”（《豳风·东山》），“昔我往矣，杨柳依依。今我来思，雨雪霏霏”（《小雅·采薇》）。但这还是“高下相须，自然成对”（《文心雕龙·丽辞》），是天然的对偶。建安以后的诗人，有意识地运用对句，把它作为修辞的手段，如陆机的《赴洛道中作》说：“永叹遵北渚，遗思结南津”，“振策陟崇丘，安辔遵平莽”，辞面对得很工整。这种对偶句法，在潘岳、左思等的作品中也可见到许多。到了宋初，“俪采百字之偶，争价一句之奇”，谢灵运的《登池上楼》甚至通篇是偶句。齐、梁以后，诗人们在修辞上尽力争奇斗巧，词句对偶的精工，在创作中成为必不可少的艺术手段了，这时的代表诗人王融、谢朓、沈约、范云、何逊、阴铿等的作品中，工整的偶句充满了篇章。

由于追求诗歌语言的形式美，作为诗歌艺术形式的重要因素声律，也在这时被逐渐有意识地掌握并运用到文学创作上来。音乐性，是诗歌艺术的重要特征，古人是很注意的，《诗经》就以运用双声叠韵的联绵词和叠字叠句等各种修辞方式，增加诗歌的音律美。汉魏时的五言诗读起来也觉得音节谐美，不过还只是自然音调的和谐，并不是诗人们在理论指导下有意识地协调声律的结果。晋初陆机才在《文赋》中提出“暨音声之迭代，若五色之相宣”，认为文章应该在音节上抑扬交替，具有和谐之美。沈约则进一步提出：

> 夫五色相宣，八音协畅，由乎玄黄律吕，各适物宜。欲使宫羽相变，低昂舛节，若前有浮声，则后须切响。一简之内，音韵尽殊；两句之中，轻重悉异。妙达此旨，始可言文。
>
> ——《宋书·谢灵运传论》

要求五言诗句中的字音高低轻重不同，平仄间隔运用；使全诗声调读起来起伏变化，节奏鲜明，和谐悦耳。沈约在正面提倡四声之外，还总结出四声用于诗歌格律时应该避免的八种毛病，即平头、上尾、蜂腰、鹤膝、大韵、小韵、旁纽、正纽。前四病是结合五言诗一联（两句）的音节讲的。平头是上一句的开头两字不能和下一句的开头两字平仄相同；上尾是上一句的末一字不能和下一句的末一字平仄相同；蜂腰是两句中的一句前两字与后两字用仄声，中间一字用平声；鹤膝是另一句的前两字和后两字用平声，中间一字用仄声。后四病是指五言诗一句的音节讲的。大韵是一句中的前四字不得与最后押韵的字犯同韵；小韵是一句中的字除不得与押韵的字犯同韵外，也不得与其他字犯同韵；旁纽（大纽）即一句中不得用隔双声字如“鱼游见风月”，“鱼”、“月”双声犯旁纽；正纽（小纽）即一句中不得用四声相纽，如溪、起、憩、迄四字的声调为平、上、去、入，为一纽，一句中不得用其二。总起来说，沈约提出“八病”的用意是要尽量避免十字（一联）内声调及双声叠韵等音韵上相同的因素，使音律错综变化。八病说是诗律理论的具体化。

声病说是就一联范围而说的，主要在于说明一个律句和一个律联如何构成，没有明确两联之间如何粘连（接合）的规则。这样，整首诗（四行以上）的声律格式就缺少了固定的面貌，从而显得纷繁不一了。这个问题，要到初唐才解决。

沈约曾把四声的创立作为他千载独得之秘，所谓“自骚人以来，此秘未睹”。其实，沈约提出的这套理论是以前人的研究成果为基础的。魏晋以来，音韵学研究渐渐发展，如曹魏时李登著《声类》十卷，晋吕静作《韵集》，另有孙炎作《尔雅音义》，是反切的创始人（反切成熟于梵文拼音原理的启示）。文学本身的发展和音韵学的发展，都为沈约的声律论创造了历史条件。而转读佛经的影响，也促成了这一奥秘的揭开。东晋时，佛教盛行于中国，佛经的译文也多。佛经的梵文是多音节的，具有优美的音乐性，译为单音节的汉字以后，为了体现出它原来的音节之美，在诵读时将每一个汉字读成几个高低不等的音节，终于逐渐明确地辨析出汉字的四声。

沈约在政治上和文学上名位极高，由于他的提倡，诗人们积极有意识地在创作时调和声韵，以加强作品的音乐性，在当时形成了盛极一则的风尚。

声律之说兴，对偶之风盛，再加乐府小诗的影响，于是诗坛上产生了所谓永明体。永明体诗歌的艺术风貌显然不同于魏晋以来的古诗，可以说是一种新体诗。王闿运《八代诗选》卷十二至十四，专选自齐至隋百余年中微有格律的作品，就称为新体诗。永明体的艺术特点是讲求细密的声律和工整的对仗，篇幅一般比较短小。这些特征，也就是后来律诗的艺术形式的重要特征。尽管在以后的一段时期中，诗人们还在探索，尚未确定一定的准则，但从王融、谢朓、沈约、范云等人的诗歌中，我们可以看到唐人律诗的雏形。如：

巫山高不极，白日隐光辉。霭霭朝云去，溟溟暮雨归。
岩悬兽无迹，林暗鸟疑飞。枕席竟谁荐，相望空依依。

——范云《巫山高》

全诗八句，隔句押韵。虽然后面几句平仄稍有不调，但前面四句声律完全符合近体诗的格律要求，中间二联对仗工整，形式整齐。梁简文帝萧纲大量创作这种诗体，在平仄上虽仍未达到完美之境，但在修辞和对偶上已较前细密。以后作者日多，作品日富，这种新体诗便成为梁陈二代主要的诗体了，何逊、王籍、阴铿、徐陵、王褒、庾信等都有这方面的作品如：

艅艎何泛泛，空水共悠悠。阴霞生远岫，阳景逐回流。
蝉噪林逾静，鸟鸣山更幽。此地动归念，长年悲倦游。

——王籍《入若耶溪》

王籍这首诗具备了唐律的风格，不但对偶工整，造意也有特色。“蝉噪林逾静，鸟鸣山更幽”，是历代传诵的名句。

诗的格律化，首先在五言体上进行，这是因为这一时期五言诗已达到成熟程度。至于七言体，这一时期还在发展阶段，诗人们对于七言诗的艺术形式掌握运用得还不熟练，还不可能向七言律的艺术形式去探索。一般讲诗律史的著作常提到庾信的一首《乌夜啼》形式上已暗合律诗要求，但距唐人七律还差得很远。

绝句是用四句五言或七言写成的小诗。绝句的名称起于刘宋，但这样的诗在晋以前就产生了。到了两晋，如陆机、傅玄、潘尼、张载、郭璞等都有此种作品，不过在形式上还无特色。南朝初期，受了吴歌的影响，其体渐盛，鲍照、谢惠连、谢庄等都在尝试这种小诗的制作，在技巧上也比晋代进步了。到了永明时期，永明体的形成，小诗的影响是因素之一，但当永明体形成之后，又反过来作用于小诗，使它得到进一步发展，在艺术形式上也有了明显的进展，不少作品语言精约，声律和谐，使绝句在当时的诗坛上取得了一定地位。梁、陈以后，绝句就更加活跃起来，在声律上则更趋成熟，如：

山中何所有？岭上多白云。只可自怡悦，不堪持赠君。

——陶弘景《诏问山中何有赋诗以答》

阳关万里道，不见一人归。唯有河边雁，秋来南向飞。
——庾信《重别周尚书二首·其一》

陶弘景的诗除第二句有个别字平仄不调外，全诗言简意深，饶有风趣。庾信的诗风格沉郁悲凉，声律成熟，俨然是唐人绝句。七言绝句产生较迟。汤惠休有《秋思引》一首，只能说略具七绝的规模；到了萧纲，七言绝句在形式上也有了进展。如《夜望单飞雁》全诗声律较和谐，一二句尤为工整，堪称七绝先声。以后作者日众，形体初定，于是七言绝句也在这时期渐渐接近成熟了。

这时期的古体诗也发生了变化，一是诗句的格律化。二是换韵。过去的诗多数是全篇一韵，齐、梁以后，出现了换韵——或两句，或四句，或八句，而有不少是平仄对换，颇有规律。这种古诗变体的产生，显然是受了声律论的影响。韵的变换是要在诗歌里增加音调的和谐和变化，增加诗歌语言的音乐性。三是徐陵、江总、傅縡等三人的《杂曲》形式上整齐一致，这种情况在当时并不普遍，但无疑是一种新的迹象，为七古提出了一种篇章严整的体式。这种体式后来在唐人七古中可常见到，如李颀的《古从军行》，王维的《夷门歌》、《洛阳女儿行》，高适的《燕歌行》，《封丘作》等都是诗句格律化，换韵，章法严整的七古。

初唐诗人在南北朝永明体诗歌的基础上继续探索，实践，终于实现了由古体诗到近体诗（律诗、绝句）的质的飞跃：

（1）律句和律联的发展和定型。

齐梁体五言律句主要应用了四种平仄格式：

①仄仄平平仄………………a

②平平平仄仄……………………b

③仄仄仄平平……………………A

④平平仄仄平……………………B

这四种律句东汉就出现了，而在讲究四声八病的齐梁体诗中则成了定式。其中 a、b 两式作平韵诗的出句用，A、B 两式作平韵诗的对句用（也有作出句用的，较少）。唐初完全继承了这四种律句的形式，广为使用，成了近体诗的基本句式，并且有了进一步的发展。

由律句结合成律联，是随着律句的产生而产生的，而到齐梁则成了普遍的现象。但是齐梁的律联主要使用 a B 联和 b A 联，到了唐初，又发展出 A B 联和 B A 联，这样，唐律定型了四种律联：

①仄仄平平仄，平平仄仄平……………………a B

②平平平仄仄，仄仄仄平平……………………b A

③仄仄仄平平，平平仄仄平……………………A B

④平平仄仄平，仄仄仄平平……………………B A

虽然从八病说看，AB 和 BA 两联犯了上尾病，但是由于增加了这两种形式，使诗律形式多样化了，因此，这不但不能认为是病，反而是一种突破，一种发展，是应该肯定的。

（2）粘对规则的确立。

粘对规则是指格律诗的两个或两个以上律联的粘连即接合的规则。在齐梁体律诗中，主要存在着粘式和对式两种粘对方法，即粘式和对式两条构律规则。

粘式规则的要求是：每个律联上下句之间的关系是平仄相对，每两联之间相邻的两句（前一联下句和后一联上句）之间的关系是平仄相同。如阴铿《昭君怨》：“跨鞍今永诀，垂涕别亲宾。汉地行随尽，胡关远望新。交河拥寒雾，陇首暗沙尘。惟有孤明月，犹能送远人。”全诗联内平仄相对，联间平仄相粘，一对一粘，时而交错，时而平行，一联一联接续下去，便构成长律。诗联可多可少，而格式不变。这种诗律形式，组织严密而又易于掌握，是相当精巧的。

对式规则的要求是：每联两句之间的关系平仄相对，这和粘式规则相同；两联邻接的两句，也是平仄相对。如王融《上高台》：“游人欲骋望，积步上高台，井莲当夏吐，窗桂逐秋开。花飞低不入，鸟散远时来。还看云栋影，含月共徘徊。”全诗逢单的律句平仄都相对，逢双的律句平仄都相同，实质上是由同一性质的律联重叠而成的格式。其缺点是单调少变。诗行越多，缺点就越明显，越突出。因此，齐梁体格律诗有一个明显的发展动向，诗行越少，如四行体，以对式占优势；诗行越多，对式结构越少，而由粘式结构占优势了。但在齐梁，这两种结构是同时并存，都被认可的。到唐代，肯定和继承了粘式规则，并把它作为唯一的构律规则，对式规则等其他构律规则也随之被作为异质而否定，唐代近体诗（五言）也就形成了。而上面所说的律句、律联和粘对等声律要求，都作为唐近体诗的格律要求，称之为唐律。

（3）七言律诗的兴起和发展。

就古体诗而言，七言体和五言体一样，早就产生了。但就格律诗而言，七言体却在五言体的基础上产生并发展起来的。在齐梁，七言格律诗不仅数量很少，而且大多不合律。其中只有四行的绝句，偶能看到一些，如江总的《怨诗两首》是合粘式格律的，但这样的诗也不多。因此，南北朝时期，七言格律诗除绝句略露萌芽外，还没有形成，到唐代才逐步形成和发展起来，从而构成了近体诗格律形式的完整体系。

一般人常认为，近体诗是由初唐诗人沈佺期、宋之问制定的。现在说说这种看法。

初唐诗人经过不断探索，终于实现了从齐梁格律诗到唐代近体诗的飞跃。他们为唐代近体诗的形成作出了贡献。如隐逸诗人王绩的代表作《野望》，这是一首完整的五律，平仄协调，对仗工整，完全符合律诗的格律要求。他的《赠程处士》、《独坐》、《九月九日赠崔使君善为》等都是相当成熟的五律，可见他对律诗的形式作过一定的探索。初唐“四杰”，他们以大量的创作实践，为唐代五言律诗的成熟和七言歌行的发展也做了有益的探索。王勃的《送杜少府之任蜀州》，杨炯的《从军行》，骆宾王的《在狱咏蝉》等都是格律完整的五律；王勃的《山中》，杨炯的《夜送赵纵》等也是成熟的五言佳构。据统计，杨炯有五律十四首，全部合律。七言律诗成熟稍后些。武则天时，李峤、苏味道、沈佺期等的七律应制之作大部分符合格律要求，尤以沈佺期的合律之作最多。与沈佺期齐名的宋之问，也写了不少五七言律绝，现举沈、宋较著名的律绝示例：

闻道黄龙戍，频年不解兵。可怜闺里月，长在汉家营。
少妇今春意，良人昨夜情。谁能将旗鼓，一为取龙城。

——沈佺期《杂诗》

卢家少妇郁金香，海燕双栖玳瑁梁。九月寒砧催木叶，十年征戍忆辽阳。白狼河北音书断，丹凤城南秋夜长。谁为含愁独不见，更教明月照流黄。

——沈佺期《独不见》

《杂诗》全诗圆融婉转，中间两联用流水对（意义连贯而下像流水一般），更增强了这一效果。高步瀛在《唐宋诗举要》中说：“一气转折，而风格自高，此初唐不可及处。”对于《独不见》，姚鼐以为“高振唐音，远包古韵，此是神烈之作，当取冠一朝关”。沈德潜也说：“骨气奇高，色泽情韵俱佳。”

阳月南飞雁，传闻至此回。我行殊未已，何日复归来。
江静潮初落，林昏瘴不开。明朝望乡处，应见陇头梅。

——宋之问《题大庾岭北驿》

岭外音书断，经冬复历春。近乡情更切，不敢问来人。

——宋之问《渡汉江》

《题大庾岭北驿》是宋之问遭流放泷洲（今广东罗定）过大庾岭时所作，篇中实录与虚想交错，真实地反映了诗人凄婉悲凉的心情。次年他逃回洛阳，途经汉水时作《渡汉江》，直抒心曲，表现了诗人此时特有的感受。

现在回到沈、宋制定近体诗的问题。只要考察一下唐代近体诗形成的历史过程：声律论—永明体（齐梁格律诗）—唐代近体诗，可以明显看到，到唐初，近体诗的形成，已是瓜熟蒂落。其间沈、宋的积极作用是，他们正确地总结和继承了前代格律诗的经验，选择和肯定了齐梁体的粘对格律——粘式规则，使当时诗人接受和遵循，使格律形式由齐梁时代的繁复逐渐趋向统一，逐渐定型。他们的作用，应该充分肯定。但是把“总结、选择、肯定”说成“制定”，显然并不恰当。

近体诗在唐诗中比重很大。诗人们竞相发挥艺术天才，优秀诗人，如繁星璀璨，名篇佳作，如明珠闪耀。近体诗的形成，无疑是盛唐诗歌繁荣的重要内容之一。

二、盛唐诗人对六朝诗歌的继承和创新

推陈出新是文学发展的规律之一。盛唐诗坛的繁荣，正是盛唐诗人继承了诗骚以来包括六朝诗歌优秀传统并有所创新有所发展的结果。下面主要以盛唐诗人王维、高适、李白和杜甫等为例，说明六朝诗歌对盛唐诗坛繁荣的重要作用。

东晋陶渊明开创了田园风光的描写，南朝谢灵运开创了山水幽胜的探寻，山水田园逐渐进入诗歌领域。其后，沈约、谢朓、何逊、阴铿等进一步丰富了山水诗的内容和写作技巧，为鲜明、生动地表现自然美提供了宝贵的经验。盛唐山水田园诗正是继承了陶、谢以来的优良传统并对这一领域继续开拓的结果。

盛唐著名山水田园诗人有孟浩然、王维、储光羲、祖咏、裴迪等，而王维则代表了盛唐山水田园诗创作的最高成就。他善于以清新的笔调，匀润的色彩，细致入微地描绘山水田园的优美境界，表现自己生活之中的闲情逸致。例如《木兰柴》“秋山敛余照，飞鸟逐前侣。彩翠时分明，夕岚无处所”，展现出夕照中飞鸟、山岚、

彩翠明灭闪烁，瞬息变幻的奇妙景色，宛如一幅印象派画作，这显然吸取了谢灵运诗刻画工致的长处，又扬弃了谢诗一味讲究“形似”、“繁富”的缺点。他的山水诗不完全着眼于形似，而是追求一种传神的艺术效果，因而不仅画面形象生动鲜明，而且善于传达出笔墨不可描绘的山水精神气象，如《汉江临眺》一诗的名句“江流天地外，山色有无中”。诗写汉江的浩渺宽广，却着眼于天地、山色。这样写虽不像谢诗那样具体可感，却耐人寻味，给读者以丰富想象的余地。王维的山水诗，还往往透过他领悟到的“空”、“寂”的禅理，揭示了客观存在的澄淡幽静之美，开通了中国山水诗向心灵深处走近的美学历程。总之，王维的山水田园诗既借鉴了谢灵运等前辈诗人的创作经验，又有所创新，从而超越了谢灵运等前辈诗人。

与王维齐名的孟浩然，写得最多的是他隐居生活中高雅闲逸的情趣，沈德潜《唐诗别裁》赞其“语句淡而不薄”，即语言自然平淡而耐人寻味，风格和陶渊明接近。

高适是盛唐边塞诗派中成就突出的诗人。他曾两次出塞，对广大戍边士卒的生活有较深入的了解，因而他的边塞诗有较深广的内容，报国的豪情和忧时的愤慨常常交织在一起。政治家冷静清醒的头脑，使他对边塞战争存在的问题往往看得比较清楚和深刻。现以他的代表作《燕歌行》为例：

汉家烟尘在东北，汉将辞家破残贼。男儿本自重横行，天子非常赐颜色。摐金伐鼓下榆关，旌旆逶迤碣石间。校尉羽书飞瀚海，单于猎火照狼山。山川萧条极边土，胡骑凭陵杂风雨。战士军前半死生，美人帐下犹歌舞。大漠穷秋塞草衰，孤城落日斗兵稀。身当恩遇常轻敌，力尽关山未解围。铁衣远戍辛勤久，玉箸应啼别离后。少妇城南欲断肠，征人蓟北空回首。边风飘飖那可度，绝域苍茫更何有？杀气三时作阵云，寒声一夜传刁斗。相看白刃血纷纷，死节从来岂顾勋！君不见沙场征战苦，至今犹忆李将军。

诗歌歌颂了战士们舍身报国，奋起抗敌，不畏牺牲的精神，鞭挞了主帅的荒淫腐败和草率轻敌，揭露了官兵苦乐悬殊的深刻矛盾，并对旷日持久的战争给征人思妇带来的痛苦寄予深切的同情。末尾突出了希望整顿边防军事的主旨，表达了人民期盼早日结束战事，过上和平生活的强烈心声。全诗风格苍凉悲壮，慷慨雄健，语言锤炼整饬，平易流畅，大量运用对偶句，不仅增加了音韵美，也增强了表现力。

胡适在《白话文学史》中曾指出，高适的诗歌艺术特点“最得力于鲍照”，“高适是个有经验、有魄力的诗人，故能运用这种解放的诗体来抬高当日的乐府歌词”。胡适所讲的“这种解放的诗体”就是七言歌行，这是性格豪放的诗人最为擅长的诗体。鲍照擅长七言和杂言乐府，是我国文学史上杰出的诗人，他的《行路难》在盛唐几至无人不学。他的诗歌不仅对高适，对岑参和大诗人李白、杜甫等都有很大的影响。与高适齐名的边塞诗人岑参，诗意清拔孤秀，时人比之吴均、何逊。

“笔落惊风雨，诗成泣鬼神。”（《寄李十二白》）这是杜甫称赞李白作品的诗句。李白诗歌之所以能有这样巨大的艺术感染力，这是和他广泛的继承和学习分不开的。他继承了屈原、庄子以来的浪漫文学传统，他努力学习汉魏六朝乐府。在他现存的作品中，约有四分之一是乐府诗，他几乎袭用过所有的乐府古题而有所发展。六朝乐府中在民间流传很广的《西曲歌》、《子夜歌》等，对他影响尤深。在民间诗歌的影响之下，在李白的诗歌中，不仅那些袭用乐府旧题的作品，如《子夜吴歌》和《长干行》等都具有民歌语言的生动、自然的特点，就是那些五言、七言绝句，如《静夜思》、《越女词》、《赠汪伦》等，也都有民歌风味。李白和王昌龄的七言绝句同是唐人七绝的冠冕，在语言上实得力于民间诗歌的学习。李白对六朝文人诗歌则持扬弃的态度，在批判其浮艳文风的同时，吸取其中的有益成分。他对一些优秀诗人的作品，学习尤勤。他推崇谢朓，说“诺为楚人重，诗传谢朓情”（《送储邕之武昌》），“解道澄江静如练，令人长忆谢玄晖”（《金陵城西楼月下吟》），“建安文章蓬莱骨，中间小谢又清发”（《宣州谢朓楼饯别校书叔云》）。谢朓山水诗融情入景的主观色彩，清新秀拔的语言风格，对李白诗歌有直接的影响。李白在自己的诗歌里，曾经称赞或引用谢灵运“池塘生春草”、“山水含清辉”和谢朓“澄江静如练”、“朔风吹飞雨”等清新自然富有创造性的名句，他那些描写自然景物的诗篇，确实是受了二谢的影响。李白对江淹、鲍照也都称许：“览君荆山作，江鲍堪动色”（《赠江夏韦太守良宰》）。鲍照乐府诗豪放、俊逸的行文气势，对李白的影响很大。如李白《行路难》三首，整个艺术特色和鲍照的原作，有着明显的传承关系。李白的其他七言歌行如《蜀道难》、《远别离》等，也都受到鲍照乐府诗的影响。杜甫曾以“俊逸鲍参军”评价李白诗，正是从这些方面着眼的。杜甫还以

“清新庾开府”（《春日忆李白》）、“李侯有佳句，往往似阴铿”（《与李十二白同寻范十隐居》）来称赞李白。李白正是在广泛继承、学习前人包括六朝诗人的基础上进一步发展了古代诗歌艺术而登上高峰的。

杜甫是一个集大成的诗人。元稹在《唐故工部员外郎杜君墓系铭》中称赞他“上薄风骚，下该沈宋，言夺苏李，气吞曹刘，掩颜谢之孤高，杂徐庾之流丽，尽得古人之体势，而兼人人之独专矣”。他自己也说“不薄今人爱古人”，“转益多益是汝师”。他上继诗骚，推崇建安诗歌，对于同时代的孟浩然、王维、李白等，不仅推崇备至，而且善于吸取他们的长处。对六朝诗人，也一再赞赏他们的艺术成就，说“焉得思如陶谢手，令渠述作与同游”（《江上值水如海势聊短述》）、“熟知二谢能将事，苦学阴何苦用心”（《解闷十二首》）。对于庾信，更是十分佩服和同情。他赞扬李白，说“清新庾开府，俊逸鲍参军”，“李侯有佳句，往往似阴铿”。其实杜甫自己也是认真向鲍照、庾信、阴铿、何逊等认真学习的。他的《前出塞》、《后出塞》，和鲍照的《东武吟》、《代出自蓟北门行》风格相似，他的《秦州杂诗》出于庾信《感怀》。杜甫自秦州入蜀道中所写山水诗《铁堂峡》、《青阳峡》、《龙门阁》等，和鲍照的《登庐山》、《登香炉峰》、《从庾中郎游园山石室》等篇都具体描绘了山水的奇险，风格近似。杜甫《铁堂峡》：“径摩穹苍蟠，石与厚地裂。修纤无垠竹，嵌空太始雪。”鲍照《登庐山》：“千岩盛阻积，万壑势回萦……洞涧窥地脉，耸树隐天经，松磴上迷密，云窦下纵横。”对照阅读，其传承关系一目了然。

杜甫对诗歌语言艺术的成功运用，在中国文学史上是享有盛名的。“诗是我家事”，他既以写诗为祖业，创作态度又十分认真，“为人性僻耽佳句，语不惊人誓不休”（《江上值水如海势聊短述》），“新诗改罢自长吟”（《解闷十二首》）。杜甫对诗歌语言作了呕心沥血的刻意追求，但也不是一味“闭门觅句”，冥思苦想。他善于向古今诗人包括六朝诗人学习。他不少佳句甚至是从六朝诗中直接化出来的。例如“薄云岩间宿，孤月浪中翻”（《宿江边阁》），“轻燕受风斜”（《春归》），就是由何逊“薄云岩间出，初月波中上”（《入西塞示南府同僚》）、“轻燕逐风花”（《赠王左丞》）等诗句变化而来的。“苦学阴何苦用心”，他曾明白地表示自己曾下苦工学习过六朝诗歌的技巧。他特别善于从民间吸取新鲜活泼的语言。如《草堂》：“旧犬喜我归，低徊入衣裾。邻舍喜我归，沽酒携胡芦。大官喜我来，遣骑问所须。城廓喜我来，宾客隘村墟。”便脱胎于北朝民歌《木兰诗》。他还吸取民间乐府中钩接、叠韵等手法，使他的一部分诗歌具有通俗活泼、朴素明快的民歌风格。

总之，齐梁格律诗为唐代近体诗的形成和发展奠定了基础，唐代诗人对南北朝优秀诗人丰富的创作经验的继承和创新，也是盛唐诗歌繁荣的重要原因。如果没有这些，盛唐诗歌的繁荣恐怕至少要推迟上百年或者更长时间。

宫体诗再评价

南北朝中后期，即从梁后期到陈（581—589），这期间南朝诗坛，特别在贵族和宫廷中宫体诗盛行。宫体诗是一种以描绘女性的容貌、形体、妆饰、姿态、心理等为重要内容，风格绮丽轻靡诗歌。

《梁书·简文帝纪》载，简文帝萧纲“雅好赋诗，其自序云‘余七岁有诗癖，长而不倦’。然帝文伤于轻靡，时号‘宫体’”。《徐摛传》说徐摛作诗“好为新变”，他任萧纲的太子家令时，其“文体既别，春坊尽学之，宫体之号，自斯而起”。《隋书·经籍志》则说：“后生好事，递相放习，朝野纷纷，号为宫体。”唐代刘肃的《大唐新语》也说：“梁简文帝为太子，好作艳诗，境内化之，浸以成俗，谓之宫体。”由此可知，宫体之名，始于简文帝萧纲为太子时。宫，即太子所居之东宫，亦称春坊。上有好者下必甚，当时不仅“春坊尽学之”，而且“境内化之，浸以成俗”，创作宫体诗成为一种风气，一种时尚。

宫体诗为什么会在南朝兴起的呢？表面看是由于帝王的提倡，但还有其深层次的原因。首先，南朝君主和臣僚耽于酒色、流连声伎，社会风尚淫侈，是历史上罕见的。如宋废帝刘子业“游华林园竹林堂，使妇人裸身相逐”，齐废帝东昏侯萧宝卷“为潘妃起神仙、永寿、玉寿三殿，皆匝饰以金璧”，“又凿金为莲花以帖地，令潘妃行其上，曰‘此步步生莲花也。’”（《南史·废帝东昏侯本纪》）。《隋书·音乐志上》载，陈后主嗣位以后，耽荒于酒，视朝之外，多在宴筵，尤重声乐，“遣宫女习北方箫鼓，谓之《代北》，酒酣则奏之。又于清乐中造《黄鹂留》及《玉树后庭花》、《金钗两鬓垂》等曲，与幸臣等制其歌辞，绮绝相高，极于轻薄，男女唱和，其音甚哀”。齐、梁、陈三朝的统治者大多是庸主，却都很爱作诗歌，梁武帝萧衍、简文帝萧纲、元帝萧绎，陈后主陈叔宝都写下了大量作品。他们在写作的同时，还令王子和大臣们依题和作。另外，梁代士大夫，不分等秩，均蓄有家妓，为官者宴饮女乐的花费，可达巨亿。宫体诗中有相当部分就是为嘲戏妓女而作。

其次，和当时新的文学观有关。萧纲在给他儿子的信中说：“立身之道与文章异。立身先须谨慎，文章且须放荡。”（《诫当阳公大心书》）萧绎则说：“至如文者，惟须绮縠纷披，宫徵靡曼，唇吻遒会，情灵摇荡。”（《金楼子·立言》）他们认为诗文可以“放荡”，应该“情灵摇荡”，不应与经籍典诰等同看待。艳情显然是最适宜表现“流连哀思”，可使“情灵摇荡”的题材，创作宫体诗正是他们的文学理论的实践。

再次，与南朝描写男女恋情的乐府民歌有关。南朝乐府民歌大多是情歌，文人仿作，便将吴声西曲中的内容连同形式都吸收过来了。艳诗在南朝谢灵运、鲍照、汤惠休等的诗歌中已经出现了。谢灵运的《东阳溪中赠答二首》、鲍照的《代淮南王二首》、《代白纻舞歌辞》，汤惠休的《楚明妃歌》、《歌思引》等都是拟乐府。其后，沈约、王融、谢朓等都有制作，沈约的《拟三妇》、《有所思》，王融的《巫山高》、《古意二首》、谢朓的《铜雀台妓》、《王孙游》等也都是拟乐府。萧纲又推而广之，也有很多拟乐府。但这些拟乐府宫体诗和民歌明显不同，民歌质朴自然，感情真挚，而文人仿作不免带上贵族文人的生活情趣和审美观念。

以上种种是宫体诗生长的土壤，现在再说关于宫体诗的评价问题。

宫体诗长期以来受到贬责，甚至斥为“亡国之音”。《隋书·文学传序》批评宫体诗说：“梁自大同之后，雅道沦缺，渐乖典则，争驰新巧……其意浅而繁，其文匿而彩。词尚轻险，情多哀思，格以延陵之听，盖亦亡国之音乎?”唐李商隐诗《隋宫》：“地下若逢陈后主，岂宜重问后庭花。”杜牧诗《泊秦淮》：“商女不知亡国恨，隔江犹唱后庭花。”从此，陈后主的《玉树后庭花》成了亡国之音的代称。直到二十世纪七十年代，宫体诗依然被视为“色情文学”，“诗歌的逆流”。

以女性为题材的宫体诗的作者，主要是帝王宗室和上层权要。他们的思想感情平庸肤浅，生活视野狭窄，这就决定了他们的目光多投注宫廷或贵族之家，因而“清辞巧制，止乎衽席之间；雕琢蔓藻，思极闺闱之内”（《隋书·经籍志》），他们描写的主要是美女佳人的金庭、紫阙、凤楼、瑶台等华贵的生活环境，玉床、锦屏、花炉、香炉等精美的日常用品，朱唇、纤指、美目、玉体等自然容貌，约黄、裁金、粉光、薄衫等妆饰穿戴，娇啼、轻歌、曼舞、睡卧等举止情态和忧愁、哀思、悲欢、孤寂等心灵感受。从萧纲的

《咏内人昼眠》、《美人晨妆》、《戏赠丽人》、《春夜看妓》、《和湘东王咏名士悦倾城》等诗题，就可以了解宫体作家兴趣所在。欣赏女性美的同时，宫体诗对生活中的男欢女爱、狎妓、宿娼也有表现。对这些诗，后人作为“浮艳”典型。但这样的诗歌毕竟只是极少数。金克木先生在《〈玉台新咏〉三问》一文中说：“在大量收录宫体诗的诗歌总集《玉台新咏》中，帝王、贵族、大臣的两卷中有一些以妇女为玩物的低级作品，真正恶劣不足道的，只有萧纲的一首，或加其他几首。”① 现以陈后主的《玉树后庭花》为例，其辞云：“丽宇芳林对高阁，新妆艳质本倾城。映户凝娇乍不进，出帷含态笑相迎。娇姬脸似花含露，玉树流光照后庭。花开花落不长久，落红满地归寂中。”此诗历来被认为是陈后主诗中最轻薄者，是亡国之音。然而明代张溥却提出不同看法，他在《汉魏六朝百三家集题辞注·陈后主集》中说：“即歌之，亦未极哀也。”这是针对《隋书》“情多哀思”而言。针对“亡国之音”则说“鹤不能亡国，而国君不可好鹤”。《左传·闵公二年》载，卫懿公好鹤，给鹤以禄位。狄人侵卫，卫士卒不愿抵抗，说“让鹤去打仗吧”。狄人终于灭卫。张溥引用这个典故，是说亡陈的不是宫体诗。国君应以治国为本，而陈后主却本末倒置，耽于酒色，迷于声律，荒于治国，这是陈所以灭亡的原因。在众口一词，都说《玉树后庭花》是“亡国之音”时，张溥却独排众议，这是难能可贵的。按唐代刘肃《大唐新语》载，唐太宗作宫体诗，使虞世南和作。世南谏曰：“圣作虽工，体制非雅。上之所好，下必随之。此文一行，恐致风

① 金克木：《〈玉台新咏〉三问》，《文史知识》1986 年第 2 期。

靡。而今而后，请不奉诏。”虞世南是太宗十八学士之一，著名书法家，也是著名宫体诗作家，文章婉缛慕徐陵，徐陵也认为他的作品很像自己。但当唐太宗也写宫体诗时，他便进行规谏，他认为帝王而好宫体，负面影响太大。张溥的观点和虞世南基本相同。张溥还认为，陈后主“词非绝淫”，这无疑是正确的。要说“色情”、“淫艳”，比起“上客徒留目，不见正横陈”（刘缓《敬酬刘长史咏名士悦倾城》），“绣帐罗帷隐灯烛，一夜千年犹不足”（徐陵《乌栖曲》）等，《玉树后庭花》瞠乎其后远矣。

总之，宫体诗虽然大多格调不高，文辞轻靡，也有极少数低下的作品，但不能以偏概全，甚至斥之为“亡国之音”，“色情文学”或“诗歌的逆流”。

那么，宫体诗为什么会长期受到贬责的呢？这主要是由于传统文学观念影响。《尚书·尧典》云：“诗言志”。这是中国早期的文学理论，对后世有着深远的影响。它概括地说明了诗歌表达作家思想感情的特点，包含着两方面的内容：一是诗有认识社会的作用。上古把“采诗”作为一种制度，就是力图充分发挥诗的认识作用，更好地为政治服务，二是“言志”的“志”必须具有从思想感情上影响人和对人进行道德规范的力量。古代十分重视诗所言之“志”的性质，从孔子提倡诗“无邪”，到后来的“发乎情，止乎礼义”，以及提倡“温柔敦厚”的诗教，目的都集中在诗所言之“志”必须符合道德规范。在我国文学发展的过程中，由于“志”长期被解释成合乎礼教规范的思想，“情”被视为和政教对立的“私情”，因而在诗歌史上常常出现“言志”和“缘情”的对立，有时甚至产生激烈的争辩。基于“诗言志”的观点，那些可以美教化、正人伦、移风俗的诗歌，那些讴歌王道的颂美之音才称得上大雅正声，而那些表现羁戍饮宴、江山风月、男女之情等无益于政教的诗歌则是郑卫之音。以描写美女佳人的体态心理等为重要内容的宫体诗，被认为不会“无邪”，不合礼教，完全背离了儒家的文学观。它的长期遭受贬责，被全盘否定，也就不足为奇了。

但是宫体诗的社会价值和文学价值是客观存在的。

首先，它打破了历史鄙视和束缚妇女的传统观念，突破了传统诗学和旧有的偏见，以女性为题材的宫体诗的创作，体现了那个时代对女性生活和情感的特别关注，从而打破了儒家礼教历来鄙视和束缚妇女的传统观念。宫体诗尽管不免带有皇家和贵族男性的轻浮、猥亵甚至淫欲，但毕竟是极少数，而赞美女性容貌才情，反映妇女的人生追求，展示女性的感情世界，始终是主要的，它体现了文学创作的一个永恒的主题。这本身就是对传统诗学和旧有偏见的历史性突破，而且取得了前无古人的崭新成就，这就是应该予以充分肯定的。

其次，宫体诗艺术上的一般优点是观察精细，刻画传神，构思取境别致，遣词造句新巧，这些都给后人首先是唐人以有益的借鉴。如萧纲的《咏内人昼眠》：“梦笑开娇靥，眠鬟压落花。簟纹生玉腕，香汗浸红纱。”写女性的睡态，描摹逼肖，文辞靡艳，体现宫体诗的某些特点。又如萧绎的“莲花乱脸色，荷叶杂衣香”（《采莲曲》）到王昌龄的“荷叶罗裙一色裁，芙蓉向脸两边开”（《采莲曲·其二》），二者的传承关系不言而喻。王昌龄的《闺怨》：“闺中少妇不知愁，春日凝妆上翠楼。忽见陌头杨柳色，悔教夫婿觅封侯。”清王夫之《薑斋诗话》曾评之曰“艳极”，“婉娈”。这诗受宫体影响也很明显。只是古人大都鄙薄宫体，因而言及唐人如王昌龄的这些诗歌时，每每溯源《诗经》，而对宫体则讳莫如深。

再次，对诗歌创作由古体转变为近体的推动作用。继永明体之后，梁陈诗人的诗歌创作，包括宫体诗创作，在对偶、格律等艺术形式方面更趋圆熟，从而推进了古体诗向近体诗的转变。据统计，宫体诗中符合律诗格律的约占百分之四十左右①，基本符合的就更多了。宫体诗对于近体诗的形成，起了重要作用。梁陈优秀作家吴均、阴铿和何逊等也有宫体之作，而且数量不少。现举萧纲等宫体诗人的诗歌示例：

愁人夜独伤，灭烛卧兰芳（一作“房”）。只恐多情月，旋来照妾房（一作“床”）。

——萧纲《夜夜曲》

兔丝（当作“腹”）生云夜，蛾形（一作“影”）出汉时，欲传千里意，不照十年悲。

——萧纲《华月》

敛色金星聚，萦悲玉筯流，愿君看海气，忆妾上高楼。

——萧纪《闺妾寄征人》

娴娴河堤柳，依依魏主营。江陵有旧曲，洛下作新声。
妾对长杨苑，君登高柳城。春还应共见，荡子太无情。

——徐陵《折杨柳》

① 马积高、黄钧：《中国古代文学史》（上），人民文学出版社2009年版。

绿珠歌扇薄，飞燕舞衫长。琴曲随流水，箫声逐凤凰。
膺风蝉鬓乱，映日凤钗光。悬知曲不误，无声顾周郎。
——庾信《看妓》

以上引诗，对偶工整，除庾信诗三四两联不粘外，格律完全符合近体诗要求。宫体诗人对古体诗向近体诗的转变，有着不可忽视的贡献。此外，徐陵的五言诗，形式上清丽整密，更接近唐人五律的艺术风格。他的一首《杂曲》，比较长的篇幅，四句换韵，用韵平仄相间，也具备了初唐七言歌行的体格。江总的七言歌行较多，其中《宛转歌》篇幅之长，更是前所未有，显示了七言歌行体的进一步的发展。

最后，宫体诗影响深远。唐、五代的诗歌创作中，在取材方面出现了描写后妃宫女的生活和情感的宫词，王建、花蕊夫人都有《宫词百首》之作。产生了玉台体、香奁体（以唐代诗人韩偓《香奁集》得名，诗皆裙裾脂粉之语），这些诗歌和梁陈宫体诗在内容上一脉相承，都寄予女性尤其是生活在宫中的女性以特别关照。这种诗风又直接影响了晚唐五代乃至宋代的词作。温庭筠首先在词中大倡宫体香艳之风，使刻画女性和用词精美成了这种新兴文体的当家本色。以后西蜀、南唐等大批作家趋之若鹜，在筵宴绣幌间写了大量倚红偎绿、浅斟低唱之作，还出现了第一部收录这些词作的《花间集》。入宋后，《尊前集》编撰的侧重绮艳、婉约的词风，所向披靡。凡此种种，无不显示着女性文学的恒久魅力。

回头再从“亡国之音”和“荒于治国”相合来看，“亡国之音”是表，“荒于治国”是里（实质），张溥由表及里道出本真。宫体诗艺术描绘，别树一帜，未可随“亡国之音”而摒之，无视其他。剔除糟粕和汲取精华试之于宫体诗的认识，不该会全无是处。表里兼施，自应是诗歌艺术取向。

骈体文的形成和发展

骈体文又称骈文。骈字的本义是两马并驾一车，这里用的是比喻义，指全篇文章基本上是俪词偶句，两两相对。

骈文是我国特有的一种文体，其特点是讲究骈偶、声律、用典和藻饰。

骈偶，又叫对偶，对仗，指骈文里上下两句，除了句首句尾的虚词以及共有的句子成分以外，上下联字数相等，句法结构和词性都相对。用现代语法术语来说，主谓结构对主谓结构，动宾结构对动宾结构，偏正结构对偏正结构，复句对复句；名词、动词、形容词分别对名词、动词、形容词，副词、连词、介词也分别对副词、连词、介词。名词、动词、形容词、副词一般是异词相对，连词、介词多数是同字相对。

骈文在句式方面一般用四字句和六字句，因为同三字句五字句比较，四字句和六字句有其优越性。《文心雕龙·章句》说："若夫笔句无常，而字有条数。四字密而不促，六字格而非缓。或变之以三五，盖应机之权节也。"柳宗元所谓"骈四俪六，锦心绣口"（《乞巧文》），就是这种句式特点的说明。因此，骈文在晚唐就称为“四六”，李商隐的文集就题名《樊南四六甲乙集》。早期骈文，句式尚无限制，齐梁以后形成“四六”，到唐宋就定型化了。以王勃《滕王阁序》为例，依据对仗的要求，“四六”的基本结构是四四（一联上下句各四字），如“君子安贫，达人知命”，六六，如“临帝子之长洲，得仙人之旧馆”；四四四四，如“层峦耸翠，上出重霄；飞阁流丹，下临无地”；四六四六，如“老当益壮，宁移白首之心；穷且益坚，不坠青云之志”；六四六四，如“屈贾谊于长沙，非无圣主；窜梁鸿于海曲，岂乏明时”。

骈文不仅要求句法结构相对，做到骈四俪六，而且要求分别“事类”，对得工整。一般要用同类事物相对。例如天对地，日对月，善对恶，去对来，夏暑对秋阴，炎至对凉消，看山对望水，春兰对秋菊，等等。至于专名对专名，数字对数字，颜色对颜色，更属显而易见，不再举例。

声律是和对仗紧密相关的，即除了上述的对仗要求外，还要平仄相对，以四六四六句型为例，声律的要求是：“平平仄仄，平平仄仄平平；仄仄平平，仄仄平平仄仄”，或“仄仄平平，仄仄平平仄仄；平平仄仄，平平仄仄平平”。其他句型类推。骈文声律的要求，其原理和律诗相同；也和律诗声律的形成一样，骈文的声律形成于梁、陈，到唐代才定型。

用典即引典故，也称用事，指引用古代故事和有来历出处的词语。《文心雕龙·事类》说：“事类者，盖文章之外，据事以类义，援古以证今者也。”用典的目的是援古证今，本是一种修辞手段，在先秦典籍中也有不少引言引事的。可是骈文作者为了显示委婉含蓄而又博雅，就大量用典，终于使用典成为骈文语言表达上的一个特点。为了适应骈俪对偶，骈文用典得讲究剪裁融化，因此往往看不出典故的原貌，读者如果不熟悉典故的出处，就读不懂了。

藻饰就是把辞藻修饰得很华美。骈文一般都追求华美，因此特别喜欢用风花雪月，美色金玉，丽人香草，珍禽异兽等类艳丽的辞藻，如隋初李谔所说的："连篇累牍，不出月露之形；积案盈箱，惟是风云之状。"

从以上特点可以看出，骈文是特别注重形式美的文体，其主要优点是形式整齐，音节和谐，语言华美典雅。但是过分追求形式整齐，往往使文章显得单调板滞；过分讲究平仄，往往束缚语言内容的表达；过多的用典，"文章殆同书钞"（钟嵘《诗品·总论》），繁冗累赘，隐晦难懂；丽靡过甚，又往往与情理相悖。因此，从总的情况看，典型的骈文，不及骈散兼行活泼。范文澜在评述魏晋骈文时的一段话很能说明问题："魏晋骈文，句法整而兼有疏散，色采淡而兼有华采，气韵静而兼有流荡，声调平而兼有抑扬，大自论说，小至柬札，都具有独特的风格，境界之高，难可追攀。"①

骈文的形成，经历了一个漫长的过程，一个从自发到自觉的阶段。

骈文体制的主要特点是骈偶。骈偶句的出现是古代汉语基本上是单音成义的特点所决定的。由于文字与单音成义特点相适应，才可有字相等的并列偶句，才可在并列偶句中讲求词义的属对。又由于汉民族有以对称为美的审美观，于是就有对偶的修辞手法，无论口语还是书面语言常有偶句出现。这种现象，由来久远。以口语而

① 范文澜：《中国通史简编》第二编，人民出版社1949年版，第415页。

言，古代谚语如“宁为鸡口，无为牛后”，“多钱善贾，长袖善舞”，“前车覆，后车诫”，“止寒莫如重裘，止谤莫如自修”，“关西出将，关东出相”，“前门拒狼，后门进虎”，都是工整的对偶句。至于书面语言，在《诗经》、《楚辞》中对句很多，前者如“喓喓草虫，趯趯阜螽”（《国风·草虫》），“山有扶苏，隰有荷华”（《国风·山有扶苏》），“就其深矣，方之舟之；就其浅矣，泳之游之”（《国风·谷风》），“参差荇菜，左右流之；窈窕淑女，寤寐求之”（《国风·关雎》）。后者如“朝搴阰之木兰兮，夕揽洲之宿莽”，“余既滋兰之九畹兮，又树蕙之百亩”，“制芰荷以为衣兮，集芙蓉以为裳”，“前望舒使先驱兮，后飞廉使奔属”（屈原《离骚》）。《易·乾·文言》：“同声相应，同气相求。水流湿，火就燥。云从龙，风从虎，圣人作而万物睹。”《尚书·皋陶谟》中的“满招损，谦受益”、“罪疑惟轻，功疑惟重”是很好的对句。但是《尚书》中所保存的一些确实写于商代和西周的文章中，对句没有多少。到战国时代却日益多起来了。如《战国策》中的《苏秦始将连横说秦》、《庄辛谓楚襄王》等文章，对句很多。诸子散文中对仗较多的是《庄子》和《荀子》。《庄子》中有些对句相当工整，如“朝菌不知晦朔，蟪蛄不知春秋”（《逍遥游》），“井蛙不可以语于海者，拘于虚也；夏虫不可以语于冰者，笃于时也；曲士不可以语于道者，束于教也”，“天下之水，莫大于海，百川归之，不知何时止而不盈；尾闾泄之，不知何时已而不虚。春秋不变，水旱不知”（《秋水》）。《荀子》中的排句、对仗更多，如传诵的《劝学》中的“故不登高山，不知天之高也；不临深溪，不知地之厚也”，“骐骥一跃，不能十步；驽马十驾，功在不舍。锲而舍之，朽木不折；锲而不舍，金石可镂”。

汉代辞赋盛行。辞赋讲求“丽靡”，所谓“丽靡”，即语言富丽华美，骈偶作为对称美的修辞手法，也被辞赋家刻意追求。辞赋又逐渐影响到散体文章。刘勰在《文心雕龙·丽辞》篇中说：“自扬马张蔡，崇盛丽辞，如宋画吴冶，刻形镂法，丽句与深采并流，偶意共逸韵俱发。”意谓扬雄、司马相如、张衡、蔡邕等人，推重对偶，大加运用，好像宋君的研究绘画，吴国的研究铸剑一样，注意文辞雕饰。对偶的句子和丰富的文采一起流传，并立的意思和高超的情韵一齐显耀。

从西汉到东汉，散文中排句和对仗的增加是一种很明显的趋势。贾谊的《过秦论》、邹阳的《狱中上梁王书》、班固的《答宾戏》、张衡的《应间》、蔡邕的《释诲》，篇中大多数是整齐的偶句，间或从事词义的属对，辞藻更为富丽。所以刘勰以为从司马相如、扬雄以后就有了骈体文，清代李兆洛的《骈体文钞》将贾谊的《过秦论》、司马迁的《报任安书》、扬雄的《解嘲》等都收录进去。但是上述诸家作品里的排句和对仗只是为了修辞的需要，还没有形成固定的格式，不能算作一种文体。他们的文章，只能作为骈文的萌芽。

魏晋南北朝是文学自觉的时代，文论家们探讨文学的本质特征和创作规律。曹丕提出“诗赋欲丽（《典论·论文》)”；陆机提出“诗缘情而绮靡”（《文赋》)，强调抒情性和辞采的华美；萧统提出“事出于沉思，义归于翰藻”（《文选序》)，强调文学作品要有深刻的艺术构思和辞藻之美；萧绎则提出“吟咏风谣流连哀思者谓之文”，“至于文者，惟须绮縠纷披，宫徵靡曼，唇吻遒会，情灵摇荡”(《金楼子·立言》),强调文学作品必须文采繁富,音节和谐动听,语言精练和强烈的感情。在这些一以贯之的文学理论的影响下,作家们都追求作品形式的华美,追求艺术性,这就加速了散文的骈化。

从建安至魏末,文章骈化的倾向,始于应用文字,首先是冠冕堂皇的公文,其次是朋友的书信。当时最以文学著名的曹植,他的章表确实很像骈文。如《求自试表》开头一段,差不多全是对偶句。现举其表白自己志气,希望能得到皇帝任用,当不惜为国捐躯一段为例:

窃不自量,志在效命,庶立毛发之功,以报所受之恩。若使陛下出不世之诏,效臣锥刀之用,使得西属大将军,当一校之队,若东属大司马,统偏师之任,必乘危蹑险,骋舟奋骊,突刃触锋,为士卒先。虽未能禽权馘亮,庶将虏其雄率,歼其丑类,必效须臾之捷,以灭终身之愧,使名挂史笔,事列朝荣。虽身分蜀境,首悬吴阙,犹生之年也。如微才弗试,没世无闻,徒荣其躯而丰其体,生无益于事,死无损于数,虚荷上位而忝重禄,禽息鸟视,终于白首,此徒圈牢之养物,非臣之所志也。流闻东军失备,师徒小衄,辍食忘餐,奋袂攘衽,抚剑东顾,而心已驰于吴会矣。

陈琳的《为袁绍檄豫州》、《为袁绍与公孙瓒书》、《檄吴将校部曲》等被后世称颂的作品,对偶句很多,有些还工整,骈化趋势非常明显。但是建安至魏末时期的文章,篇中的句法骈散相间,所有的偶句都在奇句的推动之下运行着。就是偶句,间或有词义属对工整的，而更多的只是字数的匀称，或更只是意义的相对，而不顾字句的匀称。语言还很质实，还不会追求音节的谐美。

从西晋时期起，骈文形式的各个方面趋向凝练的道路。一篇之中，句子几乎整个是排偶的。词句属对的成分也加多了，使用的词语力求从典籍中汲取，而事理的阐述，更多借助于典故。陆机的《豪士赋序》、《辩亡论》、《吊魏武帝文并序》、《演连珠五十首》、《汉高祖功臣颂》，潘岳的《马汧督诔》，张载的《剑阁铭》，袁宏的《三国名臣序赞》，都是可以归入骈文范畴的名作。而陆机的《演连珠》最像成熟的骈文。现举《吊魏武帝文并序》中作者慨叹曹操以一代雄杰而在死亡面前无可奈何的一段文字示例：

> 夫以回天倒日之力，而不能振形骸之内，济世夷难之智，而受困魏阙之下，已而格乎上下者，藏于区区之木，光于四表者，翳乎蕞尔之土，雄心摧于弱情，壮图终于哀志，长算屈于短日，远迹顿于促路。

骈文的兴盛，则始于晋宋之际。在当时，诗歌方面正是“老庄告退，山水方滋”，“俪采百字之偶，争价一句之奇”的形势。在辞藻华丽、对仗工整的山水诗代替了质木无文的玄言诗的同时，应用文字方面也逐渐出现了骈体逐步取代散体的趋向。人们有时把骈文称作“六朝文”，所谓“六朝”，虽然包括吴和东晋，但主要是指南朝，因为骈体文的极盛时代是南北朝。同时，像诗歌一样，现存南北朝的优秀骈文，大部分产生于南朝。

一般说来，南朝人的文章，骈文确实占了很大比重。南朝骈文的发展，大致可以分为三个时期：刘宋时代，齐和梁初，梁后期和陈。刘宋时代骈文的特征是使用典故繁多。钟嵘的《诗品序》曾指出这种情况说："颜延、谢庄尤为繁密，于时化之，故大明、泰始中，文章殆同书抄。"试看颜延之的《三月三日曲水诗序》确如钟嵘所说，几乎是"句无虚语，语无虚字"。谢庄的不少章表也是比较成熟的骈文。他的《上搜才表》被李兆洛认为是典范之作，选入了《骈体文钞》。

齐、梁时代的骈文和刘宋相比，显然更为成熟。一方面由于"声病说"之兴起。"声病"的规则逐步由诗及文（诗严文宽），作者更有意识地调节声音，使有抑扬错综之美。其方法大致是每两句为一联，每联句末的二字，平仄互异，而上下相连的两句，音节又相对立，如沈约在《宋书·谢灵运传论》中所说的："若前有浮声，则后须切响。一简之内，音韵尽殊；两句之中，轻重悉异。妙达此旨，始可言文。"另一方面，在句法上因力求匀称之美而大体趋于四六。句子的匀称，自以偶数为宜，而短句的四言和长句的六言是最为适当的。因为二言太急促，八言太冗慢，于是句法多趋向于四言和六言。把这两种句式以各种相间相重的方法运用起来，可使通篇的句法同时具有匀整和错综之美。由于上述两方面因素的具备，骈文形式达到了完美境地。这个时期著名的文人如沈约、江淹、任昉等集子中的文章几乎全是骈体。梁代后期到陈代，骈文更是盛极一时，甚至历史著作和辩论哲学问题的文章，也常常用骈文来写，前者如何之元的《梁典·总论》，后者如傅绎的《明道论》。这个时期的代表作家是徐陵和庾信。他们的作品之所以被后人奉为骈文的典范，就是因为他们集中地发挥了骈文各种因素的作用。他们的骈文，辞藻华丽，音调铿锵，对仗工整，句式整齐而又错综，标志着这一文体的艺术形式已发展到高度成熟精美的地步。

前面我们曾经讲到古代散文的骈化，和受辞赋的影响有关。到南北朝，盛极一时的骈文又反过来影响了赋，使它在语言形式方面发生了很大的变化。首先是用典。汉赋或者很少用典，如贾谊的《吊屈原赋》，或者是明显地堆砌一些历史故事，如扬雄的《解嘲》。而南北朝的赋则大量用典，而且把典故融化在句子里。其次是骈偶方面：汉赋往往用多句排比，很少双句对偶，而且不避同字相对，又不限于四言和六言。到了南北朝，则篇中对偶变得非常突出，往往是全篇四字对和六字对，而且尽可能避免同字相对。这时的赋，除了用韵以外，和骈文几乎没有什么区别了。所以六朝赋又称为俳赋或骈赋，因而著名的六朝文选本清代许梿的《六朝文絜》，把鲍照的《芜城赋》、江淹的《别赋》等都一一选入。

综合所述，骈文萌芽于汉代，形成于魏晋，成熟于南北朝。它的产生和发展，一方面是由于汉语独特的文字条件和汉民族以对称为美的审美观念，另一方面是受赋的影响，还由于音韵学的成果之用于文学创作，而文学的自觉，使作家们追求艺术性，追求文章形式的华美，使骈文的艺术形式发展到高度精美的境地，使它像楚辞、汉赋、唐诗、宋词、元曲一样，成为这一时代文学的标志和六朝文学的标志。

汉民族以对称为美的审美观，跟汉民族思维定势有关，施之于其他，如建筑、雕刻等诸多方面也讲究匀称而又求偶单交错使有变化。就连北京的四合院、上海的石库门也有所体现，各地庙宇更是如此。他如苏州的园林、上海的黄家花园等的设景造型皆莫不如是。“语言是思维物质外壳”，上述反映不言而喻。

同时必须相应提示：格律诗萌芽于齐梁，形成于初唐，分五言、七言两种，律诗每首都是八句。如果超过八句，就叫排律或长律。它的句式必须成双，如十二句、十六句、二十句、四十句等等。因为律诗每两句一韵，所以十二句的排律又称“六韵”，四十句的排律又称“二十韵”，其余类推。排律的格律与五律、七律的格律一样，都讲究平仄粘对，一韵到底，除首联及尾联外，其他各联都要对仗，全诗基本上都是对偶句。排律一般多是五言的，比如卢纶五言排律《逢南中使因寄岭外故人》等便是。七言排律比较少见，杜甫写过两首，一首是《寒雨朝行视园树》，一首是《题郑十八著作虔》，都是十六句。它的格律可以由七律类推。

关于格律诗的绝句，古人有所谓“绝者，截也”的解释。也就是说，绝句是截取律诗的一半：或者用首尾两联，或者用中间两联，或者用前半首，或者用后半首。这样看来，近体诗的格律是与律诗相同的。另外还应提及的是六言绝句。六绝南北朝罕见，入唐也不多见，万首中不过十数首而已。因为少见，兹录两首如下：

采菱渡头风急，策杖林西日斜。
杏树坛边渔父，桃花源里人家。
——王维《田园乐》

危石才通鸟道，空山更有人家。
桃源定在深处，涧水浮来落花。
——刘长卿《寻张逸人山居》

2001年12月，笔者出席香港大学明清学术国际研讨会，眼看老少咸集，士女如云，学术气氛浓重，感触良多，遂赋六绝一首，以志盛会，并赞天时人物之盛："蓝天碧海红日，聚会香江畅研；隽秀欣沾化雨，群贤乐谱新篇。"时台湾资深教授陈新雄博士、诗人乐索赠诗稿，香港著名作家金庸先生持赠书作并合影留念，其间褒奖有加。自度拙诗殊不足道，盖物以稀（六绝少见于世）为贵者欤！

话说到底，文学是语言的艺术，诗歌格律是诗人在长期的创作实践中的艺术结晶。诗歌艺术表现在各个层面，而声律论是其中重要的一环，既为盛唐诗歌繁荣奠基，也是盛唐诗人对诗歌继承与发展提供良好条件。诗歌的继承与发展促进了律、绝的定型与完善。汉民族习惯喜爱匀称而又偶单相间，单起调节作用，更现语言的节奏美。原先诗是配乐的，词是诗之余，也是配乐的，曲是词之余，更是配乐的，五言、七言都是匀称中间有调节，兼合平仄对仗，尤显语言音乐美感。诗歌的海洋中，六言诗少见，这与缺乏调节而嫌平板不无相关。进一步推验，有四言（《诗经》）、五言、六言、七言，却未见成篇的八言、九言，这无疑又与人们的语感相涉，听觉相涉。句子长了，语音气流调节滞限，语感不佳。听觉欠美，表达便受制约。五言、七言已是经过历史检验和实践检验的最佳选择，这一选择已成南北朝、盛唐迄今的辉煌硕果。

文学史上历时最长的争论：骈散之争

一、骈散之争鸟瞰

骈文的发展史上，曾经历过多次大起大落。

南北朝是骈文的成熟期，也是它的鼎盛期，那时除史传和志怪、轶事小说之外的一切领域都用骈文，不仅给家人、朋友写信用骈文，甚至像《文心雕龙》这样的大型理论著作也用骈文，这种局面一直延续到盛唐。但是当作家越来越追求对偶、藻饰、用典和声律，越来越远离儒家关于文学的政教功能的观点之时，对骈文浮艳文风的批评也随之而起。南朝梁裴子野作《雕虫论》对骈文加以攻击，北周的苏绰用《尚书》体（散体）写《大诰》，李谔上书隋文帝，力图改革文体，但都未能达到目的。初唐盛唐，对骈文文风的批评更是纷至沓来，擅长骈文的文学天才王勃，更为激烈。他在《上吏部裴侍郎启》中说：

> 夫文章之道，自古称难。圣人以开物成务，君子以立言见志……自微言既绝，斯文不振，屈宋导浇源于前，枚马张淫风于后。谈人主者，以宫室苑囿为雄；叙名流者，以沉酗骄奢为

> 达。故魏文用之而中国衰，宋武贵之而江东乱。虽沈谢争骛，适足兆齐梁之危；徐庾并驰，不能止周陈之祸……《潜夫》、《昌言》之论，作之而有逆于时；周公孔氏之教，存之而不行于代。天下之文，靡不坏矣。①

其后，中唐古文运动的先驱者萧颖士、李华、元结、独孤及、梁肃、柳冕等更把艳丽的辞藻和政教功能对立起来，他们主张“尊经”、“载道”、“文道结合，以道为主”，旗帜更为鲜明，但对当时文坛并未起多大影响。

给骈文以沉重打击的是中唐韩愈、柳宗元等倡导的古文运动。古文是和骈文相对立的概念，它的特点是以散行单句为主，不拘格式，不同于骈文讲究对偶、藻饰、用典、音律。这种文体形式上恢复了先秦两汉文章的传统，所以称为古文。韩柳等通过师承交游等关系，相互支持，彼此呼应，结成了一个新的文人集团，大力从事古文的宣传和写作。他们高举复古的大旗，对骈文的主要特征骈偶展开了猛烈攻击。如柳宗元在《乞巧文》中对骈偶和四六言交错的句式用反语加以抨击：

> 眩耀为文，琐碎排偶。抽黄对白，啽哢飞走。骈四俪六，锦心绣口。宫沉羽振，笙簧触手。观者舞悦，夸谈雷吼。独溺臣心，使甘老丑，嚚昏莽卤，朴钝枯朽。不期一时，以俟悠久。

---

① 王勃：《上吏部裴侍郎启》，《全唐文》卷一八〇，上海古籍出版社 1990 年版。

斥责运用骈偶讲究声律为媚俗行为，带有强烈的意气色彩。唐昭宗乾宁二年进士黄滔，措辞更为激烈：

> 夫骈偶之辞，文家之戏也，焉可赍其戏于作者乎？是若扬优喙，干谏舌，啼妾态，参妇德，得不罪人乎？①

斥骈文有如优伶演唱，小妾撒娇，有游戏性质，登不得大雅之堂，这几乎是谩骂了。他们如此不遗余力地攻击骈文，显然是为了替古文争地位，出于自立文体的目的。古文家还有意在写作中解散骈偶，制造奇崛的句式，以与骈文的整齐之态形成强烈反差。但不可否认的是，他们在写作上确实做出了实绩。古文形式上恢复了散体，但绝不是纯粹仿照上古文体，所谓“师其意不师其辞”。韩、柳等通过对先秦两汉包括魏晋南北朝文章的广收博取，熔铸出一种具有个性自成一体的新的文体。古文追求古色斑斓，又强调词必己出，以表达不同于世俗的见解，创新色彩相当浓厚，从而使写古文成为一种风气，如刘禹锡所说的“今之人于文章无不慕古”，“为古文者得名声”②。古文运动，有力地打击了风靡三百年的丽靡的文风，动摇了骈文独尊的地位，骈文退守为专门文体——一般行政公文，如章、奏、笺、启、表、状、判等仍用骈文。

尽管古文运动声势浩大，骈文不得不退守一隅，但晚唐至北宋初，古文非但不能继续扩大势力，反而丧失了与骈文对峙的地位。骈文东山再起，几乎重新一统文坛。晚唐李商隐集骈文大成，与温

---

① 黄滔：《与王雄书》，《全唐文》卷八二三。

② 刘禹锡：《答连州薛郎中书》，《全唐文》卷六〇四。

庭筠、段成式号称“三十六体”（三人排行都是十六）。出于对古文的反拨，晚唐骈文更强调对偶、藻饰、抒情的特性。宋初，文章仍以骈文为主。西昆体独步文坛四十年（西昆体以杨亿、刘筠等所编唱和诗集《西昆酬唱集》得名，兼指他们的诗和骈文）。西昆体宗李商隐，文风华靡。这就引发了由欧阳修领导的第二次古文运动。结果是又一次改变了文坛局面，古文又成为主流，其适用范围还扩展到章、奏、制、诰等部办朝廷公文。

值得一提的是，欧阳修、苏轼等改造了骈文，其风貌和六朝三唐明显不同，主要是散文化倾向。这虽被宗六朝的骈文家视为另类，但其实，这是骈文的发展，进步。现举苏轼被贬为汝州团练副使后上表《谢量移汝州表》为例：

只影自怜，命寄江湖之上；惊魂未定，梦游缧绁之中。憔悴非人，章狂失志。妻孥之所窃笑，亲友至于绝交。疾病连年，人皆相传为已死；饥寒并日，臣亦自厌其余生。①

欧阳修对之大加赞赏：“往时作四六者，多用古人语及广引故事，以炫博学，而不思述事不畅。近时文章变体，如苏氏父子以四六述叙，委曲精尽，不减古人。自学者变格为文，迨今三十年，始得斯人。”② 这段话充分肯定了苏洵父子的四六能突破广泛用典以示博学的骈文创作模式，成功地做到叙事委婉详尽，气势流畅，也提出了对骈文的写作要求：放弃藻饰和用典的追求，突出叙事议论的功

① 《苏东坡全集》（下），邓立勋编校，黄山书社 1998 年版。
② 《欧阳文忠公集·笔说·苏氏四六》，《四部丛刊》本。

能，使文气显露，从而接近古文风貌。欧阳修对骈文的评论，不像韩、柳那样偏激，全盘否定，是比较公允的。

明代中叶以后，情况起了变化。隆庆四年，七子中的李攀龙去世，王世贞独掌文坛二十年，逐渐偏离“文必秦汉”的主张，更广泛地吸取前人创作经验。其后，复古派盟主地位为提倡“独抒性灵”的公安派所取代，创作氛围比较宽松，久经冷落的骈文有了复兴的可能。明代复古派文人王文禄、黄省曾、屠龙、张溥等都以学习六朝骈文为尚。到清代，骈文终于全面复兴。但是骈文的对手桐城派古文也很强大，这样，骈散之争就一直延续到清末。五四新文学运动狂飙突起，文言文逐步退出历史舞台，这场长达一千多年的骈散之争才随之终结。

二、清代骈文中兴和骈散之争的深入

清代骈文作者之众，作品之多，远远超过元、明，而且涌现出一大批优秀作家和传诵一时的作品。清初陈维崧最有名，其文学庾信，渊博雄肆，情藻丰富，几欲抗衡古人。所著《湖海楼文集》，内有骈文十卷，还说“吾胸中尚有骈文千卷，特未暇写出耳”。清代中叶，袁枚、邵齐焘、刘星炜、孙星衍、吴锡麒、洪亮吉、曾燠、孔广森等有“骈文八大家”之称。此外，纪昀、阮元、王太岳、刘嗣绾、彭兆荪等都以骈文名。其实清代中叶骈文成就最高者为胡天游、洪亮吉、汪中。袁枚在《随园诗话》中赞胡天游的骈文“直掩徐庾”。汪中的骈文吸收六朝骈文的优点，情致婉转，意态雍容，流丽生动，真切感人，在清代骈文中格调最高，具有鲜明的个人特色。其代表作《哀盐船文》，当时著名学者杭世骏为之作序，誉为“惊心动魄，一字千金”。洪亮吉的骈文，尚情韵，工辞藻，以高古遒劲、深沉瑰丽著称，袁枚在《卷施阁文集乙集》序中赞其“每一篇出，世争传之”。清代后期，骈文著名作家有刘开、梅曾亮、王闿运、李慈铭、方履篯、周寿昌、董基诚、董祐诚、赵铭、傅桐等，被称为“晚清骈文十大家”，其中王闿运、李慈铭最著名。王骈文宗魏晋，骈散间行，长于用典使事，喜用骈句排比，自然浑成，不落俗套。李骈文多摹拟六朝，讲究辞藻，也注意立意，尤善于写景抒情。

清代骈文，流派众多。按风格分，有博丽派和自然派，按所宗时代分，有六朝派和宋四六派，按作者籍贯分，有常州派和扬州派，风格多样，异彩纷呈。清代骈文之盛，还表现在供揣摩学习之用的各种选本纷纷面世，如陈均的《唐骈体文钞》，彭元瑞的《宋四六选》，李兆洛的《骈体文钞》，许梿的《六朝文挈》，王先谦的《骈文类纂》，曾燠的《国朝骈体正宗》，屠寄的《国朝常州骈体文录》，等等，都各有特色。这从一个侧面反映了清代骈文的繁荣。

再说骈散之争的深入。

在清代骈文家面前，还站着他们的强大对手桐城派古文，而且桐城派古文代有才人，其末代宗师就是以坚决反对白话文，而又以古文笔法翻译古文家不屑一顾的外国小说闻名的林纾。这就决定了骈散之争一直延续到清末民初。

桐城派古文创立于清初的方苞，经刘大櫆、姚鼐而发展、成熟。方、刘、姚都是桐城（今安徽桐城）人，因此后人把他们和追随他们的一群作家叫做桐城派。桐城派宗法韩、欧，声势很大，当时有“天下之文章，尽在桐城”的说法。桐城派对骈文的态度是一目了然的。方苞讲“义法”，所谓“义”，是指本于经传的纲常伦理，其具体内容是程朱理学；所谓“法”，是指从唐宋八家和明代归有光作品中吸取写作方法。对古文语言提出“雅洁”的要求，排斥一切“魏晋六朝人藻丽俳语”，甚至连“汉赋的板重字法，诗歌中隽语，南北史佻巧语，以及语录中语”都不可渗入古文。姚鼐在《古文辞类纂序》中说：“古文不取六朝人，恶其靡也。”近人为贬低桐城派，诋为“妖孽”但不详说理，笔者不苟同。

骈文家也一反过去被动挨批的局面，主动向散文家挑战，其目的是改变骈文被歧视、贬低、排挤、打击的局面，恢复骈文应有的历史地位。如阮元，写了《文言说》、《书梁昭明文选序后》、《文韵说》[①] 等一系列文章，他认为，只有讲究声韵，有文采，多偶句的作品才能称“文”，而经史子多奇而少偶，唐宋八家之作不尚偶，那是“笔”，不能称“文”。阮元（1764—1849），字伯元，号芸台，江苏仪征人，乾隆五十四年进士，历任内阁学士，浙江、福建、江西巡抚，两广、云贵总督。阮元也是一位骈文家，著名学者，著有《揅经室集》、《十三经校勘记》，主编《经籍纂诂》、汇刻《皇清经解》，有这样一位大学者、封疆大吏为骈文张目，其影响是不言而喻的。阮元不仅为骈文争地位，而且要把古文排斥在“文”之外。他对南北朝“文笔”的理解虽并不正确[②]，但由于他

---

① 《揅经室集·三集》，《丛书集成》初编。

② 郭绍虞：《照隅室古典文学论集》“文笔与诗笔”，上海古籍出版社 1983 年版。

的特殊身份，他的观点在清代多有应和。

但清代在骈散之争中像阮元那样偏激的毕竟是极个别人，多数骈文家和古文家都能捐弃门户之见，结合自己在创作实践中的体会，深入分析骈体和散体的优缺点，从而得出骈散各有短长，应该互相借鉴的结论，客观公允，有说服力。如孙梅在《四六丛话》卷六《论敕制诏册》时说：

> 欧阳公、苏长公，其上也……文赡义精，句奇义重，炳焉与三代同风，卓尔轶汉晋而上。

这一段话高度评价了欧阳修和苏轼的四六，说“文赡义精”，并不过当，但说超越两汉，“与三代同风”，就值得商榷。他之所以这样说，显然是有意提高骈文的历史地位。古文家推崇两汉文章，孙梅就强调骈文对它的超越。对于古文在创作中明显占优势的文体，孙梅也从继承的角度为骈文争取地位。如“记”是唐宋古文运动中的新兴文体，起初以描绘记事为主，孙梅指出它与六朝骈文中的书信有继承关系：

> 若乃赵至入关之作，鲍照大雷之篇，叔庠擢秀于桐庐，士龙吐奇于鄮县，莫不摹山水，绘烟岚，列土毛，覃海错，跌宕以行吟，迤逦而命笔，实皆记体，曲被书称。

他所举西晋赵至《与嵇茂齐书》、陆云《与车茂安书》，南朝鲍照《登大雷岸与妹书》，吴均《与朱元思书》等文章，都有大段形容山水物产之语，将此和“记”中的描绘相联系，的确可备一说。

王芑孙（1755—1817），乾嘉时骈文家。早年曾从方苞弟子钟励暇学古文，后致力于东汉、六朝文。他在《渊雅堂外集自序》中说：

自宋以后，欧、曾、虞、范数公之文，非不古也，以视韩、柳，则气质之厚薄，材境之广狭，区以别矣。盖韩、柳皆尝从事于东汉、六朝，而欧、曾以下则有所不暇，故欧、曾以下数公自少至老，其体皆纯，而韩、柳则无所不有。韩有东汉、六朝之学，一扫而空之，融其液而遗其泽，遂以敻绝千余年。柳有其学而不能空，然亦与韩为辅。望溪方氏宗法昌黎，心独不惬于柳，亦由方氏所涉东汉六朝者浅，故不足以知之，而非柳之果不足学也。

王氏认为韩、柳古文高明之处在于汲取了八代骈文的精华。比较而言，韩文能融而化之，柳文则留有痕迹。宋以后，古文与八代文章日渐疏远而境界益狭。至清代，方苞甚至觉察柳古文尚有六朝痕迹而不学，更显示了他对八代文章的隔阂。这段话以历史为依据，说明古文应借鉴骈文。

李兆洛（1769—1841）对王氏的观点进一步发挥，他在《骈体文钞序》中说：

自秦迄隋，其体递变，而文无异名。自唐以来，始有古文之目，而目六朝之文为骈俪。而为其学者，亦自以与古文殊途。既歧奇与偶为二，而于偶之中，又歧六朝与唐宋为三……文之体至六代而其变尽矣。沿其流，极而溯之，以至乎其源，则其所出者一也。吾甚惜乎歧奇偶而二之者之毗于阴阳也，毗阳则躁剽，毗阴则沉膇，理所必至也，于相杂迭用之旨，均无当也。

这段话意谓骈散皆为文章之一体，各有其存在的理由；骈散只是文章的不同发展阶段，也没有高低之分，骈文相承于秦汉散文，古文家因流溯源，必须以六朝文为阶梯，不能逾越这一阶段；把奇偶强分为二，必然给创作带来片面性，影响表达效果；提出“相杂迭用”，即骈散结合的主张。李氏把秦汉文与八代文看作一个连续发展的整体过程，较之唐宋古文家以八代文为赘疣，越过八代而视秦汉与唐宋为一贯的看法，显然更接近历史真实。

以上是骈文家的观点，下面再以古文家的观点示例。

包世臣（1775—1855），晚清第一个主张骈散沟通的散文家，他在《艺舟双楫》卷一说：

是故讨论体势，奇偶为先，凝重多出于偶，流美多出于奇。体虽骈，必有奇以振其气；势虽衰，必有偶以植其骨，仪厥错综，致为微妙。

认为骈散各有短长，应相互借鉴，取长补短。

刘开（1784—1824），桐城派姚鼐的授业弟子，他在《与阮芸台宫保论文书》中说：

韩退之取相如之奇丽，法子云之闳肆，故能推陈出新，征引波澜，铿锵锽石，以穷声色。柳子厚亦知此意，善于造练，增益辞采，而但不能割爱。宋贤则洗涤尽矣。夫退之文起八代之衰，非扫八代而去之也，但取其精而汰其粗，化其腐而出其奇，其实八代之美，退之未尝不备也。宋诸家迭出，乃举而空之。子瞻又扫之太过，于是文体薄弱，无复沉浸酞郁之美，瑰奇壮伟之观，所以不能追古者，未始不由乎此。①

刘开的观点和骈文家孙梅不谋而合，他也标举韩、柳文章，并将是否得八代文章之美作为衡量古文优劣的重要标准，主张古文吸取八代文章的奇丽而有酞郁之美。在《与王子卿太守论骈体书》中，他又从创作角度阐述了骈散沟通的必要性："故文骈中无散，则气壅而难疏；散中无骈，则辞孤而易瘠，两者但可相成，不能偏废。"②就是说，文章一味讲求骈俪，会变得臃肿板滞，反之，一味讲求散行，又会显得单薄枯瘠，只有间用骈散，才能相辅相成，两全其美。他不仅是言者，而且是作者，在创作上也采取兼收并蓄。这是他从实践中得出的宝贵的经验。又如桐城派支派阳湖派的代表作家恽敬、张惠言等也主张一定程度上吸取骈体的优点和特点来写古文。曾国藩是把桐城派推向中兴局面的人物，也认为："一奇一偶者，天地之用也，文字之道何独不然？"他的文章也奇偶错综而偶多于奇。

清代后期，从道光初年到辛亥革命到民国初年，中国社会发生了深刻的变化，不论是已经变化的桐城古文还是骈文，都面临各种新的思潮、新的风格、新的流派的挑战，但是它们都不足以适应时代的需要，最后，不得不随着清王朝的灭亡，五四新文学运动的兴起而一起退出文坛。

---

① 《刘孟涂文集》卷四，道光六年刻本。
② 《刘孟涂文集》卷二，道光六年刻本。

三、骈文的生命力

骈文长期受到贬低、排挤、打击，特别是唐宋古文运动，对骈文的打击更是沉重。但是骈文却打而不倒，在一定条件下，屡次东山再起，表现了顽强的生命力。这是什么原因呢？对此，文学史著作大多语焉不详。即使涉及这个问题，也往往只从政治方面去分析，如说唐末政治混乱，阶级矛盾激化，统治阶级内部分崩离析，封建士大夫政治上找不到出路，便颓废消极，纵情声色，形式华美内容空洞的骈体文恰好成为他们逃避现实、寄托闲情的工具。因此晚唐五代，士大夫写作骈体文的风气很盛。对北宋初年的情况则又说，北宋统一后，士大夫为了点缀升平，歌功颂德，骈体文依旧风行一时。这些分析不无道理，但说服力不强，还使人有矛盾之感。

事物的存在、发展、变化，有其客观的原因，也有其主观的原因，即本身的原因。客观的原因是重要的，但不是主要的，主观的原因才是主要的，起决定作用。因此，分析骈体文的生命力，首先得从骈文本身入手。那么什么才是骈文打而不倒，屡次东山再起的主观原因呢？

（1）骈文是美文，具有强大的吸引读者的魅力。骈文是我国最精致的文体之一。骈文讲究骈俪，具有对称美；讲究藻饰，具有色泽美；讲究用典，具有典雅美；讲究声律，具有音乐美。魏晋以降，由于作家对艺术的执著追求，它华美的形式，对读者产生强大的引力。梁启超评价李商隐的爱情诗时曾说："这种诗给我们读了，虽不能甚解，但只觉得美，读起来叫我们精神上得一种新鲜的愉快。”① 郑振铎说李贺、贾岛的诗“是繁弦细管的音乐，是富丽噢暖的宫室，是夏日昼光所反映的海水，是酒后模糊的谵语，若可解若不可解，若明又若昧”②。显然，作者是被李贺、贾岛的诗歌艺术深深打动了。

十九世纪法国著名作家福楼拜读了偏重技巧的作家波特莱尔的诗集《恶之花》，致书作者说：“我将《恶之花》反复地读了几遍，一句一句，一语一语地，我对于这本书要说的一切，只是这本书使我愉快，使我魅惑而已。你用你的色彩将我征服。在全书中最使我尊敬不置的，是你完全无缺的技巧。”③ 以上所说的是诗歌的艺术魅力，用来形容骈文的魅力也是合适的。

明代的屠龙一方面从古文家的立场批评六朝文远离《六经》，但又欣赏其出众的文采：“秾华色泽，比物连汇，亦种种动人。譬之南威、西子，丽服靓妆，虽非姜、姒之雅，端人庄士，或弃而不睨，其实天下之丽，洵美且都矣。”④

我们不妨再以一代伟人毛泽东为例。毛泽东以伟大政治家特有的个性，他评价文学作品是把政治放在第一位的。可是他喜欢读李商隐诗，读《六朝文絜》，读王勃。李商隐诗中最足以代表他的风格，最引人注意，最被广泛传诵，产生过不少影响的是他的无题诗

---

① 梁启超：《评李商隐诗》，转引自朱维之：《中国文艺思潮史略》，上海开明书店 1949 年版。

② 郑振铎：《中国文学史》，转引自朱维之：《中国文艺思潮史略》，上海开明书店 1949 年版。

③ ［日］本间久雄：《欧洲近代文艺思潮论》，沈端先译，上海开明书店 1929 年版，第 298 页。

④ 《由拳集·文化》卷二十三，万历八年刻本。

（爱情诗）。这些无题诗音调和谐婉转，对仗工整，辞采典雅华丽，也有用典过多、意义难解而具有唯美倾向的。李商隐诗歌中有政治，但不多，更不能和杜甫、白居易相比。六朝文重在抒发个人的情怀，追求形式的华美，在持“文学政教功能说”的作家眼里是另类。然而作为政治家的毛泽东却喜欢李商隐，爱读六朝文，这是为什么呢？这大概只能从文学的审美价值去理解吧。

上文多次提到李商隐，我们就再以李商隐为例。《旧唐书·李商隐传》载，李早年擅长古文，后入令狐楚幕，向令狐楚学写骈体，遂下笔不能自休，成为写作各类公牍体骈文的佼佼者。孙梅《四六丛话》评其文说：“《樊南甲乙》，今体之金绳，章奏之玉律也……其声切无一字之聱屈，其抽对无一语之偏枯。”他的仲弟圣仆劝他写古文，他没有接受。李商隐学骈文，是出于工作的需要，但后来下笔不能自休，且拒绝写古文，显然他被骈文艺术的魅力所征服了。以无题诗闻名，诗风典雅华丽的李商隐爱上骈文，那是很自然的。

总之，骈文是我国最精致的文体之一，具有强大的魅力，拥有广大的读者，这是它虽屡遭打击而不一蹶不振的主要原因。

（2）骈文作为一种文体，与古文相比较，在表情达意方面，固然有它的短处，但是也有着为古文所不及的长处，这是骈文打而不倒的又一原因。这一点在下文叙述。

四、骈散之争的结论是什么

骈散之争长达一千多年，它的结论是什么呢？在古文家和骈文家水火不相容，严重对立的情况下，是不可能作出一致认可的结论的。但是真理愈辩愈明，下列几点应该成为实际上也已经成为捐弃门户之见心态平和的古文家和骈文家的共识：

（1）骈文和古文（散体）同源而异流，它们同出于先秦三代的散文，它们是同气连枝的一对姊妹花，而不是非此即彼，势不两立的冤家对头。

（2）骈文和古文，各有特色，互有短长。古文是没有形式约束的自由体，骈文是一种以对偶为主的格律化规范化的文体。古文以散句为主，在语法语气方面比较接近口语。这是相对而言，实际上书面语和口语总是有距离的，言文完全一致，即使白话文也很难做到。骈文以骈句为主，讲究辞藻、对偶、用典、声律，和口语距离远。

（3）古文注重离合伸缩之法，以错综变化为能；骈文强调句子的对仗平衡，以整齐工巧为美。古文重气势，或雄浑磅礴，如江河奔泻；或纡徐舒缓，如溪流曲折，形成阳刚阴柔之美。骈文讲对偶、藻饰、声律等，形成对称美，色泽美和上抗下坠，抑扬顿挫，铿锵有声的音乐美。

古文一般以简练、质朴、平淡、本色为高，容易做到明白晓畅，通俗易懂；骈文一般以凝重、典雅、秾丽、新巧为贵，但由于约束较多，不得不借助高度浓缩的典故暗示已意，有时甚至不得不阉割文意，削足适履，因而难写难读。古文长于叙事说理，也能抒情状物，即使在骈文盛行的南北朝，小说和史传的叙事都用散体。骈文的特长是抒情状物，用来叙事说理就不及古文方便，唐宋传奇和宋元白话小说，叙事用散体而形容人物、描写景物往往用骈体，即是扬长避短。有论者以下面例子说明骈文长于议论，一是南朝骈文大家任昉在《奏弹刘整》一文中弹劾中军参军刘整和寡嫂争夺财产，前面叙事用散体，后面痛斥刘整劣迹的议论用骈体；二是《后汉书》叙事部分用散文，而序、论部分却用骈体。其实，用以说理，骈不如散，这是显而易见的。至于《后汉书》序、论之所以用骈体写，那是由于作者笔底饱含感情；任昉斥责刘整劣迹用骈体，义愤之情更是溢于言表。这些文字，形式上是议论，实际上是抒情，因此不能作为骈文长于议论的佐证，相反，倒是骈文长于抒情的很好说明。

不论古文还是骈文，都应该取长补短。当然，这是从古文家和骈文家的立场看问题。如果你既不是古文家，也不是骈文家，根据上述分析将会得出以下结论：散文的走向是骈散结合，以散为主。骈文则如诗（古典诗歌）、词、曲、赋等一样，作为一种特殊文体而存在。

现代散文是从古代散文（包括散体和骈体）发展过来的。我国古代散文丰富的创作经验，是宝贵的文化遗产。为了繁荣和发展我国社会主义文化事业和散文创作，我们应该对这些遗产进行整理、研究、分析，并加以利用，让它更好地为社会主义文化建设服务。

异彩纷呈的南北朝文学

一、南北朝文学概述

420 年，刘裕篡晋称帝，国号宋，此后南部中国，经历了宋、齐、梁、陈四个朝代，都建都建康（今南京市），史称南朝。在北方，439 年，北魏太武帝拓跋焘统一北中国，建立了少数民族在北中国的统一政权，和偏安江南的汉族政权对峙着。其后，北魏分裂为东魏、西魏；东魏、西魏分别为北齐、北周取代；北周灭北齐；杨坚取代北周建隋；589 年，隋文帝杨坚灭陈，南北统一。这就是我国历史上的南北朝时期。

东晋以来，无数世族地主和知识分子渡江南下，广大农民也向南迁徙；南方地区比较安定，经济得到了繁荣和发展。而北方，政权更替的频繁，战争的频仍，都超过南朝，经济的破坏自然比南方严重，文学发展也远不及南朝，这样，中国文学的中心，就转到南方，南朝文学取得了领导地位。

南北朝，主要是南朝，虽然只有 169 年，但是文学繁荣，作家和作品空前增多。[1] 谢灵运、颜延之、鲍照、沈约、谢朓、江淹、徐陵、庾信、刘勰、钟嵘等都是引领风骚的大家。此外，汤惠休、谢庄、谢惠连、范云、孔稚圭、丘迟、刘竣、陶弘景、范晔，北方的郦道元、杨衒之、温子升、魏收和由南而北的颜之推、王褒、萧悫等，都卓然成家，他们的名篇佳作，丰富了我国古典文学的宝库。

南北朝时期的民间文学也相当兴旺，乐府采集民歌一直没有间断过。

南北朝时期，对文学体式作了深入的探索，形成了许多新的文学体式。东汉末五言诗已经形成，魏晋南北朝诗人更是大量写作，使之更臻于成熟和完善，成为“众作之有滋味者”（钟嵘《诗品序》）。七言古诗和乐府歌行也形成和成熟于此时。齐永明年间又创造出新体诗，其后宫体诗人更大量写作五言四句的小诗，并使七言诗隔句用韵固定化，使绝句和律诗有了一个初步的架构，为近体的形成铺平了道路。南北朝时期，也是骈文的成熟期，鼎盛期，出现了很多优秀作品，以致后世有人称之为“一代之文学”。赋这种传统文学样式，到南北朝有了新的发展，骈赋已成引人注目的新品种。《文心雕龙》和《诗品》更是空前的文学理论和文学批评的不朽之作。

从整个文学史的发展看，魏晋南北朝文学是一个承先启后的重

① 谭正璧《中国文学家大辞典》共收魏晋南北朝作家约八百人。严可均《全上古三代秦汉三国六朝文》共收作家三千四百九十六人，收录这个时期的作品五百二十三卷，凡二千二百四十七人。逯钦立《先秦汉魏晋南北朝诗》，收录这个时期的诗歌共一百零六卷。

要阶段。这种重要性不仅在于作家及其作品的空前增多和新的文学体式的形成，更重要的还在于进入了文学自觉的时代。所谓文学自觉，就是重新思考文学的本质、特征和价值，探讨文学创作的规律，提出一定的艺术准则，并且形成比较完整的文学思想和观点。魏晋南北朝是文学自觉的时代，其具体表现是：

首先，人们对文学本质的认识加深了，文学理论水平大大提高并达到了很高水平，由此推动了文学的独立和发展。从先秦到两汉，人们对文学本质的认识一直在不断深化。《尚书·尧典》“诗言志”的说法，已指出了诗歌的抒情作用，汉代的扬雄指出辞赋有“丽”的特点①，表明他开始看到文学的形象性特征。但直到汉末，人们一直未能摆脱把它作为政教工具的观念，文学一直居于经学的附庸地位。至魏晋南北朝，人们的文学观念已相当明确。曹丕《典论·论文》明确提出“诗赋欲丽”，陆机《文赋》进一步指出：“诗缘情而绮靡，赋体物而浏亮。”对诗赋的文学特性概括更为全面。他还对创作过程的思维进行了研究，指出了文学创作过程中“情瞳眬而弥鲜，物昭晰而互进”的形象思维特点。南朝人对文学与非文学的划分更具概括性。宋初已有“文”、“笔”的概念。至梁代，文学理论更为发展，刘勰写出了《文心雕龙》这样体大思精的文学理论专著，钟嵘也写出了《诗品》这一非常重要的诗歌批评专著。当时“文”、“笔”的界说更为明确。萧绎《金楼子·立言》：“至如文者，惟须绮縠纷披，宫徵靡曼，唇吻遒会，情灵摇荡。”指出“文”应当具有情灵、文采和韵律三大要素。

---

① 扬雄：《法言·吾子》：“诗人之赋丽以则，辞人之赋丽以淫。”

基于对“文”的认识，元嘉十六年宋文帝于儒学、玄学、史学之外另立文学馆。萧统编辑《文选》，选文以“事出于沈思，义归于翰藻”为标准，将经、子、史排除在外。这样就将文学作品和学术著作完全区别开来，使文学摆脱经史的附庸地位而独立发展。文学自觉的实质是文学意识的觉醒和成熟。

其次，新的审美对象的发现和新的文学题材的开掘，使文学作品在内容方面多姿多彩。南北朝时期题材十分广泛，后世盛行的各类题材几乎都在此时滥觞或拓展，诸如感时伤乱，揶揄世态，咏史咏怀，出塞从军，交游赠别，山水田园，风花雪月，男欢女爱，闺情闺怨以及游仙，等等。最值得注意的是山水、人体。谢灵运、沈约、谢朓、何逊、阴铿等都以写作山水诗著称，对人体美注意得较多的是宫体诗人。

再次，作家的创作意识更加明确，文学的抒情性加强了。这时的作家都重视自我感情的抒发，情之所动，就援笔写心，毫不掩饰。儒家“发乎情，止乎礼义”的观念几乎全被淡忘了。因为文学必须具备“摇荡情灵”的艺术感染力，宫体诗人也宣称“文学且须放荡”，要尽情抒发真情实感。

最后，讲究辞藻华美，蔚为风气。建安时期，曹植的诗赋已讲究对偶，尤以“辞采华美”著称。西晋时张华、陆机等人，又在语言的对称美、辞采美方面费了很大力气加以开掘，以逞其才。至宋初，更趋繁缛。《文心雕龙·明诗》道：“俪采百字之偶，争价一句之奇；情必极貌以写物，辞必穷力而追新。”正是对这种风气的高度概括。齐梁以后，由于汉语四声的发现，作家更加注重语言的韵律。这时作家在文学语言方面的努力方向，就是如何把对称美、辞采美、韵律美有机地结合起来，讲究辞藻华美一时蔚为风气。

二、南北朝诗歌

（一）山水诗的开创者谢灵运

谢灵运（385—433），浙江会稽（今上虞）人，是晋宋之际名声最大的诗人。他出身于东晋大族，是东晋名将谢玄的孙子，幼时曾寄养在钱塘杜明师家，所以小名叫“客儿”。他从小聪明好学，博览群书，早年即继承祖父爵位，袭封康乐公，所以又称他为“谢康乐”。刘裕代晋自立后，采取了一些抑制豪族的措施，他降爵为康乐侯，从食邑三千户减为五百户。谢灵运出身豪门世族，又负才能，自以为“宜参权要”，但在刘宋王朝却没有获得重要的政治地位，因此常怀郁愤心情，在任职永嘉太守、秘书监及临川内史时，荒废职务，一味纵情山水。如任永嘉太守时，一年多时间内，游遍了永嘉所属几个县的山山水水。有一次游始宁、临海一带，役使数百人，伐木开路，扰乱地方治安，以致被误认为山贼。最后在作临川内史时，“在郡游放，不异永嘉”，为官吏所弹劾，他起兵抗拒，兵败被擒，放逐于广州，后在广州被杀。他的作品明人辑有《谢康乐集》，近人黄节《谢康乐诗注》较详备。

谢灵运的作品主要是山水诗，绝大部分是任永嘉太守及以后的一段时间写的，大多用富丽精致的语言描写永嘉、会稽、鄱阳湖、庐山等地山水的自然景色。他游览的山水很多，观察自然景物很仔细，又有高度的艺术修养，因此在描绘山水景物时，能够把握其特点，精雕细琢，刻画逼真，艺术上有精到之处。他有许多传世的名句，大都写出了自然界的美景，给人以清新可爱之感。如：

猿鸣诚知曙，谷幽光未显。岩下云方合，花上露犹泫。

——《从斤竹涧越岭溪行》

林壑敛暝色，云霞收夕霏。芰荷迭映蔚，蒲稗相因依。

——《石壁精舍还湖中作》

“猿鸣诚知曙”四句，写清晨的景色。在幽深的山谷中还看不到阳光，但从猿啼声中，知道已经是黎明了。岩下的云朵，刚刚聚集。花上的露珠，还滚圆欲滴。诗人描绘了山中黎明幽静的意境和清新可爱的景色——以动写静，写猿鸣是为了衬托山中的幽静。“林壑敛暝色”四句则写山中傍晚的景色。森林、山谷之间到处是一片暮色，飞动的云霞已经不见，湖中的芰荷绿叶繁盛，互相映照。水边的菖蒲和稗草很茂密，交杂生长在一起。诗人描绘了天边云霞的变幻和苍苍茫茫笼罩山林的暮霭，以及湖中的芰荷稗草，刻画了傍晚的景色。“穷四时之变，尽万物之情”，诗人无论描绘黎明还是傍晚的景物，都能抓住特征，刻画入微，形象鲜明。

谢灵运不但能刻画景物，也常常用自然景物创造一些意境来表达自己的情绪。如：

殷忧不能寐，苦此夜难颓。明月照积雪，朔风劲且哀。运往无淹物，年逝觉已催。

——《岁暮》

先写沉重的忧愁，使诗人不能入睡，越是睡不着，就越觉得长夜漫漫，简直没有个尽头。接着是写景。自然景物是没有感情的，但由于诗人的“殷忧”，所以听起来风声也像很悲哀似的。景中有情，读起来就富有诗意，富有情味，语言也极自然，因此，“明月照积雪”这两句诗，历来被认为是谢灵运诗中的名句。结束点明悲哀的缘由：年华易逝，觉得此生已经所余无几。感情是消沉的。这首诗的写景和抒情结合得很紧，在谢灵运作品中这样前后完整的诗还比较少见。

谢灵运在描绘山水景物时，尤其善于模声绘色，使诗歌语言增加了色泽和光彩。自然景物通过艺术的再现，更显得鲜明，逼真。例如：

乱流趋正绝，孤屿媚中川。云日相晖映，空水共澄鲜。

——《登江中孤屿》

这四句诗写永嘉江中的孤屿山的优美景色。作者横渡江水，登上孤屿山，极目四望，只见白云丽日，互相辉映，澄江蓝天，清澈明朗。诗人捕捉住各具鲜明色彩的云、日、空、水，构成一幅鲜丽无比的图画，描绘了孤屿山的美景。又如“春晚绿野秀，岩高白云屯”（《入彭蠡湖口》），“白云抱幽石，绿筿媚清涟”（《过始宁墅》），“析析就衰林，皎皎明秋月”（《邻里相送至方山》），“石浅水潺湲，日落山照耀”（《七里濑》），“鸟鸣识夜栖，木落知风发”

（《夜宿石门》），“崖倾光难留，林深响易奔”（《石门新营所住四面高山回溪石濑修竹茂林诗》），这些诗句都成功地写了色彩、音响，使人如临其境，如闻其声，取得很好的艺术效果。钟嵘《诗品》说谢灵运诗“富艳难踪”，明代的焦竑在《谢康乐集题辞》中说谢灵运“弃淳白之用，而任丹雘之奇”，就是指谢灵运的山水诗善用声色这一特色。

谢灵运诗中对偶句特别多。声色字句既然要调整和谐，排偶句子也就跟着增多。又因为写的是山水景色和游览者的观感，所以上句写山，下句写水，上句写闻，下句写见的句子也特别多。这是天然的对偶。正如《文心雕龙·丽辞》说：“心生文辞，运裁百虑，高下相须，自然成对。”偶句本来是美丽的藻饰，运用得当，会使人感到匀齐悦目，相映生辉。诗中大量偶句出现，也为诗的格律化逐渐形成其对仗因素。

谢灵运高人一等的门阀地位和他的文章才华为当世所重，《宋书·谢灵运传》记，他在始宁山居时，“每有一诗至都邑，贵贱莫不竞写，宿昔之间，士庶皆遍，远近钦慕，名动京师”。所以就当时诗风的转变而言，即从东晋的玄言诗转向宋初的山水诗，使诗由淡漠而步入清新之境，他的作用是不可忽视的。

但是，在谢灵运的诗中，往往是生动的景物描写和包含玄理的诗句杂见于一篇之中，往往在景物描写之后，拖上一条玄言的尾巴。如《郡东山望溟海》“萱苏始无慰，寂寞终可求”，《石室山》“灵域久韬隐，如与心赏交”，《登石门最高顶》“居常以待终，处顺故安排”，《斋中读书》“万事难并欢，达生幸可托”，《石壁精舍还湖中作》“虑澹物自轻，意惬理无违”，表露了封建士大夫阶级的虚无主义的生活态度、宿命论的人生哲学。这一方面说明当时玄言诗的残余影响尚未脱尽，另一方面也反映了谢灵运的思想矛盾。他的纵情山水，既是士大夫的享乐能事，又是他本人政治欲望未能实现的不平情绪的排遣。其诗作夹以玄理，也就不可避免了。诚如白居易在《读谢灵运诗》中所说：

吾闻达士道，穷通顺冥数。通乃朝廷来，穷即江湖去。谢公才廓落，与世不相遇。壮士郁不用，须有所泄处。泄为山水诗，逸韵谐奇趣。大必笼天海，细不遗草树。岂惟玩景物，亦欲摅心素。往往即事中，未能忘兴谕。因知康乐作，不独在章句。

但谢灵运的不平情绪是在统治阶级内部争权夺利中产生的，因而不能和嵇康、阮籍等以道家精神反抗现实同等看待。谢灵运的山水诗，后半的玄言哲理并不能统一于前半的山水景物，即不能做到情景交融，前后两部分的清新与陈腐，往往判若两诗，结构就显得不够紧凑。诗的布局也常常流于“叙事—写景—说理”的公式化。前人说谢灵运名句多而佳篇少，原因就在这里。

上面所举诗句，大都是“吐言天拔，出于自然”（萧纲《与湘东王书》）的名句，钟嵘比做灌木丛中的青松，尘沙中的白玉。但总的说来，谢灵运诗有语句过于雕琢，使用典实过多的弊病。过分雕琢，不免损伤自然之趣；用典过多，往往给人艰涩之感。现举其代表作《登池上楼》为例，以窥谢灵运诗歌风格之一斑：

潜虬媚幽姿，飞鸿响远音。薄霄愧云浮，栖川怍渊沈。进德智所拙，退耕力不任。徇禄反穷海，卧痾对空林。衾枕昧节候，褰开暂窥临。倾耳聆波澜，举目眺岖嵚。初景革绪风，新阳改故阴。池塘生春草，园柳变鸣禽。祁祁伤豳歌，萋萋感楚吟。索居易永久，离群难处心。持操岂独古，无闷征在今。

这是作者在永嘉郡任郡守时久病初起登楼之作。诗中写景物变换，感物怀旧。作者被当权者所排斥，从京都外放永嘉，这时他的心情不安，进退两难，诗中也反映了这种情绪。诗歌先借虬、鸿起兴，说自己不能像虬龙深隐，鸿雁高飞那样得所，而是进退失据，俯仰有愧。然后说自己做官不能进德修业，于时无益；想退隐又不能力耕自给，为了得些俸禄，反而穷居海边。这是不甘外放的牢骚话，也反映了进退两难的心情。接着是写景物：远处是涛声澎湃，青山叠翠；近处池塘芳草丛生，林间群莺和鸣。作者把初春景色写得形象鲜明，春到人间的色彩和声响跃然纸上，最后写怀念故居，怀念故人，并归结到隐遁。

“池塘生春草，园柳变鸣禽”二句，从生机蓬勃的春景的描绘中透露了诗人久病初愈骤然接触大好春光时油然而生的喜悦心情，像“明月照积雪”一样，景中寓情，语言也清新自然，不假雕琢，因此一直为历代诗人称颂不绝。金元好问在《论诗绝句三十首》中说：“池塘春草谢家春，万古千秋五字新。”谢灵运自己也很喜爱这两句，说“此语有神助，非吾语也”。但是从全篇来看，所表现的主要是士大夫不得意的伤感情绪，结束表示向往隐居，仍旧是玄言诗的调子，通篇属对，虽然不乏名句，但和陈腐的玄言尾巴判若两截，语言也嫌晦涩。

山水诗之外，谢灵运还写过一些咏怀诗赠答诗，其中有些不乏真情实感。他还学习南朝乐府民歌，写的一些爱情诗也隽永可诵，并起了开风气的作用。

总的说来，谢灵运以大量山水诗打破了东晋玄言诗统治诗坛的局面，扩大了诗歌的题材；他描写山水的手法，丰富了后人刻画自然的技巧，促进了此后山水诗的发展，这是他的贡献。他的一些描绘山水的诗句，反映了自然美，给人以清新开朗之感，但是谢灵运的诗歌缺乏社会内容；也无进步的理想，不少作品中流露着没落颓废的思想感情，又由于过于注重雕琢，铺陈典故，不免陷于平板，因此对他的作品评价不宜太高。

（二）喜用古事的颜延之

颜延之（384—456），字延年，琅玡临沂（今山东临沂）人，曾任太子舍人，始安太守，中书侍郎，金紫光禄大夫等官职。他出身于寒族地主，少年时孤贫好学，博览群书，善于文辞。喜欢饮酒，好肆意直言，常常得罪权贵。尚书左丞荀赤松奏他“交游闒茸，沈迷麴蘖，诋毁朝士”，政治上屡次受到打击。他生活俭约，不营财利，布衣蔬食。他的儿子做了大官，权倾一朝，但他“凡所资供”，“一无所受”，仍旧住在原先的陋巷，器用服饰，没有什么改变，常常乘着羸牛车找老朋友喝酒，并且对他儿子说：“平生不喜见要人，今不幸见汝。”他推崇陶渊明，写《陶徵士诔》；同情屈原，写《祭屈原文》。从这可以想见他的思想情操，他是一个方正之士。明人辑有《颜光禄集》。

在南朝初期，颜延之与谢灵运齐名。《诗品》说：“谢客为元嘉之雄，颜延年为辅。”沈约在《宋书·谢灵运传论》中也说：“爰逮宋氏，颜谢腾声。”可知在齐梁时代，颜谢是一致公认的元嘉诗坛代表。但是，他文学上的成就远不如谢灵运，诗歌刻意雕琢，句句用典，句句对偶，所以钟嵘《诗品》说他“句无虚语，语无虚字”，“动无虚散，一字一句，皆致意焉”。《南史·颜延之传》记载，一次颜延之问鲍照，把自己的诗歌跟谢灵运比，谁优谁劣。鲍照回答：“谢五言如初发芙蓉，自然可爱，君诗若铺锦列绣，亦雕缋满眼。”铺锦列绣，看起来何尝不光华艳丽，但如缺乏动人的情致，终是没有生命的东西，这种作品，典型地代表着当时的创作风尚。

颜延之的诗歌，最为人称道的是《五君咏》。关于《五君咏》的写作背景，《宋书·颜延之传》说：“（延之）领步兵校尉，赏遇甚厚。延之好酒疏诞，不能斟酌当世，见刘湛、殷景仁专当要任，意有不平，常云：‘天下之务，当与天下共之，岂一人之智所能独了！’辞甚激扬……湛深恨焉，言于彭城王义康，出为永嘉太守。延之甚怨愤，乃作《五君咏》。”可知《五君咏》是颜延之有感而作的。刘湛及彭城王刘义康看到《五君咏》，以其“辞旨不逊，大怒，欲黜为远郡”。后来宋文帝让他在家闭门思过，他“屏居里巷不预世事者七载”。现录《五君咏》四首如下：

阮公虽沦迹，识密鉴亦洞。沈醉似埋照，寓辞类托讽。
长啸若怀人，越礼自惊众。物故不可论，途穷能无恸！

——《阮步兵》

中散不偶世，本自餐霞人。形解验默仙，吐论知凝神。
立俗迕流议，寻山洽隐沦。鸾翮有时铩，龙性谁能驯。

——《嵇中散》

刘伶善闭关，怀情灭闻见。鼓钟不足欢，荣色岂能眩。
韬精日沈饮，谁知非荒宴。颂酒虽短章，深衷自此见。

——《刘参军》

仲容青云器，实禀生民秀。达音何用深，识微在金奏。
郭奕已心醉，山公非虚觏。屡荐不入官，一麾乃出守。

——《阮始平》

《五君咏》共五首，分别咏《竹林七贤》中的阮籍、嵇康、刘伶、阮咸、向秀等。这些人都不同程度地反对礼教。嵇康和阮籍在曹氏和司马氏争夺政权的斗争中拥护曹氏。司马氏代魏，他们感到极大的苦闷和恐惧。司马氏和他们周围的人提倡礼教，而实际上却堕落到连一点起码的封建道德也没有，嵇、阮等气愤不过，索性全面否定礼教，对这个腐朽的政权采取了消极对抗的态度。嵇康主张“越名教而任自然”，经常“非汤武而薄周公”，反对名教非常激烈。他自己也知道如果宣传出去，将为“世教所不容”。后来他确是被杀了。阮籍不拘礼教的事情很多，如他母亲死的时候，他“正与人围棋，对者求止，籍留与决赌”；人家去吊丧的时候，他“散发箕踞，醉而直视”；他嫂嫂回娘家去，“籍相见与别”，别人讥笑他，他干脆回答：“礼岂为我辈设耶!”这些人在行为方面走的是放荡颓废的道路，阮籍纵酒佯狂，刘伶、阮咸也都沈湎于酒。《阮步兵》咏阮籍虽晦其行迹，但内心明白得很。“寓辞类托讽”，指出了阮籍的代表作《咏怀诗》刺讥世事的内容和隐晦曲折的风格。颜延之在《咏怀诗》注中分析说“阮公身仕乱朝，常恐罹谤遇祸，因兹发咏，故每有忧生之嗟。虽志在刺讥，而文多隐避”，表现了他的文学眼光。最后两句是说：阮籍不论世事，是因为世事已不可论，他怎么能够不为途穷而痛苦！这里表现了颜延之对阮籍的深刻理解和深切同情。《嵇中散》是咏嵇康，最后两句是说，嵇康尽管不得志，甚至被杀害，但他是“龙”，他不和封建统治者同流合污的傲岸拔俗的性格，是谁也不能使他屈服的，这是对嵇康的高度评价。《刘参军》是咏刘伶，说刘伶的寄情于酒有他不得已的苦衷，从《酒德颂》里可以看到他深藏在内心的隐情。“韬精日沈饮，谁知非荒宴”是警策之句，意思说刘伶怀有才能而深自敛藏，不使外露；他终日耽饮，但他绝不是那种宴游过度、荒废事务的人。《阮始平》咏阮咸，写阮咸虽有高材美质，荐者再三，终不被信用；而权贵一麾，乃遽出守。据《南史·颜延之传》记载，宋少帝时，延之迁始平太守，领军将军谢晦对他说：过去荀勖妒忌阮咸，借故斥阮咸为始平太守，现在你又为始平太守，可谓“二始”。很明显，颜延之借咏阮咸，抒发了自己怨愤的情绪。《五君咏》以古事喻自己的怀抱，不但写出了嵇、阮等人的精神面貌，也暗寓着自己的旨趣，倾向性鲜明，语言淳朴，无用事之病，在南朝模山范水的诗坛里，表现出独有的成就。

颜延之早年随刘裕北伐到过洛阳，途中写过两首诗，其中《北使洛》的“伊瀔绝津济，台馆无尺椽。宫陛多巢穴，城阙生云烟”，《还至梁城作》的“故国多乔木，空城凝寒云。丘垅填郛郭，铭志灭无文。木石扃幽闼，黍苗延高坟”，实为佳句。描写北地的荒凉败坏，有故国山河之叹，不仅语言比较朴素，且有真情实感。如叙事诗《秋胡行》，描写细致刻画生动，在同类题材中较有特色。

（三）擅长七言和杂言乐府诗的鲍照

鲍照（414？— 466），字明远，祖籍东海（今山东郯城县西南），家居建康（今南京市）。他出身寒族，曾说："臣北州衰沦，身地孤贱"（《拜侍郎上疏》），"臣孤门贱生"、"鹑栖草泽"（《解褐谢侍郎表》），又说"臣负锸下农，执羁末皂"（《谢秣陵令表》）。所谓"衰沦"、"孤贱"、"末皂"等，都说明他家世低微。他以诗为临川王刘义庆所赏识，乃为其国侍郎，后历任海虞、秣陵、永嘉等县令及中书舍人，最后任临海王刘子顼的参军，故世称"鲍参军"。后子顼作乱，鲍照为乱军所杀。今传《鲍参军集》十卷，钱振伦注、黄节补注、钱仲联增补《鲍参军集注》较详备。

鲍照和谢灵运、颜延之都以诗名，合称为"元嘉三大家"，而成就远较颜、谢为高，是我国文学史上杰出的诗人之一。由于"才秀人微"，他一生受尽歧视和打击，但这种遭遇却使他相当清醒地认识到当时社会的腐朽，写出了许多光辉的诗篇。鲍照的主要贡献在乐府诗，特别是七言和以五言七言为主的杂言乐府诗方面。据丁福保编辑的《全汉三国晋南北朝诗》，鲍照的诗现存二百零四首，其中乐府诗就有八十六首，是到南北朝为止创作乐府诗最多的诗人。而且，在乐府诗的形式方面，他一改历代五言乐府的传统，开始大量使用七言体和以五言、七言为主的杂言体；鲍照以前文人创作的七言诗，现存的有张衡的《四愁诗》，曹丕的《燕歌行》，曹植三首，嵇康、阮籍各二首、傅玄一首。两晋时期，作者更少，左思、陆机、陶渊明等著名诗人都未写过七言诗。与鲍照同时的著名诗人比较，谢灵运、谢惠连各二首，汤惠休三首，颜延之一首也没有。在中国文学史上第一个大量写七言诗的是鲍照。他的七言诗计有《代白纻舞歌》四首，《代白纻曲》二首之一，《代雁鸣行》，《拟行路难》第一、三、十二、十三首，《夜听妓》二首之二。另外，《拟行路难》中还有十首，只有首句或中间一句不是七言，其余各句全为七言。这种只有个别句子不是七百的乐府诗，人们一向是把它当做七言歌行体诗的。如果这样计算，则鲍照的七言乐府诗就在二十首以上了。从内容方面看，鲍照七言诗的内容充实丰富，触及了当时社会生活的各个方面。七言诗起源很早，而成立很迟，中间经过几百年的酝酿，无论就量还是就质而言，鲍照是七言诗酝酿时期中唯一大作家，他的七言乐府诗为后来的七言歌行奠定了良好基础。他还变曹丕的逐句用韵为隔句用韵，并可自由换韵。

鲍照的七言和杂言乐府诗中最杰出的代表作是《拟行路难》十八首。《行路难》是由来久远的民间歌谣，其主旨是“备言世路艰难及离别悲伤之意”。鲍照的这十八首，仍是依据它的本来题旨写的。这一组诗，表现了受压抑的下层知识分子对门阀制度的强烈愤慨——这是鲍照诗歌中非常普遍的主题，对被压迫的妇女得不到爱情的自由表示了深切的同情，对边塞戍卒的乡思更有曲折入情的描述，例如：

泻水置平地，各自东西南北流。人生亦有命，安能行叹复坐愁。酌酒以自宽，举杯断绝歌路难。心非木石岂无感，吞声踯躅不敢言。

——《拟行路难·其四》

对案不能食，拔剑击柱长叹息。丈夫生世能几时，安能蹀躞垂羽翼！弃檄罢官去，还家自休息。朝出与亲辞，暮还在亲侧，弄儿床前戏，看妇机中织。自古圣贤尽贫贱，何况我辈孤且直！

——《拟行路难·其六》

“泻水置平地”先以水之泻地，遭遇的地势不同，趋向也异，形象而确切地比喻不同的家庭出身，决定了各人不同的命运：出身世族的，高官厚禄；出身寒族的，则遭受压抑。于是诗人感到人生既然命定，愁叹也无益。但愁叹之情已有，只得酌酒自宽。然而人非木石，终不能无所感慨，可是最后只有吞声而不敢言。曲折委婉地表达了诗人对当时门阀制度的强烈怨愤和受压抑的苦闷。

“对案不能食”通过罢官闲居生活的描述，抒发了有志难酬的愤慨。前两句对“对案不食”、“拔剑击柱”的愤激行为逼出“长叹息”来，然后接写“丈夫生世”二句来点明“长叹息”所概括的思想感情。那种怀才而不得志的愤慨，使读者如闻其声，如见其容。以下六句写罢官回家的具体感受，侍亲，弄儿，看妇，似乎极愉快、极平静，然而这种郁郁牖下的生活，是一个有志之士所能忍受的吗？和上文一联系，很清楚地显示了里面蕴涵着的深沉悲愤。末两句以“自古圣贤尽贫贱”强自宽慰，而归结到“孤且直”，也就加强了不平之感。又如：

璇闺玉墀上椒阁，文窗绣户垂绮幕。中有一人字金兰，被服纤罗蕴芳藿。春燕差池风散梅，开帏对影弄禽爵。含歌揽涕恒抱愁，人生几时得为乐？宁作野中之双凫，不愿云间之别鹤。

——《拟行路难·其三》

诗中写小家碧玉，嫁在富贵人家，但不忘旧日的爱人。诗歌前半极力形容闺房建筑及女子服饰的华美，后半极力刻画女子悲愤难忍，最后两句换成今天的语言就是“宁愿贫贱而双栖，不愿富贵而孤独”。这首诗不仅反映了男女婚姻不能自主所造成的痛苦，而且指出了造成这种痛苦婚姻的根源是达官贵人仗势破坏了平民青年男女的真诚爱情。这是一首具有反封建意义的诗，写作上也以形象鲜明见长。诗人通过景物描绘，人物心理刻画，前后映衬，成功地塑造了一个不图富贵而忠于爱情的感人形象。第九首描写了弃妇愤激决绝的态度：“今日见我颜色衰，意中索寞与先异。还君金钗玳瑁簪，不忍见之益愁思。”揭发了封建社会妇女地位无保障的现实，其所表现的被损害者的反抗精神，非常强烈。第十三首写一个出征者当初辞家从军时“荣志溢气干云霄”，备尝艰辛之后竟毫无所获，只赢得“白发素髭生”。家中的妻子在离别后日夜思念他，“形容憔悴非昔悦，蓬鬓衰颜不复妆”，生动地写出了征戍之苦。其他几首从表面看只是感叹人生短促、荣华难保和及时行乐的消极思想，但从总的情绪看，显然是不满现实的愤激语。

这十八首诗不作于一时，也不专咏一事，在表现手法上有时是直抒胸臆，有时则纯用比兴，感情强烈奔放，音节错综激昂，语言瑰丽通俗，所以历来被视为乐府诗的绝唱。宋代许顗说：“明远《行路难》壮丽豪放，诗中不可比拟，大似贾谊《过秦论》。”确实道出了鲍照《行路难》包括其他七言和杂言乐府的风格特点。

在鲍照的五言乐府诗中成就突出，值得我们大书特书的是他的边塞诗。自东晋渡江以至陈末，这二百多年间，北中国始终在异族统治者的统治之下，这应该是全国朝野共同关心的大问题，作为时代歌手的诗人，应该有大量的作品来表现这个具有普遍意义的重大主题，但是在东晋、宋、齐、梁、陈的诗坛上，这类作品实在少得可怜，写得充实的就更少了。而鲍照却写了许多出色的从军边塞之作，在当时诗坛上是足以振人视听的。

鲍照的边塞诗，一类是抒写战士立志报国的豪情壮志的，例如：

> 羽檄起边亭，烽火入咸阳。征骑屯广武，分兵救朔方。
> 严秋筋竿劲，虏阵精且强。天子按剑怒，使者遥相望。
> 雁行缘石径，鱼贯度飞梁。箫鼓流汉思，旌甲被胡霜。
> 疾风冲塞起，沙砾自飘扬。马毛缩如蝟，角弓不可张。
> 时危见臣节，世乱识忠良。投躯报明主，身死为国殇。
>
> ——《代出自蓟北门行》

诗的开端描写边警传来及朝廷出兵的经过，使人从紧张的气氛中感到战局的严重；中间描写战士行军途中严寒艰苦状况，加强了战斗的悲壮情调；最后表达了战士要为国捐躯的忠勇气概。全诗格调高亢、雄壮，充满了英雄主义情调。鲍照的这类作品代表了他自己及同时代许多志士的心情，具有较高的现实主义及一定程度的爱国主义精神。《代苦热行》、《代东武吟》等边塞诗则完全是另一种情调。《代苦热行》极力渲染炎热和瘴疠对人的危害：赤阪横亘，使人身热头痛，使“饥猨莫下食，晨禽不敢飞”；瘴气毒疠，日夜熏着人体。作者还通过幻想，写出了“汤泉发云潭，焦烟起石圻”，“丹蛇踰百尺，玄蜂盈十围”等恐怖的景象。“生躯蹈死地，昌志登祸机”，突出地强调了侵略战争中士兵的不幸遭遇。“戈船荣既薄，伏波赏亦微。爵轻君尚惜，士重安可希”，清楚地表现了对这种不义战争的厌恶。《代东武吟》借一个身经百战的士兵的自述，描写他暮年的悲惨生活：“少年辞家去，穷老还入门。腰镰刈葵藿，倚仗牧鸡豚。昔如鞲上鹰，今似槛中猿。”写出了统治者的刻薄寡恩。

鲍照乐府诗以外的五言诗也有杰作，最值得注意的是一些反映劳动人民疾苦的作品。例如：

束薪幽篁里，刈黍寒涧阴。朔风伤我肌，号鸟惊思心。岁暮井赋讫，程课相追寻。田租送函谷，兽藁输上林。河渭冰未开，关陇雪正深。笞击官有罚，呵辱吏见侵。不谓乘轩意，伏枥还至今。

——《拟古·其三》

全诗十四句，从最后两句看，主题应该是写一个屈在草野的士人怀才不遇的愤慨。但前十二句写主人公在寒冷的季节里，辛勤而艰苦地劳动，担负着繁重的赋役，并遭受官吏的逼迫和凌辱，客观上具体而形象地反映了人民的痛苦生活。这种大胆暴露虐政的诗，在六朝人作品中是绝无仅有的。这里没有什么雕琢，也毫无夸饰，但朴素真实，很能感人。又如《观圃人艺植》，从车马、服饰、饮食等方面将商人——实际是写“巧宦”——和农民的生活作了对比，突出农民“抱锸陇上餐，结茅野中宿”的艰辛，为农民鸣不平。这一首诗在思想内容的深度上不及《拟古·其三》，但毕竟反映了劳动人民的艰苦生活，在当时是难能可贵的。

鲍照其他的五言诗中，有些失之雕琢，过于追求新奇，虽然也显出某种独创的风格，却不免纤巧和晦涩。但也有一些经过字句的锤炼，称得上是较为朴素、流畅可诵的抒情诗和出以自然的写景诗，例如：

轻鸿戏江潭，孤雁集洲沚。邂逅两相亲，缘念共无已。
风雨好东西，一隔顿万里。追忆栖宿时，声容满心耳。
落日川渚寒，愁云绕天起。短翮不能翔，徘徊烟雾里。
——《赠傅都曹别》

全诗纯用禽鸟来比喻自己和傅的关系，生动地表达了两人深厚的友谊。末句虽半属自谦之辞，也流露了自己不能施展才能的牢骚。诗中没有什么典故，也没有雕琢过甚之处，艺术上相当完整。

鲍照不以山水诗闻名，但是他的大部分山水诗还是自有特色，耐人寻味的。像《自砺山东望震泽》写道："烂漫潭洞波，合沓崿嶂云。涨岛远不测，冈涧近难分。"只二十个字，就从上下远近的不同方位，水、天、岛、地的不同景色，形象地描绘出太湖的烟波浩渺。又如《过铜山掘黄精》："蹀蹀寒叶离，瀄瀄秋水积。松色随野深，月露依草白。"前两句写寒叶的动态和滴水的声音，很细致；后两句写秋色，写得很美。再如：

江南多暖谷，杂树茂寒峰。朱华抱白雪，阳条熙朔风。
蚌节流绮藻，辉石乱烟虹。泄云去元极，驰波往不穷。
啸歌清漏毕，徘徊朝景终。浮生会当几，欢酌忽盈衷。
——《望孤石》

把江南的冬天描画得明丽多姿，难怪作者对此良辰美景要啸歌徘徊、欢酌感慨了。

鲍照才气纵横，在南北朝诗坛上卓尔不群，刘熙载《艺概·诗概》说他“不可无一，不能有二”。但是，他不仅因为出身寒微而仕途遭受压抑，他的诗歌艺术也遭到封建文人的攻击。萧子显《南齐书·文学传论》说他“发唱惊挺，操调险急，雕藻淫艳，倾炫心魂”，这些话倒是从反面概括了鲍照诗歌的艺术特色，如果换成我们的话，这就是思想尖锐深刻，气势雄健豪放，语言清新华丽，具有惊心动魄的强烈的感染力量。

鲍照的诗歌，对唐代的高适、岑参和杜甫、李白等大诗人都产生过很大的影响。对李白的影响更大，更明显。我们从李白的《将进酒》、《蜀道难》、《行路难》及其他七言歌行的艺术风貌，可以明显看出这些诗篇和鲍照的乐府诗有着密切的渊源关系。杜甫在《春日忆李白》一诗中用“俊逸鲍参军”的诗句来品评、称赞鲍照的诗歌的风格，又借鲍照的风格来比拟李白，是很有见地的。

南朝初期诗人，除大家熟知的颜、谢、鲍以外，谢庄、谢惠连、汤惠休等也很有名。

谢庄（421—466），字希逸，祖籍陈郡阳夏（今河南省太康县）人，为谢灵运族子，仕宋文帝、武帝、明帝三代，官至散骑常侍光禄大夫。“文冠当时”的太尉袁淑曾对他说：“江东无我，卿当独步，我若无卿，亦一时之杰也。”谢庄的诗歌大抵吟风咏月，感情相当窄狭，而且好堆砌典故，伤于繁密。所以钟嵘曾说：“颜延、谢庄，尤为繁密，于时化之。故大明、泰始中，文章殆同书钞。”但亦有清丽之句，如“夕天霁晚气，轻霞澄暮阴。微风清幽幌，余日照青林”（《北宅秘园》），写傍晚雨霁，红霞绮丽，微风轻拂，夕阳映照青林，给人以清新之感。谢庄还善于创新，不落旧套。他的诗歌《怀园引》三五七言中又杂用《楚辞》调，语言流畅，音节错综，形式新鲜活泼。以前作家没有用这种形式的，这是谢庄的创造。这首诗对后来的作家也有影响。沈约的《八咏诗》专学它，梁、陈间的小赋也由此滥觞，对庾信、江总等人的七言诗也有影响。

谢惠连（397—433），是谢灵运的族弟，与谢灵运并称“大小谢”。他幼年聪敏，十岁能文。本州招为主簿，不就。元嘉七年（430）为彭城王刘义康法曹参军。卒时年仅三十七岁。谢灵运非常赏识谢惠连，每次看到他的新作，总是说：“张华重生，不能易也。”钟嵘也说：“小谢才思富捷……又工为绮丽歌谣，风人第一。”他的诗歌以《捣衣》著名：

> 白露滋园菊，秋风落庭槐。肃肃莎鸡羽，烈烈寒螿啼……檐高砧响发，楹长杵声哀。微芳起两袖，轻汗染双题。纨素既已成，君子行未归……腰带准畴昔，不知今是非。

先写秋夜景色，语言清丽；中间写少妇捣衣，她捣呀捣呀，尽管是“白露为霜”的凉夜，额上也微微地沁出了汗珠，夜深人静，砧声越发显得响亮、哀怨。形象具体，刻画入微。最后两句说：腰带还是按过去的尺寸缝制，不知道现在合身不合身，不言关怀而关怀深情自见。

汤惠休，生卒年不详，曾出家为僧，后还俗，官至扬州刺史。当时和鲍照齐名，称为“休鲍”。钟嵘在《诗品》中说：“惠休淫靡，情过其才。”颜延之也看不起他的诗歌，说：“惠休制作，委巷中歌谣耳！”（《南史·颜延之传》）这些评论正好说明了汤惠休诗歌的风格接近鲍照，有民间歌谣的风味。汤惠休现存诗十一首，都是乐府诗，以《怨歌行》较著名。明钟惺称其诗“妍而深，幽而动，艳情三昧”（《古诗归》卷十一）。

在二谢和汤惠休的诗歌中有一点值得我们注意，那便是他们的七言诗，如“汉水初绿柳叶青，朱光蔼蔼云英英，离禽喈喈又晨鸣”（谢庄《怀园引》），“翔驰骑，千里姿，伯乐不举谁能知。南荆璧，万金赀，卞和不斫与石离”（谢惠连《鞠歌行》）。汤惠休的《代白纻歌》、《秋风》、《秋思引》，谢惠连的《燕歌行》等通篇是七言句。上文曾说，鲍照是七言诗酝酿时期的主要作家，二谢和汤惠休可做鲍照的羽翼，虽然他们的七言诗并不怎样高明。

（四）谢朓、沈约和永明体

齐永明时代，齐武帝的第二个儿子竟陵王萧子良爱好文士，当时有名的文人王融、谢朓、任昉、沈约、陆倕、范云、萧琛、萧衍等都被招纳于门下，称为“竟陵八友”。其中谢、王二人在齐代遇害，后来萧衍篡齐称帝，其余六人都由齐入梁。“竟陵八友”中，任昉、陆倕以工于文笔著称，其余都有诗名，名声最高的是沈约和谢朓。但沈约的成就远远不及谢朓。沈约也很佩服谢的五言诗，说：“二百年来，无此诗也。”谢朓是齐、梁时期最优秀的诗人。

谢朓（464—499），字玄晖，陈郡阳夏（今河南省太康县）人。曾任宣城太守，世称谢宣城。他的高祖父谢据是谢安的弟弟，祖父谢述，做过吴兴太守，父亲谢纬，做过散骑侍郎。祖、父辈都为刘宋王朝所亲重。他的祖母是著名史学家范晔的姐姐，母亲是宋武帝的女儿长城公主。谢朓和谢灵运同族，他的出身、经历、思想乃至创作方法和谢灵运都有许多类似的地方，因而后人把他们并称为“二谢”，又称谢灵运为“大谢”，谢朓为“小谢”。他“少好学，有美名，文章清丽”（《南齐书·谢朓传》），所以曾历居萧齐的藩王和朝廷的重要文书职位。最后任尚书吏部郎，因拒绝参加朝廷大臣和藩王所酝酿的政变，反被诬陷杀害，年仅三十六岁。

谢朓的诗以描写山水景物为最出色。他吸收了谢灵运作品那种细致地观察与逼真地描写自然的优点，用词清新优美，又比较明白晓畅，因而避免了谢灵运诗平板、晦涩的毛病。谢朓还比较彻底地摆脱了玄言诗的影响。在山水诗的发展上，他比谢灵运前进了一步。他比谢灵运描绘了更多更美的自然景象，作品中有许多传神的刻画和新颖的意境。例如被人传诵的《晚登三山还望京邑》：

> 灞涘望长安，河阳视京县。白日丽飞甍，参差皆可见。余霞散成绮，澄江静如练。喧鸟覆春洲，杂英满芳甸。去矣方滞淫，怀哉罢欢宴。佳期怅何许，泪下如流霰。有情知望乡，谁能鬒不变？

这首诗写登山临江所看到的春晚之景和遥望京师而引起的故乡之思。诗中的景物描写非常出色。作者为我们描绘了一幅无比壮美的图画：在绚丽璀璨的阳光照耀下，京师美景历历在目。仰望长天，美丽的晚霞铺展开去，犹如色彩斑斓的锦缎；俯视大江，清澈的江水静静流淌，宛若银光闪烁的白练。嘈杂喧闹的鸟群，覆盖了春色漾溢的水中小洲，各色各样的花丛，布满了芬芳迷人的郊野。诗人用他敏锐的感觉能力和细致的观察能力，准确而生动地抓住客观景物的特点，捕捉形象，表现生活，“白日丽飞甍”以下六句，寥寥三十个字，就构成了一幅鲜明生动而又层次井然的图画。从整幅画面来看，远景与近景，动态与静态，声音与色彩，配合得协调和谐，浓淡深浅相映成趣。“余霞散成绮，澄江静如练”两句写长江晚景，色彩鲜明，比喻贴切，成为历来传诵的名句。谢朓曾经对沈约说：“好诗圆美流转如弹丸。”（《南史・王弘传附王筠传》）这句话确实贯彻到了他自己的创作中。他在山水的描绘上，没有苦心刻画的痕迹，在声律与辞藻的运用上，也善于熔铸，风格清新秀丽。

谢朓所生活的时代，统治集团内部的矛盾和斗争非常激烈。他在当时的政治漩涡中，常常受到排挤和打击，后来甚至被诬入狱而死，这就形成了他的山水诗的另一艺术特色，即他在山水景物的描绘中，常常渗透着人生观感，寄寓了在仕途中唯恐遇祸而忧虑苦闷的心情，而不像谢灵运那样把笔力主要用在对山水景物作客观的描绘上。谢朓的山水诗把写景与抒情熔铸成为一个不可分割的艺术整体，也不像谢灵运那样有结构不完密之病。仍以《晚登三山还望京邑》为例，开头二句，运用的是王粲和潘岳的典故。王粲生活在东汉末年动乱的时代，十七岁就到荆州避难，一生颠沛流离，潘岳则仕途多艰，最后被害而死。这两位诗人生活道路都坎坷不平，诗文往往“自伤情多”，情调比较哀伤悲凉。谢朓用他们两人的典故，实际上寄寓着自己无限的情思和感慨。结束段是因景抒情。诗人连声慨叹：“要走了！我将离开这美好的京城，并且将久久地滞留在遥远的他乡。真想念啊，那已经散席的家乡旧馆的欢宴！”诗人想到还乡无期时，惆怅满怀，思绪万千，眼泪如珠，滚滚而下。最后由自己的切身感受，推及人们普遍的眷恋乡土之情，以问作结，更增添了这首诗动人心魄的艺术力量。再如：

大江流日夜，客心悲未央。徒念关山近，终知返路长。
秋河曙耿耿，寒渚夜苍苍。引领见京室，宫雉正相望。
金波丽鳷鹊，玉绳低建章。驱车鼎门外，思见昭丘阳。
驰晖不可接，何况隔两乡。风云有鸟路，江汉限无梁。
常恐鹰隼击，时菊委严霜。寄言罻罗者，寥廓已高翔。
——《暂使下都夜发新林至京邑赠西府同僚》

这首诗是谢朓从西府荆州调回都城时作。当时他在荆州为隋王萧子隆的文学，很受子隆爱赏，荆州长史王秀之妒忌他，暗告齐武帝把他调回都城。诗人在这里主要抒写了他离别荆州同僚的伤感，末尾表示逃脱迫害的慰幸。诗的发端“大江流日夜”是他的名句之一，它的用意是为无穷无尽的离愁的起兴，所以接着一句是“客心悲未央”。这样，前一句所描写的眼前茫然无尽的自然景象，就融入了诗人的主观情绪。又如“秋河曙耿耿，寒渚夜苍苍”，显示了作者因悲愁萦怀及关切旅程而未眠的情景。“常恐鹰隼击，时菊委严霜”，表达了诗人在西府中常畏谗邪中伤，像鸟怕鹰隼捕击，菊怕严霜摧残一样。最后两句作者以鸟自比，以罗者比王秀之，具体意思是：现在我远远避开，谗者无计可施了。

谢朓诗的思想感情，大致不外是身世的忧惧，故乡的怀念，清静生活的追求，朋友欢会的期望，虽然也流露出对黑暗现实的不满，但表现的生活毕竟窄了一些，而且往往“有句无篇”。谢朓诗中确有奇秀之句，如“鱼戏新荷动，鸟散余花落”（《游东田》），“香风蕊上发，好鸟叶间鸣”（《送江兵曹、檀主簿、朱孝廉还上国》），“日华川上动，风光草际浮”（《和徐都曹出新渚》），但有些诗通篇而论却非全璧。有些诗起句气魄很大，足以笼罩全诗。如上文提到的“大江流日夜，客心悲未央”，《观朝雨》的“朔风吹飞雨，萧条江上来”，这些起句，使诗一开头就给人以鲜明和强烈的印象。可惜他的笔力较弱，后半篇往往不能与前相称。钟嵘说他“一章之中，自有玉石；然奇章秀句，往往警遒……善自发诗端，而末篇多踬，此意锐而才弱也”（《诗品》），一定程度上是说中了他的缺点的。

谢朓是和王融、沈约等开始运用声律入诗的人，是永明体诗歌的开创者。永明体的特点是讲究声律对仗，一般比较短小。永明体的出现，揭开了我国诗歌从比较自由的古体诗向格律严谨的近体诗转变的崭新一页，为唐代格律诗的形成在形式上奠定了基础。在谢朓的全部五言诗一百三十多首中，新体诗占三分之一以上。尽管永明体所着眼的问题只是两句（一联）十字之间的调谐和变化，所以还没有粘法，句子也无定数，但谢朓这些诗篇都已具有五言律诗的雏形，对五言诗的律化影响很大，例如：

> 低枝讵胜叶，轻香幸自通。发萼初攒紫，余采尚霏红。
> 新花对白日，故蕊逐行风。参差不俱曜，谁肯盼薇丛。
>
> ——《咏蔷薇》

写蔷薇绿叶繁茂，幽香阵阵，花萼有的姹紫，有的霏红，“新花”映日，鲜艳夺目，“故蕊”随风，纷纷飘落。全诗除枝、霏当仄而平，一、二联及三、四联之间不粘外，属对工整，声韵和谐，完全与律诗相合。又如：

方舟泛春渚，携手趋上京。安知慕归客，讵忆山中情。
香风蕊上发，好鸟叶间鸣。挥袂送君已，独此夜琴声。
——《送江兵曹、檀主簿、朱孝廉还上国》

这首诗表现了作者对江兵曹等三人“携手趋上京”的羡慕之情和送别后的孤寂之感。全诗除个别字平仄不调，第一联第二联之间不粘外，属对工整，声律都合律诗要求，“香风”一联写春日景色，刻画入微，可算是相当成功的五律了，此外如《离夜》，《奉和随王殿下》第十四、十五两首，《将发石头上烽火楼》等诗篇，以律诗标准来衡量，都已达到接近成熟的程度，可作为律诗形式完成过程中的雏形来看。没有这些雏形，是无由最后定型的。

谢朓的一些短诗，也表现了卓越的艺术成就，例如：

佳期期未归，望望下鸣机。徘徊东陌上，月出行人稀。
——《同王主簿有所思》

夕殿下珠帘，流萤飞复息。长夜缝罗衣，思君此何极！
——《玉阶怨》

《同王主簿有所思》写一个妇女怀念行人：她走下织机，徘徊于东陌之上，月亮已经出来，天色已经很晚，但她还在那里盼望行人归来。诗人用人物的行动，刻画了急切期待的心情。《玉阶怨》是一首用乐府旧题写的宫怨诗，代宫女诉说长年不得见君王的怨情：遥望宫殿，皇帝已垂帘就寝，院中只有流萤飞来飞去；宫女长夜不眠，还在缝制罗衣，思君之情，何时是了！这一首是从写景中抒情，从夕殿、珠帘、流萤飞息、长夜缝衣的景象得出“思”字，以

“何极”表示深情。这两首诗都以精约的语言，构造出一片凄寂深永的意境，遣词自然、含蓄，音节和谐，不论意境、音韵，都有唐人风味。沈德潜曾说：“玄晖灵心秀口，每诵名句，渊然泠然，觉笔墨之中，笔墨之外，别有一段深情妙理。”（《古诗源》）这是很中肯的。这些小诗显然受到了江南民歌的影响，也开了唐人绝句的先河。

总起来说，在山水诗的发展上，谢朓的贡献比谢灵运尤大。对唐代近体诗的形成，谢朓有重要的作用。他的诗歌对唐代诗人李白、王维、孟浩然等人的作品，有颇为显著的影响。李白有诗说“蓬莱文章建安骨，中间小谢又清发”（《宣城谢朓楼饯别校书叔云》），“我吟谢朓诗上语，朔风飒飒吹飞雨”（《酬殷明佐见赠五云裘歌》），“解道澄江净如练，令人长忆谢玄晖”（《金陵城西楼月下吟》），对谢朓表示了由衷的赞赏。

沈约（441—513），字休文，吴兴武康（今浙江武康）人。谥号“隐”，所以后人也有叫他“沈隐侯”的。沈约幼年刻苦好学，《梁书·沈约传》说：“幼年孤贫，笃志好学，昼夜不倦。母恐其以劳生疾，常遣减油灭火。而昼之所读，夜辄诵之。遂博通群籍，能属文。”他不饮酒，少嗜好，唯好图书，家有藏书两万卷，京城无人可比，他长于文史音律，是齐梁之际的文坛领袖。据《南史·刘勰传》说，《文心雕龙》写成以后，起初并没有引起文坛重视，刘勰就背着书，等候路旁，在沈约坐车经过时把书献给他。沈约读了以后，大为推崇，说深得文理。从《文心雕龙》取定于沈约一事，可见沈约在当时文坛的地位。其实沈约之所以负文坛盛名，主要是因为他政治地位高。他历仕宋、齐、梁三朝：宋末为郢州刺史蔡兴宗记室，齐时官至吏部尚书，在他奉承萧衍篡夺了齐政权后，又成为梁的开国元勋，官至尚书令，封建昌县侯，食邑千户。后来由于统治阶级内部的矛盾和斗争，在忧惧、疾病中死去。沈约著述丰富，有《晋书》一百十卷、《宋书》一百卷、《齐纪》二十卷、《高祖纪》十四卷、《迩言》十卷、《谥例》十卷、《宋文章志》三十卷、文集一百卷，又撰《四声谱》。今存《宋书》及明人编辑的诗文集《沈隐侯集》。

沈约的作品，包括各体文章及诗歌，在当时作家中数量是最丰富的。其中大量的诏策和郊庙乐章，都是为统治者装点门面的东西，无价值可言。他的诗歌，今存一百七十多首，注重声律对偶，辞藻华丽，但大都缺乏现实生活内容，那些陪侍帝王游宴时奉命而写的诗歌，内容更是平庸。不过他的写景之作，也有一些清新可读的，尽管讲究对仗，却并不显得平板，如：

> 夙龄爱远壑，晚莅见奇山。标峰彩虹外，置岭白云间。倾壁忽斜竖，绝顶复孤圆。归海流漫漫，出浦水溅溅。野棠开未落，山樱发欲然。忘归属兰杜，怀禄寄芳荃。眷言采三秀，徘徊望九仙。
>
> ——《早发定山》

> 噭噭夜猿鸣，溶溶晨雾合。不知声远近，惟见山重沓。既欢东岭唱，复伫西岩答。
>
> ——《石塘濑听猿》

《早发定山》一诗，写出了峰岭的奇秀形状和大自然的幽美情趣。这里峰岭有的高出彩虹，有的置身白云。这儿的石壁斜立，那儿的绝顶孤圆。归海的江河，烟波浩渺，出浦的流水，鸣声溅溅。野棠盛开，山樱火红，一派生机勃勃的景象。这里有色的美、声的美、形的美。在《石塘濑听猿》一诗中，作者抓住典型环境加以描绘渲染：寂静的夜，溶溶的雾，重重迭迭的高山峻岭之间，东山唱，西山和，到处是猿啼。读了使人如临其境，如闻其声；又仿佛看见诗人冒着溶溶晨雾，久久伫立在千山万岭之前，谛听那清昼猿啼。又如“洞澈随清浅，皎镜无冬春。千仞写乔树，百丈见游鳞”（《新安江至清浅深见底贻京邑同好》）。这些出色的诗句，描写了新安江的清澈。新安江无论深处浅处，无论冬季春季，总是像镜子一样明净，千仞高的乔木，倒影水中，百丈深的游鱼，历历可见。诗句写出了新安江蕴涵的美和它特有的清澈。齐隆昌元年，沈约为东阳太守时曾作《八咏诗》，被称为绝唱。其中《披褐守山东》写浙东山水景色，雄浑秀丽，别开生面：

> 守山东，山东万岭郁青葱。两溪共一泻，水洁望如空。岸侧青莎被，岩间丹桂丛。上瞻既隐轸，下睇亦溟濛。远林响咆兽，近树聒鸣虫。路出若溪右，涧吐金华东。万仞倒危石，百丈注悬淙。掣曳泻流电，奔飞似白虹。洞井含清气，漏穴吐飞风。玉窦膏滴沥，石乳室空笼……

青莎丹桂，色彩何等绚丽，万仞危石欲倒，百丈悬瀑飞泻，如流电，似白虹，是何等惊心动魄，又有何等雄壮气势！岩洞之中，一股清冽之气。洞顶则寒泉滴沥，钟乳下垂，又是何等清幽！

沈约还有一些表达朋友之间离别生死之感的小诗，也写得情意悱恻动人。如：

生平少年日，分手易前期。及尔同衰暮，非复别离时。
勿言一樽酒，明日难重持。梦中不识路，何以慰相思？
——《别范安成》

沈约早年和范安成一起受到蔡兴宗的礼遇，后来又一起被齐文惠太子赏识。现在都已暮年，又要赋别，不禁无限伤怀。诗歌一开头就深沉地说，从前年轻时分别，预期再会不难，可现在你我都已衰老，老年是不宜于再分离的啊，来日无多，要再见恐怕困难的了。接着说，不要嫌这一杯饯别的酒太微薄，今后恐怕连这样一杯酒也无机会共饮了。这就不能不使人想到这二位老人赋别时端起酒杯，互道珍重，因为后会难期而黯然神伤的情景。最后说，别后在梦中也因为不识道路而难以相见，相思之情用什么来安慰呢？以新奇的想象，估量别后相思之苦。辞意朴实明朗，感情真挚动人，在当时确是一首不可多得的抒情诗。沈德潜在《古诗源》中评论说："一片真气流出，句句转，字字厚，去'十九首'不远。"实非过誉。沈约还有《怀旧诗》一组，共九首，每首伤悼一位逝去的朋友。其中《伤谢朓》一首说：

吏部信才杰，文峰振奇响。调与金石谐，思逐风云上。
岂言陵霜质，忽随人事往。尺璧尔何冤？一旦同丘壤。

诗歌前半首称赞谢朓的才学。开头两句说谢朓才能杰出，在文坛上独树一格，是概括的论述。三、四两句具体评价谢朓的诗歌，才思高超，音调铿锵协律。后半首是称赞谢朓的人品，用陵霜质比喻品质坚贞，用径尺璧比喻洁白可贵，并为他含冤而死抱屈。全诗感情深厚，评论得当，语言明朗，但这样的诗在沈约作品中是很少的。

沈约和谢朓等提倡声律，在创作实践中也力求贯彻，他的一些小诗中已有符合近体诗声律要求的，例如，“甲帐垂和璧，螭云张桂宫。隋珠既吐曜，翠被复含风”（《咏帐》），俨然是首形式成熟的五绝。但是四声八病说要求苛细，连他自己也未能绝对遵守。如《石塘濑听猿》中第二联中的“近”和“沓”，第三联中的“唱”和“答”都犯“上尾”，诸如此类的例子尚多，不再一一列举了。

（五）善于摹拟的江淹及其他诗人

江淹（444—505），字文通，济阳考城（今河南省兰考）人，是齐梁之际较优秀的作家。和沈约一样，他也经历了宋、齐、梁三个王朝。他早年在仕途上很不得志。起初依附刘宋建平王刘景素，得到赏识，但因不愿随刘谋反而遭受打击。萧道成（后为齐高帝）辅政时，慕他的才名，召为尚书驾部郎、骠骑参军事，从此官运亨通。在齐代曾历任中书侍郎、尚书左丞、御史中丞、秘书监等要职。他兼御史中丞时严于职守，曾弹劾中书令谢朏、司徒左长史王缋等人，并奏请逮捕益州刺史刘悛、梁州刺史阴智伯，收缴“赃货巨万”，史称“内外肃然”。萧鸾（后为齐明帝）赞扬他说：“自宋以来，不复有严明中丞，君今日可谓近世独步。”梁初，因为在齐、梁之际的政变中有功，任散骑常侍左将军，封临沮县伯，后因病调为金紫光禄大夫，改封醴陵侯。

江淹早年就以文章显名于世。他的文学创作大多数成于早中年的宋、齐时代。《梁书·江淹传》说他“晚节才思微退”，“时人谓之才尽”。又记载了一个故事，说他梦见张景阳（西晋诗人）和郭璞向他讨还了锦匹和五色笔，从此文学才能显著衰退了。这就是

“江郎才尽”的出处。收回五色笔的故事，当然是无稽之谈。他自己曾说：“平生言止足之事，亦已备矣。”（《梁书·江淹传》）他晚年身居要职，封伯封侯，脱离生活，也就写不出什么好作品了。

他的诗歌幽丽精工，但内容狭隘，思想性不强。他曾自编诗文为前后二集，后散佚。今存明翻宋本《江文通集》十卷，清代梁宾所辑的四卷本《江文通集》，考订较详。

江淹在诗歌创作上善于模拟。他对前人的诗歌遗产曾经下过很深的工夫，他把自己的精力和才能放在拟古方面。在他的作品中公开说明模拟别人的就有《杂体三十首》、《学魏文帝》、《效阮公》等。《杂体三十首》，全是模拟前人的作品。他根据从汉代到刘宋的三十位著名作家各自的风格特点，一一加以仿制，方法是模拟各家诗作中特有的情调、表现方法，并饰以各自常用的辞藻，所以他的拟作能做到学一人，像一人，有时几可乱真。如《陶征君田居》一诗拟陶渊明的田园诗，长期混在陶渊明的诗集里，连深爱陶诗的苏轼也未能辨别出来。在《杂体三十首》前面有篇小序，大意说，各个时代的作家，各有其艺术特点，他模仿他们，是为了一一揭示出他们各自的艺术风貌和历代诗歌的演变轨迹。钟嵘在《诗品》中评论江淹的诗歌时指出“文通诗体总杂”。刘熙载在《艺概·诗概》中也指出：“虽长于杂拟，于古人苍壮之作，亦能肖吻，究非其本色耳。”这就是说，这种拟作虽然能做到面目酷似，但终究缺少个人的创造性。不过其中也有一些作品曲折地反映了作者的思想感情，如：

岁暮怀感伤，中夕弄清琴。戾戾曙风急，团团明月阴。孤云出北山，宿鸟惊东林。谁谓人道广，忧慨自相寻。宁知霜雪后，独见松竹心。

——《效阮公》

《效阮公诗》共十五首。诗体效阮籍，大致为感慨人事的变化难测，及表明自己的志气所在。据《梁书·江淹传》说，他随宋建平王刘景素在荆州时，景素因少帝政乱，谋发动军事，江淹曾极力劝阻，未被采纳。后又随景素移镇京口，“景素与腹心日夜谋议。淹知祸机将发，乃赠诗十五首以讽焉”。这一组《效阮公诗》，当即是写给刘景素的。因为刘景素谋议之事至为隐秘，难于显言，故写来也像阮籍《咏怀》那样，旨意隐晦曲折，反复零乱，上面所引的是《效阮公》第一首，写诗人终夜不寐，忧慨时事，愁怀难释，他取过清琴，弹起忧怨的曲调，以抒发难以言表的衷情。他弹了一遍又一遍，弹了一曲又一曲，弹着弹着，不知不觉，黎明又到来了，戾戾的曙风紧吹，团团的明月也已经黯淡，“孤云出北山，宿鸟惊东林”，就这样，他过了又一个不眠之夜。诗人的忧慨是多么深沉。最后以不畏霜雪的松竹自勉。全诗开头和结尾直抒胸臆，中间寓情于景，语言朴素清新，情致动人。又如《刘太尉琨伤乱》：

皇晋遘阳九，天下横氛雾。秦赵值薄蚀，幽并逢虎据。
伊余荷宠灵，感激徇驰骛。虽无六奇术，冀与张韩遇。
宁戚叩角歌，桓公遭乃举。荀息冒险难，实以忠贞故。
空令日月逝，愧无古人度。饮马出城濠，北望沙漠路。
千里何萧条，白日隐寒树。投袂既愤懑，抚枕怀百虑。
功名惜未立，玄发已改素。时哉苟有会，治乱惟冥数。

这是《杂体三十首》的第十五首，首以氛雾、日蚀、虎据比喻北方的国土被异族侵占；次言受恩奋勉；再次表明要像张良、韩信、宁戚、荀息那样建立功业的忠贞报国之心。春秋时宁戚击牛角而歌，齐桓公举以为大田之官。荀息受晋献公命辅奚齐，荀息对献公道："臣竭其股肱之力加之以忠贞。其济，君之灵也；不济，则以死继之。"（《左传·僖公九年》）但是诗人认为才能有愧于古人，空令岁月消逝。接着以"千里何萧条，白日隐寒树"写长期战乱的破坏和由此激起的愤懑、忧虑之情，末言功未就，年已衰，但是如逢时会，治乱之数还未可知。刘琨字越石，中山魏昌（今河北藁城县）人。江淹生于晋武帝泰始六年（270），卒于晋元帝建武元年（317），他长期守卫北方边疆，在反侵略的戎马生涯中，形成了强烈的民族主义思想，在作品中流露了效忠祖国、抗敌御侮的豪迈气概和英雄末路的悲凉感情，江淹这首诗激昂慷慨，得刘琨诗的声与情，也表现了作者忧时伤世的思想感情。江淹一生处于阶级矛盾、民族矛盾交织，统治阶级内部矛盾也异常尖锐的时代，他目击国家分裂、长期内战造成的社会灾难，人民家破人亡，流离失所，感到忧心忡忡，而又无能为力。尽管他不能直接揭露、描写社会矛盾，但还是借助于历史人物抒发了他早年忧谗畏讥和不得志的牢骚，以及忧时伤世的感慨。

江淹努力学习古人的作品，也使他摆脱了一些绮丽之风，写出了若干在流丽中带有峭拔苍劲之风的诗篇，如：

岑崟蔽日月，左右信艰哉。万壑共驰骛，百谷争往来。

鹰隼既厉翼，蚊鱼亦曝鳃。崩壁迭枕卧，崭石屡盘回。

伏波未能凿，楼船不敢开。百年积流水，千岁生苍苔。
行行讵半景，余马以长怀。南方天炎火，魂兮可归来。
——《渡泉峤出诸山之顶》

还有《望荆山》、《赤亭渚》、《游黄檗山》等诗，笔力也较壮健，不过这样的作品为数不多。他的文学成就主要体现在辞赋创作。

齐、梁之际著名诗人还有范云、孔稚圭、鲍令晖等。

范云（451—503），字彦龙，南乡舞阳（今河南省泌阳）人，是著名无神论者范缜的堂弟。初仕宋，为郢州西曹书佐，转法曹行参军。在齐朝，官至广州刺史，入梁为侍中，吏部尚书，官至尚书右仆射。为官时"动相箴谏"，对统治者是很忠心的。任地方官时曾减轻税收，注意处理好和边疆少数民族的关系。据本传，有集三十卷，已佚，今存诗四十多首。

范云早年时和沈约、谢朓等同在齐竟陵王萧子良门下，为"竟陵八友"之一，常和沈约、谢朓等唱和，他善于写山水，讲究对仗，注重声律，风格和沈约相似。钟嵘在《诗品》中称他的诗歌"清便宛转，如流风回雪"。《赠张徐州谡》一诗，最能体现这种风格：

田家樵采去，薄暮方来归。还闻稚子说，有客款柴扉。
傧从皆珠玳，裘马悉轻肥。轩盖照墟落，传瑞生光辉。
疑是徐方牧，既是复疑非。思旧昔言有，此道今已微。
物情弃疵贱，何独顾衡闱？恨不具鸡黍，得与故人挥。
情怀徒草草，泪下空霏霏。寄书云间雁，为我西北飞。

张谡来访不遇，范云写此诗致谢。开头四句，完全是口语；接着描述张谡来时车骑盛况，这是为了突出他独存古道，和世俗势利之交不同，“疑是徐方牧”以下八句写听了稚子的话，先是猜想大概是张谡，转而却又怀疑起来，认为不可能是张谡。为什么？作者说，友情，在往古是有的，但在今天已经衰微，一州方伯，怎么会到我这破房子来？但来的确是徐方牧，于是又以未能杀鸡作黍，一起饮酒话旧为恨，最后只好作诗致谢。写得确实曲折有致。

范云还有一些小诗也清丽可诵：

> 江干远树浮，天末孤烟起。江天自如合，烟树还相似。沧流未可源，高帆去何已。
>
> ——《之零陵郡次新亭》
>
> 洛阳城东西，长作经时别。昔去雪如花，今来花似雪。
>
> ——《别诗》

第一首观察景物仔细，诗中有画。第二首除第一句连用四个平声字外，音节和谐，辞句清丽，用“昔去雪如花，今来花似雪”说明冬去春来，真是匠心独运，使人回味不尽。

孔稚圭（447—501），字德璋，会稽山阴（今浙江绍兴）人，出身于世代官僚家庭。仕宋，为安成王车骑法曹参军，齐武帝时官至廷尉，力主训练法律人才，正确运用法律条文处理案件。齐明帝时任冠军将军、南郡太守等职，齐末终于太子詹事加散骑常侍。为人清拔不俗，不乐世务，喜爱山水自然，文思清丽。《南史·孔稚圭传》记载，齐高帝为骠骑将军时，“以稚圭有文翰，取为记室参军，与江淹对掌辞笔”。可见他的文才很受当时统治者的重视。明人辑有《孔詹事集》，今存诗仅四首。

孔稚圭与范云同时，诗风也相似，其《白马篇》风格豪迈，是篇佳作：

骥子跼且鸣，铁阵与云平。汉家嫖姚将，驰突匈奴庭。
少年斗猛气，怒发为君征。雄戟摩白日，长剑断流星。
早出飞狐塞，晚泊楼烦城。虏骑四山合，胡尘千里惊。
嘶笳振地响，吹角沸天声。左碎呼韩阵，右破休屠兵。
横行绝漠表，饮马瀚海清。陇树枯无色，沙草不常青。
勒石燕然道，凯归长安亭。县官知我健，四海谁不倾。
但使强胡灭，何须甲第成。常令丈夫志，独为上古英。

诗歌用夸张的手法，极力渲染了惊天动地的激烈的战斗场景，刻画了战士们冲锋陷阵、气壮山河的英雄气概，使读者精神振奋。“但使强胡灭，何须甲第成”，思想境界也很高。他的小诗《游太平山》“石险天貌分，林交日容缺。阴涧落春荣，寒岩留夏雪”，辞句清丽，三四两句平仄协调，对仗工整，可以看做唐代绝句的先河。

女诗人鲍令晖（生卒年不详，钟嵘《诗品》定在齐朝），是鲍照之妹，有才思。钟嵘《诗品》说：“令晖诗歌，往往崭绝清巧，拟古尤胜。”著有《香茗赋集》，已佚。现存诗《青青河畔草》等七首，多为思妇之辞，情意缠绵，语言清丽，载《玉台新咏》。现录《古意赠今人》一首如下：

寒乡无异服，毡褐代文练。月月望君归，年年不解綖。荆扬早春和，幽冀犹霜霰。北寒妾已知，南心君不见。谁为道辛苦？寄情双飞燕。形迫杼煎丝，颜落风催电。容华一朝尽，惟余心不变。

这是女子寄夫望归之辞，词者凄清欲绝，造语亦清新纤巧。

（六）吴均和吴均体

吴均（469—519），字叔庠，吴兴故彰（今浙江安吉）人。和何逊差不多同时，在当时文坛上也是齐名的。他出身比较贫寒，性格耿直，曾任建安王萧伟记室、国侍郎、奉朝请等官职。他有志于历史著述，在撰《齐春秋》时不顾梁武帝萧衍的忌讳，如实地记录了齐梁之际的历史，因而受到焚书免职的惩罚。后又奉诏撰《通史》。这部通史从三皇五帝起直至齐代，他草拟了“本纪”、“世家”部分，“列传”部分还没完成就死了，终年五十二岁。吴均作品有明人辑本《吴朝请集》，另有《续齐谐记》一卷，是当时志怪小说中较优秀的一部。

吴均好学“有俊才”，沈约很称赏他的诗文。诗人柳恽为吴兴太守时，曾“召补主簿，日引与赋诗……均尝不得意，赠恽诗而去。久之复来，恽遇之如故，弗之憾也。荐之临川靖惠王，王称之于武帝，即日召入赋诗，悦焉”（《南史·吴均传》），可见他是一个有才华的诗人。他自己也曾通过宝剑、梧桐等艺术形象，抒写自己的才能和抱负，如“我有一宝剑，出自昆吾溪。照人如照水，切玉如切泥。锷边霜凛凛，匣上风凄凄。寄语张公子，何当来见携”（《宝剑》），“龙门有奇价，自云梧桐枝。华晖实掩映，细叶能披离”（《共赋韵咏庭中桐》）。可是，由于他出身寒微，仕途不得意，甚至受到打击，因而作品中常常流露出对现实不满的情绪，例如：

相送出江浔，泪下沾衣襟。何用叙离别，临歧赠好音。敬通才如此，君山学复深。明哲遂无赏，文华空见沉。古来非一日，无事更劳心。

——《发湘州赠亲故别》

临别互叙离情，并盼佳音，本是常情，然而作者却说，不要“叙离别”，也不必“赠好音”，并以东汉失意士人冯敬通和桓君山为例，说明哲的人不被赏识，有才华的人被埋没，千古以来，就是如此，所以不必“劳心”了，强烈地表现了怀才不遇的愤慨。再如：

松生数寸时，遂为草所没。未见笼云心，谁知负霜骨。
弱干可摧残，纤茎易陵忽。何当数千尺，为君覆明月。

——《赠王桂阳》

这首诗以松喻人，说当微贱的时候，容易受凌侮，尽管有才能，往往被忽视，这是一个怀抱美质，因出身卑微而难于显达的诗人的自我写照，联系修齐史的事件来看，意思就更明显。诗中既有不满和牢骚，但“何当数千尺，为君复明月”又表现了强烈的用世之心。此外《咏慈姥矶石上松》等篇也都抒发了这种思想感情，从侧面反映了当时现实的黑暗。

吴均还有不少作品歌颂了战士们报国立功的英雄气概，例如：

剑头利如芒，恒持照眼光。铁骑追骁勇，金羁讨黠羌。
高秋八九月，胡地早风霜。男儿不惜死，破胆与君尝。

——《胡无人行》

塞外何纷纷，胡骑欲成群。尔时始应募，来投霍冠军。刀含四尺影，剑抱七星文。袖间血洒地，车中旌拂云。轻躯如未殡，终当厚报君。

——《边城将四首·其一》

描写了刀光剑影的战斗场景，战士们凌厉直前的高昂气概和为国捐躯的献身精神。这类作品还很多，如《战南城》、《入关》、《从军行》、《古意七首·其一》等都是。在诗风淫靡、宫体盛行的梁代，像这样能反映现实的高昂健壮的诗歌是少见的。这些诗歌也是诗人要求施展才能和抱负的强烈愿望的反映。

吴均还有一首常为人们传诵的写景小诗：

山际见来烟，竹中窥落日。鸟向檐上飞，云从窗里出。

——《山中杂诗·其一》

诗人选取了有特征性的景物，构成了一幅山居薄暮图。这是一幅绝妙的写生画，画面上有层层的高山，山上的人家，还有袅袅的炊烟，翠绿的竹林，西沉的红日，小鸟正向檐上飞，白云似从窗里出，纯用白描手法，表现了悠闲的心情。唐代诗人的单纯写景小诗，当以此为先河。

清沈德潜曾经慨叹“诗至萧梁，君臣上下，惟以艳情为娱，失温柔敦厚之旨，汉魏遗轨，荡然扫地矣”（《古诗源》），吴均的诗歌清新刚健，表现了“汉魏遗轨”，却是一个例外。《梁书·吴均传》说“（吴均）文体清拔，有古气，时人效之，谓‘吴均体’”。用“清拔，有古气”五字概括吴均诗文风格，是比较确切的。吴均喜欢模仿乐府古诗，在现存吴均一百三十多首诗歌中，乐府诗有三十多首，要占四分之一左右。其中除上文提到的边塞诗以外，《行路难》五首，抒写其人生感慨及愿望，表现了郁郁不平的情绪，《闺怨》反映了出征士兵家属的相思之苦，表现了对她们的同情，都是较好的诗篇。坎坷的遭遇和乐府民歌的影响，对吴均诗歌风格的形成，起了重要作用。吴均和鲍照的乐府诗有类似之处，这可能是由于他们的身世相近，而且都向乐府民歌学习的缘故。不过由于时代风气不同，鲍诗气势疏宕，尚有汉魏乐府余风。而吴作则辞意密整，渐具唐人律诗风貌。

（七）精于审音琢句的何逊和阴铿

何逊（？—518），字仲言，东海郯（今山东郯城）人。曾历任梁朝藩王参军、尚书水部郎、记室等职。早岁以诗文得范云称赏。沈约也曾当面赞叹说：“吾每读卿诗，一日三复，犹不能已。”梁元帝把他和沈约、谢朓并列，说：“诗多而能者沈约，少而能者谢朓、何逊。”梁王僧孺曾把他的诗文编成八卷，后散佚。今传明代人编的《何记室集》（又名《何水部集》）一卷。

何逊的诗保存到现在的有一百多首，作品不算多，但不乏隽美的佳句与清新意境，诗的风格和谢朓有些相似，但比较平弱。他擅长刻画离情别绪，也善于描写景物。如：

历稔共追随，一旦辞群匹。复如东注水，未有西归日。

夜雨滴空阶，晓灯暗离室。相悲各罢酒，何时同促膝？

——《临行与故游夜别》

居人行转轼，客子暂维舟。念此一筵笑，分为两地愁。

露湿寒塘草，月映清淮流。方抱新离恨，独守故园秋。

——《与胡兴安夜别》

陆时雍在《诗镜总论》中说："何逊诗语语实际，了无滞色，其探景每入幽微，语气悠柔，读之殊不尽缠绵之致。"沈德潜在《古诗源》中也说何逊的诗"情词婉转，浅语俱深"。这些评论道出了何逊诗歌的艺术特色，即他善于通过对周围环境的描写，来刻画自己的心情，语言明净流畅，感情真挚深厚，耐人寻味。"夜雨滴空阶，晓灯暗离室"，"露湿寒塘草，月映清淮流"，是久经传诵的名句。在何逊作品中这类佳句很多，如"风光蕊上轻，日色花中乱"（《酬范记室云》），"风声动密竹、水影漾长桥"（《夕望江桥示萧咨议、杨建康、江主簿》），"薄云岩际出，初月波中上"（《入西塞示南府同僚》），"游鱼乱水叶，轻燕逐风花"（《赠王左丞》），"岸花临水发，江燕绕樯飞"（《赠诸游旧》）。这些诗句都表现了作者观察景物的细致和选择语言的精到。其中"轻"、"乱"、"动"、"漾"、"出"、"上"等表现了作者炼字的功力，不仅勾画景物的形貌，而且写出了景物新鲜活泼的精神，使读者感到字里行间，风光流溢。他的一些名句，曾为杜甫所采用。杜甫也曾称道"能诗何水部"（《北邻》），并表白自己"颇学阴何苦用心"（《解闷十二首·其七》），可见这位伟大诗人对他的欣赏。

何逊精于审音，从格律方面看，他比永明作家更接近唐诗。上面所引《临行与故游夜别》及《与胡兴安夜别》二首，已初具唐律规模。再如：

暮烟起遥岸，斜日照安流。一同心赏夕，暂解去乡忧。
野岸平沙合，连山远雾浮，客悲不自已，江上望归舟。
——《慈姥矶》

全诗在形式上除了首联的声律不合外，各个方面及表现方法上俨然已是一首成功的律诗。

何逊文名虽重，但仕途上并不得意。《南史·何承天传附何逊传》说，梁天监中，南平王“荐之武帝，与吴均俱进倖。后稍失意，帝曰：‘吴均不均，何逊不逊，未若我有朱异，信则异矣。’自是疏隔，希复得见，卒于仁威庐陵王记室”。他的《赠诸游旧》一诗，表达了仕进不得意的感慨：

弱操不能植，落伎竟无依。浅智终已矣，令名安可希。
扰扰从役倦，屑屑身事微。少壮轻年月，迟暮惜光辉。
一涂今未是，万绪昨如非。新知虽已乐，旧爱尽暌违。
望乡空引领，极目泪沾衣。旅客长憔悴，春物自芳菲。
岸花临水发，江燕绕樯飞。无由下征帆，独与暮潮归。

这首诗清人吴汝纶认为是何逊在江州任庐陵王记室时所写。前半首写仕进不得意的感慨。开头说自己天性素质孱弱，不堪造就，才能也很微薄，没有一技之长可恃以进取，为人重用。智虑短浅，一生就这样完了，也别想树立美名了。接着写自己对纷乱的仕途行役生活的厌倦，说自己走上仕途，现在看来是不正确的，心中涌起各种各样愁思，觉得从前好像全部错了。直抒胸臆，感慨无穷。后半首抒思乡的情怀，春景蓬勃，芬芳，而旅客却形容憔悴，岸花临水竞放，江燕绕樯飞舞，正是乘船归去的好时光，而船却无端落下征帆，不再前行，于是诗人想独与暮潮归去。当然，这是不可能的幻想。通过眼前景物的描绘，以及对照、映衬的表现手法，细致入微地表达了深沉的感情。

何逊处在诗风淫靡的环境里，却能写出清新的诗句，这是难能可贵的。所以陈祚明在《采菽堂古诗选》中说："何仲言……生于骈俪之时，摆脱填缀之习；清机自引，天怀独流，状景必幽，吐情能尽。"沈德潜在《古诗源》中也说："萧梁之代，君臣赠答，亦工艳情，风格日卑矣。……仲言辞藻斐然，虽非出群之雄，亦称一时能手。"

阴铿（生卒年不详），字子坚，武威姑臧（今甘肃武威）人，是陈朝比较优秀的作家。在梁作过湘东王法曹参军，在陈为始兴王府中录事参军，累迁晋陵太守、员外散骑常侍。据本传，原有集三卷，已散佚，现存诗三十多首。

他学识广博，善五言诗。长于写景，工于琢句，风格清丽，诗名和何逊并称。但他的诗比何逊弱一些，意境也较狭。较好的作品几乎都写江上景色，在写景中也缺乏动人的情致，终未能更好地发挥写景的艺术效用，例如：

> 鹫岭春光遍，王城野望通。登城情不极，萧散趣无穷。
> 莺随入户树，花逐下山风。栋里归云白，窗外落晖红。

古石何年卧，枯树几春空。淹留惜未及，幽桂在芳丛。

——《开善寺》

依然临江渚，长望倚河津。鼓声随听绝，帆势与云邻。
泊处空余鸟，离亭已散人。林寒正下叶，晚钓欲收纶。
如何相背远？江汉与城闉。

——《江津送刘光禄不及》

《开善寺》写景部分很出色：白云缥缈，落红缤纷，古石斜卧，枯树横空，写得鲜明生动，充满诗情画意，从中也可看到作者琢句之工，但终究缺少动人的情致。《江津送刘光禄不及》写追送刘光禄而不及见，目送帆影远去，心情无限怅惘。诗写了景，也写了情，写景是为了抒情，但和何逊的《临行与故游夜别》比起来，情致方面就显得逊色，和李白的《黄鹤楼送孟浩然之广陵》意境相同，但情致方面更是相形见绌。

阴铿工于琢句，我们可以从他的许多诗篇中拈出一些佳句，如“寒田获里静，野日烧中昏”（《和侯司空登楼望乡》），“水随云度黑，山带日归红”（《晚泊五洲》），“夹篠澄深渌，含风结细漪”（《经丰城剑池》），“潮落犹如盖，云昏不作峰”（《晚出新亭》），这些诗句生动鲜明，清新悦目，显示出作者体物深具匠心。阴铿琢句之工很得杜甫的推崇，说“李侯有佳句，往往似阴铿”（《与李十二白同寻范十隐居》），又说他自己“颇学阴何苦用心”（《解闷十二首·其七》）。阴铿使用语言的技巧是值得后人学习的。

阴铿精于审音，他的许多新体诗虽然还有个别字句平仄不调，但已接近唐人的律诗了。上文所引《江津送刘光禄不及》除第一、二联和第四、五联不粘外，音韵全合唐律。上面所引佳句，每一联都对偶工整，平仄协调。在他的诗歌中，也有全合唐律的，例如：

跨鞍今永诀，垂涕别亲宾。汉地行随尽，胡关逐望新。
交河拥寒雾，陇首暗沙尘。惟有孤明月，犹能送远人。
——《昭君怨》

陈明祚说阴铿已“开沈（佺期）宋（之间）之风”（《采菽堂古诗选》），是很有见地的。阴铿等诗人的新体诗接近唐人律诗，说明自从永明时代声律论盛行，以及江南民歌在诗坛上发生影响以来，此时律诗在形式上已经达到了初步完成的阶段。

（八）徐陵及其他诗人

徐陵（507—582），字孝穆，东海郯（今山东郯城）人。他“八岁属文，十三通庄老义。及长，博通经史、纵横有口辩”（《南史·徐陵传》）。他在梁作过散骑常侍，曾两次出使北朝。入陈，被称为“一代文宗”，朝廷重要文书都由他起草，做过尚书左仆射、左光禄大夫、太子少傅等官职。今传《徐孝穆集》，存诗近四十首。

徐陵是宫体诗的代表作家之一，早年与其父徐摛及庾肩吾、庾信父子，同在梁太子萧纲门下，推波助澜，共同发扬了宫体诗风，因而受到批评，但具体分析，他也写过一些较好的作品。如：

愿子厉风规，归来振羽仪。嗟余今老病，此别空长离。
白马君来哭，黄泉我讵知？徒劳脱宝剑，空挂陇头枝。
——《别毛永嘉》

梁武帝太清二年（548），徐陵使魏，被扣六年，一直到梁元帝承圣二年（554），才得以返回南朝。本篇是别毛先归的留赠之作。开头两句大意说，现在我先走一步，不久你也会回来的。那时候，希望你砥砺名节，为朝野做个表率。这是对毛的良好祝愿和期待，也是符合尚滞留北朝的毛永嘉的心理的。接着笔锋一转，说自己年老多病，恐毛回归时自己已死，眼前一别，实际就是永诀了。“白马君来哭”用后汉范式和张劭的故事。范式和张劭为友，张劭死，范式白马素车前往奔丧（《后汉书·范式传》）。“徒劳脱宝剑”用季札挂剑的故事。春秋时吴延陵季子（札）聘晋，路过徐国。徐君很爱季子所佩宝剑，希望季子送给他。季子心知其意，便打定主意从晋国回来时将剑赠给他。但是，当季子再经徐国时，徐君已死，季子便将剑挂在墓树上而去（《新序·节士》）。这四句诗是说，我死之后，即使你也像范式那样来哭吊，我在黄泉之下哪里知道呢？即使你也像季札对待徐君那样加惠于我，可是我已死了，还有什么用呢！老年伤别，友情写得很深厚，身世写得很悲凉。全诗四十字像是一笔写下，在陈朝作品中特别显得气格高劲。他也写过一些具有北方边塞情调的诗篇，如：

> 蓟北聊长望，黄昏心独愁。燕山对古刹，代郡隐城楼。
> 屡战桥恒断，长冰堑不流。天云如地阵，汉月带胡秋。
> 渍土泥函谷，挼绳缚凉州。平生燕颔相，会自得封侯。
>
> ——《出自蓟北门行》
>
> 关山三五月，客子忆秦川。思妇高楼上，当窗应未眠。
> 星旗映疏勒，云阵上祁连。战气今如此，从军复几年？
>
> ——《关山月》

《出自蓟北门行》属乐府《杂曲歌辞》。本篇前面写黄昏时所见景物：雄伟的燕山，高耸的古塔，隐没在远方的代郡城楼，作为战争遗迹的断桥，冰封的河流，天空的云犹如兵阵，月亮也带有胡地秋天的萧瑟气氛。通过描写，刻画了战乱频仍的北中国荒凉肃杀的景象。接着以固守函关夺取凉州写征人的英勇善战。《后汉书·班超传》载，相者说班超“燕颔虎颈，飞而食肉，此万里侯相也”。后班超立功西域，封定远侯。诗歌最后两句用这个典故表达了征人获取功名的愿望和信心。《关山月》属乐府《汉横吹曲》。本篇写征人的家室之思。开头第一句点明了地点是在关山万里以外，时间是十五的夜晚。天上月圆，这不能不勾起客子的家室之思，于是自然引出第二句来。“思妇高楼上，当窗应未眠”，这是客子的想象。诗人通过被思念者的思想活动，来突出思念者感情的急切、深沉，使人更加感到曲折、细致、具体。“当窗应未眠”，是刻画思妇的思念之情，思念的具体内容是什么呢？诗人没有说。含而不露，正是为了给读者以驰骋想象的广阔天地。最后四句说：旗星映照在疏勒城头，浓云像兵阵一样弥漫在祁连山上，战争的气氛这样浓厚，不知还要从军多久呢？用反诘的语气，就更有力地表现了思妇之情的迫切。徐陵的一些五言诗语言简洁，音调和谐，清丽密整，更接近唐人五律的艺术风貌，如《折杨柳》：“嫋嫋河堤柳，依依魏主营。江陵有旧曲，洛下作新声。妾对长杨苑，君登高柳城。春还应共见，荡子太无情。”全诗八句，平仄、对仗、粘连，无一不与唐律吻合。以前尚无此等作品，视此诗为五律鼻祖，亦无不可。他的一首《杂曲》，篇幅较长，四句换韵，用韵平仄相间，也具备了初唐七言歌行体的形式。这些都表明在推动诗体的发展上，徐陵是有一定作用的。

萧纲为了替宫体诗制作找寻根据，扩大影响，令徐陵编纂了《玉台新咏》。自汉代起，至于梁代，凡略微涉及女性的诗篇都被搜集在里边，成了我国文学史上继《诗经》、《楚辞》之后的又一部诗歌总集。相对而言，《玉台新咏》比其他诗文总集更集中地收录了一批轻靡、淫艳的作品，其作者主要是以简文帝萧纲为代表的梁宫体诗人。但是，我们不能仅以这些作品概括全书内容，因为它也收录了一些较好的甚至杰出的诗篇。游子思妇诗，其中绝大多数是思妇诗，是该诗集内容的重心。这些诗感情真挚，语言淳朴，是东汉到南北朝这一段历史时期社会动荡不安、人民颠沛流离的反映，也是当时官场沉浮不定、士大夫宦游成风的产物，具有一定的社会意义。那些叮咛游子"莫作瓶落井，一去无消息"（《估客乐》）一类作品与弃妇诗则反映了在封建社会妇女地位的低下和对男子的依附。《玉台新咏》中也有一些作品刻画了富有反抗性格的妇女形象，如乐府古辞《日出东南隅》、《皑皑山上雪》，辛延年的《羽林郎》等。总之，《玉台新咏》近九百篇作品，以不同的色调和情感，勾勒出不同的画面，其内容虽全涉女性，但并非全是靡靡之音，"未可概以淫艳斥之"（《四库全书总目》）。

《玉台新咏》成书年代较早，编辑时看到的资料，如今或已不存，或多舛误，许多作品靠此书得以保存，如《古诗为焦仲卿妻作》这首杰出的叙事长篇就是首先在这部书中收载而得以流传的。今天古典文学研究中的许多问题，可以靠此书加以考证，如曹植的《弃妇》、庾信的《七夕》，在他们的集子里没有选入，《玉台新咏》却收录了；又如苏伯玉妻的《盘中诗》，《古诗纪》和《古诗赏析》

的作者说是汉代的作品，但《玉台新咏》却另有说法；再如《古诗十九首》，《昭明文选》的编者萧统说是无名氏的作品，而《玉台新咏》却说其中九首是枚乘所作，这些都是值得重视的文学史料。《玉台新咏》由于上述种种情况，也就具有一定的价值了。

徐陵之外，张正见和江总都以诗名，创作数量较多。张正见诗只是一般地体现了当时浮靡的诗风，江总在陈，官尚书令，但不理政务，和其他侍臣与后主游宴，多作艳诗，号为“狎客”，品格卑下。入隋以后，诗风趋于悲凉，其《哭鲁广达》一诗云：“黄泉虽抱恨，白日自留名。悲君感义死，不作负恩生。”鲁广达是陈朝良将。隋军攻钟山，广达力战，后被执入隋，愤慨而死。江总当时抚棺而哭，并以此诗题棺。这是一篇很有血性的作品。又如“见桐犹识井，看柳尚知门”（《南还寻草市宅》），“心逐南云逝，形随北雁来。故乡篱下菊，今日几花开”（《于长安还扬州》），“北风尚嘶马，南冠独不归。去云目徒送，离琴手自挥。秋蓬失处所，春草屡芳菲”（《遇长安使寄裴尚书》），都流露出亡国的隐痛。另有沈炯，不甚以诗名，但乱后所作，却凄楚沉痛。如“犹疑屯虏骑，尚畏值胡兵。空村余拱木，废邑有颓城。旧知既已尽，新知皆异名”（《长安还至方山怆然自伤》）。沈炯字礼明，吴兴武康人，妻子皆为侯景所杀，西魏攻陷江陵，他又被虏，后得放归，陈武帝以为御史中丞，遭遇悲惨，难怪他是那样的悲歌痛哭。

（九）庾信和北朝诗人

南北朝时期，由于北方长期战乱，又由于各族杂居和逐步融合，政治、经济、地理、风俗习惯、生活状况、心理状态和南方不同，因而南北诗风迥然不同，“江左宫商发越，贵于清绮；河朔词义贞刚，重乎气质”（《北史·文苑传序》）。南朝诗歌讲求对仗精工，音律和谐，辞藻华丽，风格华美柔婉；北朝诗歌则以笔力刚劲，感情真切取胜而不以辞藻见长，风格刚健质朴。

南北朝时期，北朝的文人诗歌远不如南朝。号称“北朝三才”的温子升、邢邵、魏收等人，他们的诗歌模仿南朝诗风，学习沈约等人对偶、用典的形式技巧，尽管还十分稚拙，但他们的探索与努力，毕竟朝南北文学融合方向迈开了第一步。王褒、庾信、颜之推等由南入北，则不仅给北朝诗坛带来了转机，而且大大推进了南北文学的历史进程。其中尤以庾信的影响和作用最大。

庾信（513—581），字子山，南阳新野（今河南新野）人，是南北朝后期重要的文学家。他出身于一个显赫而风雅的家庭。父亲庾肩吾为梁东宫通事舍人及咨议参军，在江南文坛颇负盛名。信自幼聪敏，“博览群书，尤善《春秋左氏传》”（《北史·庾信传》），十五岁入宫为太子萧统伴读，十九岁与徐陵同任抄撰学士。他们父子与徐摛、徐陵父子，出入宫廷，同是宫体诗的倡导者。庾信与徐陵齐名，诗文轻绮靡艳，世称“徐庾体”。他累迁通直散骑侍郎，曾出使东魏，归朝后任东宫学士，领建康令。梁武帝太清二年（548），东魏降将侯景发动叛乱，次年建康陷落，庾信逃奔湖北江陵。湘东王萧绎讨平侯景，即位于江陵，是为元帝，他被任为右卫将军，封武康县侯，加散骑常侍。承圣三年（554），庾信出使西魏，不巧这时西魏将出兵伐梁，即被扣留。不久，西魏攻陷江陵，梁亡。江陵的王公、官民十万余人被俘至长安为奴婢。庾信的家族、亲友也在其中。西魏的统治者爱慕庾信文才，待他特别优厚，任以高官，使他全家团聚。北周代魏后，统治者对他更是宠遇有加，封为骠骑大将军、开府仪同三司，世称庾开府。及陈宣帝与北周通和，各放还对方在本境内的流寓之士。庾信、王褒因北国统治者对他们特别重视而未被放回。这时他已六十四岁。又三年，因病辞官，滕王宇文逌替他编了全集，并作序。隋文帝开皇元年逝世。今传《庾子山集》十六卷，清倪璠注释本较详备。

庾信在中国文学史上有着重要的地位，他是南北朝最后集大成的作家，他的作品体现了南北文学初步融合的趋势。

庾信三十六岁以前的生活是在荣华富贵、歌舞升平中度过的，作品也题材窄狭，内容空洞，形式绮靡，不脱宫体的气息。其中只有少数写景诗还有些清新可喜的意境，如“昨夜鸟声春，惊鸣动四邻。今朝梅树下，定有咏花人”（《咏画屏风诗二十五首·其一》。这时他对北朝文学是看不起的。据《朝野佥载》记载，他出使东魏回到南方后，有人问他对北方文坛的看法，他说，只有温子升的一块石头（指《韩陵山寺碑》）还值得一提，薛道衡、卢思道略懂一点文法，其他全是“驴鸣狗吠，不堪入耳”，一副傲慢面孔，用南朝那一套声律词采的要求衡量北国文坛。不过，事实上，他并不拒绝吸收北方文化，他不仅读了温子升的那篇碑文，还全文抄录了。后来他亲身经历了建康及江陵的两次败亡，流落异乡，被迫在北朝做官，这不仅是背井离乡，而且是“失节”的行为，使他的内心感到严重的屈辱和痛苦。政治生活的剧变和不主浮华的北方文化的影响，使他的创作发生了深刻的变化。他后期的作品大量地抒发了怀念故国和乡土的感情以及对身世的感慨，形成一种苍劲、悲凉的独特风格。杜甫在《戏为六绝句》中说“庾信文章老更成，凌云健笔意纵横”，对他推崇备至，主要是指他羁留北方时的作品而言。他的代表作《拟咏怀二十七首》，比较集中地反映了他后期的生活、思想、感情，体现了他晚期诗歌的风格。现录数首：

楚材称晋用，秦臣即赵冠。离宫延子产，羁旅接陈完。
寓卫非所寓，安齐独未安。雪泣悲去鲁，凄然忆相韩。
唯彼穷途恸，知余行路难。

——《拟咏怀·其四》

榆关断音信，汉使绝经过。胡笳落泪曲，羌笛断肠歌。
纤腰减束素，别泪损横波。恨心终不歇，红颜无复多。
枯木期填海，青山望断河。

——《拟咏怀·其七》

悲歌渡辽水，弭节出阳关。李陵从此去，荆卿不复还。
故人形影灭，音书两俱绝。遥看塞北云，悬想关山雪。
游子河梁上，应将苏武别。

——《拟咏怀·其十》

摇落秋为气，凄凉多怨情。啼枯湘水竹，哭坏杞梁城。
天亡遭愤战，日蹙值愁兵。直虹朝映垒，长星夜落营。
楚歌饶恨曲，南风多死声。眼前一杯酒，谁论身后名？

——《拟咏怀·其十一》

第四首自叙从江陵聘魏，羁留长安，本非所愿。“寓卫非所寓，安齐独未安”，在北周虽然官位高显，但是异国他乡终非安身立命之地！当年离开父母之邦时，泪珠纷下，现在深念旧恩，更是凄然。眷念故国，悲情无穷。第七首说音信断，汉使绝，表明羁留已久。胡笳羌笛是异域之物，更使人伤怀。羁留异域虽久，但“恨心终不歇”，朝夕思念，以至于人瘦了，颜色憔悴了，这是对故国的深情所致。最后两句说返回故国的愿望永远无法实现。写国破家亡之痛尤为哀切。第十首写自己怀着悲痛的心情出使西魏，从此一离故国，不得复归。老朋友的形象已在记忆中渐渐模糊消失，双方又没有书信往来，遥望着塞北的云，心里总想着那来往路途上的白雪，可是自己如李陵那样不能回国了，写得无限悲凉。第十一首追念梁元帝江陵之败。“凄凉多怨情”，怨统治者“眼前一杯酒，谁论身后名”，只图眼前，没有后虑，终至亡国破家。“啼枯湘水竹，哭坏杞梁城”二句，更深刻地写出哀怨之深。这些诗歌反复地深沉地表现了他被迫出仕北朝的痛苦和对故国的执著思念，是充满血泪的悲诉，是肺腑至情的倾吐，具有一定的现实意义及感人的力量。这种作品在《拟咏怀二十七首》中很多，如“倡家遭强聘，质子值仍留”表现的羞愧和怨愤，“涸鲋常思水，惊飞每失林”表现的乡关之思，都感情真挚，动人心弦。这些诗歌艺术形式上共同的特点是概括往古事实，贴切而自然地表达自己的思想感情，大量地使用了对偶句，却丝毫没有使人感到故意雕琢，每一首诗的音节也都很和谐，标志着诗人在艺术上更趋于成熟了。

除了《拟咏怀二十七首》以外，他最有名的作品还有一些寄赠朋友的短诗：

玉关道路远，金陵信使疏。独下千行泪，开君万里书。

——《寄王琳》

故人倘思我，及此平生时。莫待山阳路，空闻吹笛悲。

——《寄徐陵》

秦关望楚路，灞岸想江潭。几人应落泪，看君马向南。

——《和侃法师·其一》

这些小诗，也都抒发了他对家乡的思念之情——前面两首还表现了与王琳、徐陵的深厚友谊，也可以看出他处境的困难和内心的痛苦。感慨深沉，境界开阔，超过了谢朓的小诗。这种富于含蓄的短诗的风格，便是杜甫在《春日忆李白》中说“清新庾开府”的“清新之气”。

庾信晚年刻画北国风光的一些写景诗句，在流丽中具有苍凉的气氛，也别具一格，为南朝诗中所罕见，对唐代边塞诗有一定影响。如《拟咏怀》第十七首：

日晚荒城上，苍茫余落晖。都护楼兰返，将军疏勒归。马有风尘气，人多关塞衣。阵云平不动，秋蓬卷欲飞。闻道楼船战，今年不解围。

总起来说，庾信后期诗歌苍劲、悲凉，体现了“词义贞刚，重乎气质”的河朔精神，而长于用事，精于属对，讲求声律，则又代表了“宫商发越，贵于清绮”的江左文风。他后期的诗歌，是南北诗风初步融合的结晶。

庾信在文学史上所以具有重要地位，还在于他承先启后的作用。他既是六朝最后集大成的作家，也是唐代诗歌的先驱者之一。在艺术形式和声律方面，他的不少新体诗已完全符合唐代律绝的要求，现再举几首：

苍茫望落景，羁旅对穷秋。赖有南园菊，残花足解愁。

——《秋日》

交河望合浦，玄菟想朱鸢。共此无期别，知应复几年？

——《送周弘正尚书》

舟子夜离家，开舲望月华。山明疑有雪，岸白不关沙。
天汉看珠蚌，星桥视桂花。灰飞重晕阙，蓂落独轮斜。

——《舟中望月》

其他如《送卫王南征》，《仙山二首》第二首，《咏画屏风》第十六首都和唐代近体诗没有什么差别。至于接近唐代律绝的就更多了。庾信善于运用各种诗体，对唐代近体和七古的发展有着重要贡献，所以杨慎在《升庵诗话》中说："庾信之诗为梁之冠绝，启唐之先鞭。"刘熙载在《艺概·诗概》中也说："庾子山《燕歌行》开唐初七古，《乌夜啼》开唐七律。其他体为唐五绝、五律、五排所本者，尤为不可胜举。"

王褒（约513—576），字子渊，琅玡临沂（今山东临沂）人。博览史传，善作草隶。七岁能属文，未满二十举秀才。官至吏部尚书、左仆射。江陵沦落后，入西魏，授车骑大将军，仪同三司。北周武帝时授太子少保、迁少司空，出为宜州刺史。他和庾信同以文学被宇文氏所重视，但成就远不及庾信。他原是南朝宫体诗作家，到了北方以后，由于生活经历的变化，诗歌的内容要比过去充实得多。作品风格也从纤巧变为质朴。明人辑有《王司空集》，今存诗四十多首。他写了不少关于边塞和从军的乐府诗，最著名的是五言诗《渡河北》：

秋风吹木叶，还似洞庭波。常山临代郡，亭障绕黄河。
心悲异方乐，肠断陇头歌。薄暮临征马，失道北山阿。

写北渡黄河时所见景色和在异地的悲凉感受，寄寓了故国之思。对仗工整，音调和谐，和梁陈作品相同，但是朴素的语言，苍凉的情调和刚健的风格，则见出特色。

颜之推（约529—595），字介，琅玡临沂（今山东临沂）人。初事梁元帝为散骑侍郎，江陵陷落，被俘入关中，不愿为国仇作臣属，率妻子投奔北齐，累官黄门侍郎、平原太守，齐亡后入周，卒于隋文帝开皇年间。其主要著作《颜氏家训》是一部散文名著，另有志怪小说《冤魂志》三卷。据本传有文集三十卷，今亡，现存诗五首。他的诗偶有清拔之句，一般仍是沿袭齐、梁余风，但比较质朴。《古意二首》的第一首比较有名：

十五好诗书，二十弹冠仕。楚王赐颜色，出入章华里。
作赋凌屈原，读书夸左史。数从明月宴，或侍朝云祀。
登山摘紫芝，泛江采绿芷。歌舞未终曲，风尘暗天起。
吴师破九龙，秦兵割千里。狐兔穴宗庙，霜露沾朝市。
璧入邯郸宫，剑去襄城水。未获殉陵墓，独生良足耻。
悯悯思旧都，恻恻怀君子。白发窥明镜，忧伤没余齿。

这首诗主要是追悼梁元帝和自悲身世之作。开头写自己才学出众，得到梁元帝的赏识，中间写江陵破后宫室残毁，宝物四散，无限欷歔，最后写自己未能殉国，深以为耻，并表达了对旧都和梁元帝的怀念，情调很哀婉。

此外，南朝后期避乱逃往北方的郑公超、萧悫等也写出了一些较好的诗歌，对北朝文学的繁荣作出了贡献。如：

旧宅青山远，归路白云深。迟暮难为别，摇落更伤心。
空城落日影，迥地浮云阴。送君自有泪，不假听猿吟。
——郑公超《送庾羽骑抱》

清波收潦日，华林鸣籁初。芙蓉露下落，杨柳月中疏。
燕帏缃绮被，赵带流黄裾。相思阻音息，结梦感离居。
——萧悫《秋思》

这两首诗写得十分自然，既不大用典，也不过于雕琢辞藻。郑诗感情真挚，有唐人送别气息；萧诗写秋夜思家，“芙蓉露下落，杨柳月中疏”二句，以毫不费力的笔触，勾画出一幅秋夜的清美景象，给人以体味不尽的艺术美感，当时的颜之推即曾激赏其“萧散宛然在目”。

北朝诗人中比较有成就的，有温子升、邢劭等，与前二人同列“北地三才”之一的魏收，人品卑下，现存诗也少特色。他所以有名，恐怕主要在于骈文，他平素推崇的任昉也是一位有名的骈文家。

温子升（495—547），字鹏举，太原人，后居济阴冤句（今山东菏泽），为晋温峤后代。在北魏作过侍读兼舍人、镇南将军、金紫光禄大夫等，因与当时统治阶级内部的政治斗争有关涉，在东魏末，被高澄（后来的北齐文襄帝）囚于晋阳狱饿死。《北史》本传评其为人“外怡静，与物无竞……而内深险，事故之际，好豫其间”，所以终致祸败。他擅长民歌和骈文，文辞清婉，在北朝很有文名。《魏书·温子升传》说：“萧衍使张皋写子升文笔，传于江外，衍称之曰：‘曹植、陆机复生于北土。恨我辞人，数穷百六。’阳夏太守傅标使吐谷浑，见其国主床头有书数卷，乃子升文也。”温子升的诗歌今存十一首，像“光风动春树，丹霞起暮阴”（《春日临池》），“素蝶向飞林，红花逐风散。花蝶俱不息，红素还相乱”（《咏花蝶》），形式和技巧明显模仿南朝。但有些作品却也自有其特点。温子升诗以《捣衣》为最有名：

> 长安城中秋夜长，佳人锦石捣流黄。香杵纹砧知近远，传声递响何凄凉。七夕长河烂，中秋明月光。蠮螉塞边绝候雁，鸳鸯楼上望天狼。

写妇女捣衣是为在外征戍的丈夫作寒衣，因而触发了相思怀念之情。“七夕长河烂”二句以牛郎织女的相会，反衬佳人的独处。末了二句写佳人登楼遥望，看看天狼星是否已经隐没——古人以为天狼消失，则侵略已被制止，表达了主人盼望音信断绝的征夫早日归来的思想感情。诗的风格已接近初唐歌行，情调与沈佺期的《独不见》等诗相近，已开唐人闺怨诗的先河。他的《凉州乐歌二首》，更有新意。如第二首：

> 路出玉门关，城接龙城坂。但事弦歌乐，谁道川山远。

把远行看作乐事，在文学史上并不多见，不能不说是北朝诗特有的内容。

邢劭（496—?），字子才，河间鄚（今河北任丘）人。十岁便能属文，聪明强记，雅有才思，史称文章之美，独步当时。始与温子升同称“温邢”；子升死后，又并魏收，称“邢魏”。仕北魏、北齐。他不仅擅诗文，且有明显的唯物主义思想。《北齐书·杜弼传》载，他和杜弼辩论“形”、“神”关系时曾说：“神之在人，犹光之在烛，烛尽则光穷，人死则神灭。”这思想和范缜的《神灭论》相同。明人辑有《邢特进集》。他的诗歌深染齐梁宫掖之风，《冬日伤志篇》写他对洛阳残破的感慨和对北齐政局的忧愤，却显得悲凉高古：

> 昔日惰游士，任性少矜裁。朝驱玛瑙勒，夕衔熊耳杯。折花步淇水，抚瑟望丛台。繁华夙昔改，衰病一时来。重以三冬月，愁云聚复开。天高日色浅，林劲鸟声哀。终风激檐宇，余雪满条枝。遨游昔宛洛，踟蹰今蒿莱。时事方去矣，抚己独伤怀。

据《北齐书·魏收传》记载，邢劭在晚年“被疏出”，北齐孝昭帝高演杀死杨愔总揽大权以后，政治日趋混乱。邢劭和杨愔有交谊，当然感慨很深。他目睹北魏旧都洛阳经历尔朱氏之乱以及高欢挟持魏帝迁都邺城后的荒凉景象，抚今思昔，感慨万千，便写了这首诗。开头八句以骑马、衔杯、折花、抚瑟写昔日裘马清狂的“繁华”生活，接着以愁云密布、日光黯淡、终风激宇、余雪满枝、鸟声哀切的三冬景色，渲染“衰病一时来”的凄悲，最后四句写作者在蒿莱丛生的宛洛踟蹰，无限欷歔。“时事方去矣”，他的感慨和忧愤多么深沉！这首诗颇似三国后期及晋初诗人的格调，不以辞藻见长，而以笔力刚劲、感情真切取胜。这与南朝诗人多数讲究辞藻和典故很不一样。

三、南北朝乐府民歌

（一）南朝乐府民歌

南北朝时期，是我国文学史上乐府民歌又一次繁荣灿烂的时代。汉武帝刘彻始立乐府，广采赵、代、秦、楚之讴，使当时的民歌得以长远保存，广泛流传。这些民歌，丰富了汉代诗歌，给苍白无力的文人创作注入了新血液、新生命。其后汉哀帝刘欣“罢乐府”，即把俗乐一概罢去，只留下那些有关廊庙的雅乐，不免使乐府里的民歌有所散失。到了魏晋，乐府机关虽然不废，采诗的制度却没有了。南朝是新的民歌大量产生的时代，当时的中央政府又都设有乐府机关搜集民歌，并为之合乐，用来演唱娱乐。这样，南朝乐府民歌继汉乐府之后，又以鲜丽活泼的姿貌，在诗坛上放射异彩。

南朝乐府民歌，大多数被保存在《清商曲辞》中的《吴歌》、《西曲歌》两个部分中，共四百余首。《吴歌》产生于以当时的首都建康为中心的地带。《吴歌》中最重要部分为《子夜歌》。相传“晋有女子名子夜，造此声，声过哀苦”（《旧唐书·音乐志》）。“后人依四时行乐之词，谓之《子夜四时歌》”（《乐府古题要解》），又有《大子夜歌》、《子夜警歌》、《子夜变歌》，是《子夜歌》的变曲。现《子夜歌》存辞四十二首，《子夜四时歌》存辞七十五首，绝大部分为晋、宋、齐辞。在《吴歌》中《子夜歌》算是最多的了。其次为《读曲歌》，共八十九首。《宋书·乐志》说：“《读曲歌》者，民间为彭城王义康所作也。”又《古今乐录》说：“《读曲歌》者，元嘉十七年，袁后崩，百官不敢作声歌，或因酒宴，止窃声读曲细吟而已，以此为名。”（《乐府诗集》引）然按其内容，全为民间言情之作，与《子夜歌》相同。所谓彭城王、袁后这些传说，不过是一种附会。

《西曲歌》产生于长江中游和汉水两岸的城市荆（今湖北江陵）、郢（今湖北宜昌）、樊（今湖北襄樊）、邓（今河南邓县）等地，这些都是当时商业发达繁荣的城市。《西曲歌》除了反映水上船边风光和旅客商妇的离愁别恨较多之外，从内容到形式和《吴歌》没有什么差别。《乐府诗集》说："其声节送和与《吴歌》亦异。"大概歌唱起来，音调方面和《吴歌》不同。《西曲歌》曲调比《吴歌》多，有三十多种，但现存歌辞比《吴歌》少，只有一百四十多首。

《吴歌》和《西曲歌》的题材内容非常狭窄，基本上是男女爱情生活的抒写。但这不能视为当时民歌的全貌，因为人民歌唱的内容是多方面的，不会如此单调。这些民歌是当时统治阶级为了声色之娱而采集的，那些反映阶级矛盾、人民疾苦的作品，可能是受到统治者的歧视、扼杀而湮没无闻了。尽管如此，一般说来南朝民歌表现的两性关系是纯真、质朴、健康的，对于恋爱的态度是严肃的。至于南朝民歌中少数轻俗淫艳的歌词，有些可能是帮闲文人所篡改或拟作的，未必尽出于民间。《乐府诗集》所载《子夜歌》的最后两首，就是梁武帝写的。

这些情歌中，有些是男女赠答之词，但多数还是女性的歌唱。歌唱者或歌中主人公的身份有时从歌词中可以看出来，其中有商女、船户、城市贫民，还有沉沦在社会底层的妓女。这些民间歌手通过细腻生动的描写、巧妙贴切的比喻，朴素清新的语言，深刻地表现了青年男女的音容笑貌，热烈奔放的感情，以及复杂的心理活动，例如：

始欲识郎时，两心望如一。理丝入残机，何悟不成匹。

——《子夜歌》

果欲结金兰，但看松柏林。经霜不堕地，岁寒无异心。

——《子夜四时歌·冬歌》

怜欢敢唤名，念欢不呼字。连呼欢复欢，两誓不相弃。

——《读曲歌》

打杀长鸣鸡，弹去乌臼鸟。愿得连暝不复曙，一年都一晓。

——《读曲歌》

夜长不得眠，明月何灼灼！想闻欢唤声，虚应空中诺。

——《子夜歌》

第一首写情侣间的互相爱慕，“两心望如一”，希望能早日成“匹配”，结良缘。第二首以松柏比喻爱情的坚贞，要求对方能像松柏那样经得起霜冻严寒的考验。第三首写热恋，非常生动。那热情的女子对所欢既不呼名，也不呼宇，只是连声地叫“欢”，把他叫应了，只是为了立一个热情的誓：两不相弃。第四首真切地写出了“欢娱恨短”的情人心理。立意新巧。第五首写的是错觉，诗中的主人公在苦苦思念所欢的长夜里，仿佛听到了对她的呼唤。这些歌辞婉转缠绵、一往情深，在过去的民歌中是罕见的。在封建礼教深深束缚着人们思想的历史条件下，这些大胆而热烈地歌唱爱情的民歌，实际上是对封建礼教的一种抗议。

在封建社会，人民的生活乐少苦多，南朝乐府民歌中所反映的人民的爱情生活也就哀愁之音多于欢乐之词。这种哀愁之音一是对于离别的痛苦情状的描绘。《西曲歌》反映商妇估客的生活较多，离别之作也就更多些，如“相送劳劳渚，长江不应满，是侬泪成许”（《华山畿·其七》），“闻欢下扬州，相送楚山头。探手抱腰看，江水断不流”（《莫愁乐》）。这些高度夸张的形容，极恰当地表达了极度悲伤的情绪，另一类哀愁之音则是对于男子负心背约的责怨，如“侬作北辰星，千年无转移。欢行白日心，朝东暮还西”（《子夜歌》）。通过对比，深刻地表现了在男女不平等的封建社会里，在恋爱生活中，女子遭受遗弃和失恋的痛苦。不少诗歌还反映了在封建制度下青年男女恋爱不自由、婚姻不自主的社会现实，揭露了封建家长对青年男女美满婚姻蛮横干涉及由此造成的社会悲剧，如“未敢便相许，夜闻侬家论，不持侬与汝”（《华山畿·其五》），“懊恼不堪止，上床解腰绳，自经屏风里”（《华山畿·其六》）。又如“华山畿，君既为侬死，独生为谁施？欢若见怜时，棺木为侬开”（《华山畿·其一》）。这是一首凄楚动人的悲歌，也是对封建家长制无比愤怒的控诉。关于这首诗，曾有这样一个离奇的故事，大致是这样：宋少帝时南徐有一个读书人从华山畿往云阳，爱上一个客舍中的少女，但无由达到愿望，终于相思而死。葬车经过女门，拉车的牛死也不肯走了，女出唱此歌，棺应声而开，女即入棺中，这一对情侣就这样同棺合葬了。故事虽怪诞不足信，但女主人公的行为，表现了她对爱情的忠诚，而这首诗及故事在社会上流传下来，也表现了人民对他们的同情和对纯洁的爱情的赞赏。

《清商歌辞》中除《吴歌》、《西曲歌》外，还有《神弦曲》，今存十八首，大多为江南一带的民间祀神歌。曲中所歌咏的神灵不是天地山川的大神，而是地方小神，男女都有，姿态美丽，充满人情味富于浪漫情调，和传统乐府中庄严典雅的祭歌不同。如“积石如玉，列松如翠。郎艳独绝，世无其二”（《白石郎·其二》），歌词描写了祠宇环境，并用以象征男神的美貌，赞美之中流露爱悦之意。又如“开门白水，侧近桥梁。小姑所居，独处无郎”（《清溪小姑曲》），环境清幽，饶有情致。这些歌词诗体短小，句法不一，有《楚辞·九歌》风味。

《清商歌辞》内容除情歌和娱神两类之外，还有一些写劳动和行旅的诗，例如：

> 蚕生春三月，春桑正含绿。女儿采春桑，歌吹当春曲。
>
> ——《采桑度·其一》
>
> 采桑盛阳月，绿叶何翩翩。攀条上树表，牵坏紫罗裙。
>
> ——《采桑度·其六》
>
> 江陵去扬州，三千三百里。已行一千三，还有二千在。
>
> ——《懊侬歌》

前二首向人们展示的是一幅采桑的劳动画卷，其中洋溢着充满生机的春天气息，热情地赞扬了农家姑娘对劳动的热爱。“攀条上树表”两句，生动地描绘了采桑少女们的活泼和愉快的心情。第三首全诗只是里程的计算，既不写情，也不写景，而旅客的情绪却自然地表露了出来；语言的朴素，无以复加，这是古今行旅诗中罕见之例。

和吴声的缠绵悱恻相比，《西曲歌》则更多一点调谑幽默气息。如《那呵滩》：

闻欢下扬州，相送江津湾。愿得篙橹折，交郎到头还。
篙折当更觅，橹折当更安。各自是官人，那得到头还。

这是男女对唱之词，前一首女子希望男子再来相聚，却不直说，开个玩笑说但愿他中途篙折橹断，只得倒头回来，后一首则男子解释说，自己正当官差，身不由己，即使篙折橹断，也不敢倒头回来。这种传情的方式表面上很诙谐，但内在的感情却是极真挚恳切的。

在《清商歌辞》以外，被列入《杂曲歌辞》中的《西洲曲》，是一首艺术形式最为成熟的值得注意的抒情长诗：

忆梅下西洲，折梅寄江北。单衫杏子红，双鬓鸦雏色。
西洲在何处？两桨桥头渡。日暮伯劳飞，风吹乌臼树。
树下即门前，门中露翠钿。开门郎不至，出门采红莲。
采莲南塘秋，莲花过人头。低头弄莲子，莲子青如水。
置莲怀袖中，莲心彻底红。忆郎郎不至，仰首望飞鸿。
鸿飞满西洲，望郎上青楼。楼高望不见，尽日栏杆头。
栏杆十二曲，垂手明如玉。卷帘天自高，海水摇空绿。
海水梦悠悠，君愁我亦愁。南风知我意，吹梦到西洲。

这首诗最早见于《玉台新咏》（宋本未录），以为是江淹所作，明、清人的古诗选本或以为晋辞，或以为梁武帝作。但一般都认为是古辞，即民间作品，只是从它的文字来看，似经过文人的润饰，所以和其他短章有些不同。诗的内容写一个少女对她的旅居在江北的所欢的思念、盼望。她从春到秋，从早到晚，不断地相思，是一篇以写爱情心理见长极为细腻缠绵的抒情佳作，但作品并没有提起春、夏、秋，而只是通过一些带有季节特征的景物来逐步转换，如“折梅”表明初春，“单衫杏子红”表明暮春，“出门采红莲”、“采莲南塘秋”、“低头弄莲子”、“鸿飞满西洲”等诗句标志着时节从夏天向深秋的转移。写景不仅具有暗示时间的作用还烘托了主人公的心情。“日暮伯劳飞”，以伯劳好单栖暗示她的孤寂；“采莲”的描写有物我相怜之意；“仰首望飞鸿”写期待和盼望；“卷帘”两句，写无限的怅惘与空虚。人和物，情和景，结合得很紧。全诗基本上四句一换韵，换韵处往往用民歌的接字法承接（下句的首字，即承上句的末字），音节美妙，悠扬摇曳，所以沈德潜在《古诗源》中说：“续续相生，连跗接萼，摇曳无穷，情味愈出。”这首诗对唐代诗人张若虚、刘希夷乃至大诗人李白等有一定的影响。

南朝乐府民歌清新自然，情意缠绵。它常用夸张、比喻的方式抒情状物，既表现了丰富的想象力，也渲染了气氛。大量使用谐音双关，更是它的显著特色。那些双关语的构成，一是使用同音词，例如“石阙生口中，衔碑不得语”（《读曲歌》），以“碑”谐“悲”。表面上说口里生了一个石阙，衔着碑说不出话来，实际上说因达不到目的而含悲难言。其他如以“莲”谐“怜”，“丝”谐“思”，“棋”谐“期”等均是，二是利用多义词，例如“黄蘖向春生，苦心随日长”以“苦心”双关苦辛。其他如以布匹的“匹”，双关匹偶的“匹”，消融的“消”，双关消瘦的“消”等，均是同样情况。这些双关语的运用，不但增加了语言的活泼，还起了比兴引喻的作用。南朝乐府民歌是圆润的明珠，它在我国诗坛上闪耀着璀璨的光辉。它深刻地启示着当代及后代诗人，从鲍照、谢朓、徐陵、庾信以至唐代许多诗人都有拟作，而大诗人李白所受的影响尤大。南朝乐府民歌的体制，一般是短小的五言诗，三、四、七言的是极少数。最普遍的是五言四句体，它对唐代绝句的形成也有很大影响。

（二）北朝乐府民歌

北方地区，政治、经济、风俗习惯、地理环境等和南方不同，因而民歌的题材、内容和风格和南方迥然相异。北朝民歌自东晋以后传入南朝，到了梁代才由梁的乐府机关搜集整理。这些民歌都是北方各民族所作的马上演奏的军乐，因为伴奏的乐器有鼓角，便称之为《梁鼓角横吹曲》，今存六十多首。作者除少数为汉族人外，多为鲜卑、氐、羌等族人，所谓“我本虏家儿，不解汉儿歌”（《折杨柳歌》），就直接说明了作者的身份。

北朝乐府民歌现存数量虽不多，但题材范围远较南朝乐府民歌广泛，反映社会生活的面也大得多。北方各族统治者长期混战，反映战争的民歌必然较多。《鼓角横吹曲》又是军歌，其中采用的民歌也必然偏重和战争有关的一类，因此北朝乐府民歌中反映战争的占着最重要的地位。这类民歌也表现了北方民族强悍勇武的精神。例如《企喻歌》就这样唱道：

> 男儿欲作健，结伴不须多。鹞子经天飞，群雀两向波。
> 前行看后行，齐著铁裲裆。前头看后头，齐著铁钰鉾。

第一首活生生地描摹出了健儿豪迈、勇武的声音口气。后两句比喻使人想见轻骑陷阵、以少胜多、所向披靡的气概。第二首写出了兵强马壮，军容很盛。

北方各族人民虽则勇悍尚武，但在长期战乱中遭受浩劫，其痛苦也是非常深重的。广大人民包括军队中的士兵，并不甘心为统治阶级做牺牲品，因而有些乐府民歌描写了围城中的士兵的困境，有些则揭露了战争的惨烈，表现了反战的情绪，例如：

兄在城中弟在外。弓无弦，箭无栝，食粮乏尽若为活？救我来！救我来！

——《隔谷歌》

男儿可怜虫，出门怀死忧。尸丧狭谷中，白骨无人收。

——《企喻歌》

北朝乐府民歌除了以战争为题材及表现尚武精神的作品外，有不少是反映人民疾苦的。有的反映了在残酷的阶级压迫和阶级剥削之下，广大劳动人民陷于饥饿和贫困的社会现实，例如“雨雪霏霏雀劳利，长嘴饱满短嘴饥”（《雀劳利歌》），“快马常苦瘦，剿儿常苦贫。黄禾起羸马，有钱始作人”（《幽州马客吟》）。大雪覆盖万物，短嘴的麻雀生机断绝，啼饥号寒，而那些长嘴的鸟儿却吃得饱鼓鼓的。在阶级社会，谁脑满肠肥，谁饿瘪肚皮，“长嘴”和“短嘴”的比喻是不言而喻的。《雀劳利歌》只用两句话十四个字，深刻地表现了劳动人民饥寒交迫处于绝境的痛苦，对那些长袖善舞的有钱有势的人也进行了有力的讽刺。《幽州马客吟》则说：劳动人民终身劳苦而不免贫困，像吃不着一口黄禾的瘦马，唯有有钱的人才能过人的生活。这两首民歌都用鲜明的对比，真实地揭露了社会的阶级矛盾。

有些民歌则反映了战争的动乱给人民带来的深重灾难：

高高山头树，风吹叶落去。一去数千里，何当还故处？

——《紫骝马歌辞》

陇头流水，流离山下。念吾一身，飘然旷野。

——《陇头歌·其一》

陇头流水，鸣声呜咽。遥望秦川，心肝断绝。

——《陇头歌·其三》

“一去数千里”，由于战乱，广大人民被迫远离故乡；他们妻离子散，家破人亡，孑然“一身”，连陇头流水也为之呜咽。这是大动乱中被迫流亡的人们唱出的悲愤欲绝的思乡之歌。长期的战乱，使许多儿童失去了父母，成为无依无靠的孤儿，《琅玡王歌》就反映了这个严酷的现实：

东山看西水，水流盘石间。公死姥更嫁，孤儿甚可怜。

民歌总是写男女爱情生活的较多，北朝乐府民歌中有关爱情和婚姻的也占了不少比重，但风格和南朝完全不同，表现了北国情调的特色。例如：

腹中愁不乐，愿作郎马鞭。出入擐郎臂，蹀座郎膝边。

——《折杨柳歌》

把北方牧马生活的习俗很自然地融入爱情的描写。北朝情歌中感情的表达，也有它的特点，写男女相悦，只是说“天生男女共一处，愿得两个成翁妪”（《捉搦歌》），直截了当，无丝毫含蓄。与情人约会，情人不来，只是简单地责怪说“欲来不来早语我”（《地驱乐歌》)。爱情发生了波折，干脆说“郎不念女，不可与力”(《地驱乐歌》)，即郎不爱我，不可勉强。要是南朝民歌就免不了有许多猜疑和哀伤了。还有一些民歌，反映了女子对于婚嫁的迫切要求，如“老女不嫁，蹋地唤天”(《地驱乐歌》)，“阿婆不嫁女，哪得孙儿抱”(《折杨柳歌》)，“小时怜母大怜婿，何不早嫁论家计”(《捉搦歌》)。可能北方由于战争影响，劳动力缺乏，父母不大愿意把女儿嫁出去，所以女儿径自要求出嫁，乃至愤愤地“蹋地唤天”了。这些有关婚姻问题的民歌比单表男女恋情的具有更重要的社会意义。

北朝有些乐府民歌反映了北国儿女粗犷、勇悍的性格，游牧民族的习俗以及茫茫的草原风光，形成了北歌最大的特色，例如：

健儿须快马，快马须健儿。跸跋黄尘下，然后别雄雌。

——《折杨柳歌》

李波小妹字雍容，褰裳逐马如卷蓬，左射右射必叠双。妇女尚如此，男子安可逢?

——《李波小妹歌》

新买五尺刀，悬著中梁柱。一日三摩娑，剧于十五女。

——《琅玡王歌》

第一首描写了飞奔绝尘的骑马技能和粗犷的性格。男子勇武非凡，女子也不逊色。第二首描写了一个精于骑射的女英雄形象。她驰骋于辽阔的北国原野上，箭无虚发，无人敢挡。像这样的女儿形象，在南朝民歌中是没有的。第三首写对精良新武器爱抚不止——爱武器甚于爱少女。北朝乐府民歌中，最能表现那种苍莽草原气息的当推《敕勒歌》：

> 敕勒川，阴山下。天似穹庐，笼盖四野。天苍苍，野茫茫，风吹草低见牛羊。

“敕勒”又名“铁勒”，是北方少数民族之一，北齐时徙居朔州（今山西北境）。这一首脍炙人口的民歌相传为北齐斛律金所唱，本鲜卑语，后来译为汉语。歌词前二句点明了地理位置，后面数句勾勒了一幅苍茫辽阔、雄浑壮丽的草原图景：蓝色的晴空，茫茫的原野，苍天像圆形的帐幕笼罩着浩瀚无垠的大地。郁郁葱葱的牧草，随风起伏，一群群牛羊掩映在绿草之间。最后一句写出水草和畜牧的丰茂繁盛，充分表现了游牧民族的生活特色。全诗一气贯注，语言精练，音调高亢，确“能发自然之妙”（《碧鸡漫志》），是民歌中的绝唱。

总之，北朝乐府民歌和南方的《吴歌》、《西曲歌》比较起来，见出绝大的特色，它刚健、质朴，表露感情直率大胆，和南歌的柔弱、艳丽、宛转、缠绵形成了鲜明的对照。

（三）北朝乐府民歌中的叙事长篇木兰诗

《木兰诗》，又称《木兰歌》、《木兰辞》，是北朝民歌中一首最杰出的长篇叙事诗。

关于这首诗产生的时代，过去有不同说法，因为诗中的“策勋十二转”为唐代官制，“明驼”为唐代驿制，“万里赴戎机”以下四句为唐人诗格，所以有人认为作于隋唐时代。但近来多数研究者肯定它是北朝民歌。《木兰诗》始见于陈朝人释智匠编的《古今乐录》（《乐府诗集》引），因此不可能出于陈朝以后。唐代的制度与诗格的混入，只能证明它曾经后人润色，不能据以断为成于隋唐。这首诗的时代背景当和北魏与柔然间发生的长期战争有密切关系。据《魏书·世祖纪》记载，从公元407年至493年，北魏和柔然间发生过的大战役就有十五次之多。公元429年，北魏太武帝拓跋焘伐柔然，“秋七月，车驾东辕。至黑山，校数军事，班赐王公将士各有差”。《木兰诗》中写木兰离家之后，渡过黄河，经过黑山、燕山等地，出征的路线与当时历史情况颇相契合。

《木兰诗》是一首英雄的赞歌。故事的情节是在尖锐的矛盾中展开的。“军书十二卷，卷卷有爷名”，一方面是战争形势紧迫，木兰的父亲必须服兵役，“阿爷无大儿，木兰无长兄”，另一方面是父老弟幼，不能应征。停织叹息，表现了木兰内心的斗争。经过一番认真的考虑，她毅然决定代父从军。在两千多年前能作出这样的决定，这是何等大胆！这充分表现了木兰这个勤劳、善良的少女的坚强、刚毅的性格。“旦辞爷娘去，暮宿黄河边。不闻爷娘唤女声，但闻黄河流水鸣溅溅。旦辞黄河去，暮至黑山头。不闻爷娘唤女声，但闻燕山胡骑鸣啾啾”，在黄河及黑山宿营情景的描写中，诗人刻画了一个初离父母出征的少女的感受，极其自然、真切。“万里赴戎机”以下六句，以高度概括的语言写木兰在长期的战斗中锻炼成长为“壮士”，而且屡建奇功，暗示了战争的激烈，赞扬了木兰的英勇。打败敌人凯旋之后，她不愿做官，只愿还乡。这种急切地盼望和家人团聚、重过和平的家庭生活的思想，既切合木兰女扮男装的处境及心理特点，也表现了劳动人民不贪功名富贵的纯朴高洁的胸怀。“开我东阁门”以下六个排偶句，通过木兰一系列的行动，表达了木兰初到家时狂喜的心情，使读者似乎听到她按捺不住跳动的心声。篇末以幽默的比喻，显示了木兰又是多么深沉、机智。这个比喻明明是歌者之辞，却用了一个第一人称的“我”字，好像代木兰传达出自喜自豪的心情。而歌者所赞叹和木兰所自喜自豪的，表面上是乔装得使人雌雄莫辨这一点，还暗含了广大劳动妇女对自己具有无穷力量和智慧的兴奋喜悦之情，真是妙趣横生，使人回味无穷。

就这样，诗人通过情节的发展变化和人物的语言行动，塑造了一个令人喜爱的英雄女性的形象，她善良，坚强、勇敢、智慧、不羡功名富贵、热爱和平劳动。在以男子为中心的封建社会，“万里觅封侯”被认为只是“大丈夫”的志气和抱负，从军、打仗、立功万里这一类事，女子是想也不敢想的。木兰这个出色的艺术形象的深刻的社会意义就在于有力地说明了女子和男人同样有可能做出英雄的业绩，同时也就说明了女子有权利受到和男子同样的看待。这对于封建社会重男轻女的偏见无疑是一个有力的冲击。

《木兰诗》不仅具有深刻的思想意义，艺术形式也是比较完美的。除了故事完整、人物心理刻画细致、场景描写具体外，还具有民歌艺术的特点。最显著的特色是连续运用反复吟咏和排比烘托的手法来渲染气氛，加强音乐性。最突出的是“东市买骏马”四句，平列东南西北，表现了木兰代父从军的饱满情绪。“爷娘闻女来”六句，叙述木兰将要到家的时候，家人准备欢迎，用同样的句调三次重复，读者不但不感到呆板重复，反而觉得不如此不足表达那种欢乐和热闹的气氛。明代谢榛在《四溟诗话》中评论说：“若一言了问答，一市买鞍马，则简要而无味，殆非乐府家数。”把民歌中诸如此类的表现方法的必要性阐述得十分清楚。后来大诗人杜甫在他的《草堂》诗中曾有意地加以模仿："旧犬喜我归，低徊入衣裾。邻舍喜我归，酤酒携胡芦。大官喜我归，遣骑问所须。城郭喜我归，宾客隘村墟。"

诗中对偶句子用得很多，增加了艺术的感染力。"朔气传金柝，寒光照铁衣"之类可能经过文人加工，其余大多是自然的对句。如"旦辞黄河去，暮宿黑山头"，"当窗理云鬓，对镜贴花黄"等，都很少雕琢，表现了民歌的特色。

这首诗的语言朴素自然，许多地方接近口语。其中有些句子用了钩接法，如"军书十二卷，卷卷有爷名"，"将军百战死，壮士十年归。归来见天子，天子坐明堂"，"出门看伙伴，伙伴皆惊惶"等，和南朝民歌《西洲曲》中某些句子属于同一类型。

千百年来，《木兰诗》广泛流传，已成为广大人民所喜闻乐道的古典诗歌名篇之一。今天，木兰的英雄形象还出现在银幕和舞台上，对人民群众起了一定的教育鼓舞作用。

四、南北朝的辞赋

（一）南朝辞赋

辞赋在东晋一度沉寂，到南北朝又重新繁荣起来。但赋风发生了明显的变化，即变平淡为绮丽，变典雅为新奇，语不单行，文益藻绘，色彩浓丽而不脱古拙的余味。南朝刘宋时代在辞赋方面成就最突出的应推鲍照。他的代表作《芜城赋》最为杰出。芜城指广陵城，故城在今江苏省江都县东北。广陵在西汉时候，是藩王封国的国都所在地，如吴王濞、江都易王非、广陵厉王胥，都曾被封在这里。这些藩王都骄奢淫逸，并曾起兵作乱，被汉中央政府所讨平。又据《宋书》记载，宋竟陵王刘诞在广陵修建宫室，“穷极工巧，园池之美，冠于一时”，并且“多聚才力之士，实之第内，精甲利器，莫非上品”。宋孝武帝是个性多猜忌的人，对于刘诞颇有疑惧，在大明三年（459），孝武帝指使有司弹劾刘诞，刘诞据广陵反抗。孝武帝派沈庆之统帅大军，攻破广陵，杀死刘诞并城中居民三千多人。鲍照在大明三四年间，客居江北，他在广陵城被毁之后，见到废墟上的荒凉景象，有感于广陵几遭兵乱，和统治阶级的骄横奢侈，便写了这篇有名的抒情小赋。

这篇赋描写的是广陵这一名城今昔盛衰的景象。作者先用精练的语言写广陵地势的雄伟壮阔，接着便铺写广陵都市繁华，城墙高固：

> 当昔全盛之时，车挂轊，人驾肩，廛闬扑地，歌吹沸天。柂以漕渠，轴以昆岗。……格高五岳，袤广三坟，崪若断岸，矗似长云。制磁石以御冲，糊赪壤以飞文。

昔日的广陵车辆互相碰撞，人群摩肩接踵，千门万户，歌管之声，响彻天空。墙高和五岳相齐，四周和三坟相接。城门用磁石制成，用以防持兵器的歹徒，墙壁用红土涂成各种花纹，以增加光彩。但是在被毁以后，留下的却是一片荒芜：

> 泽葵依井，荒葛罥涂。坛罗虺蜮，阶斗麏鼯。木魅山鬼，野鼠城狐。风嗥雨啸，昏见晨趋。饥鹰厉吻，寒鸱吓雏。伏甝

藏虎，乳血飧肤。崩榛塞路，峥嵘古馗。白杨早落，塞草前衰。稜稜霜气，蔌蔌风威。孤蓬自振，惊沙坐飞。灌莽杳而无际，丛薄纷其相依。通池既已夷，峻隅又已颓。直视千里外，唯见起黄埃。凝思寂听，心伤已摧……

赋中描绘出来的广陵残败面貌，历历如在目前：路旁井畔，长满莓苔野草；堂前阶外，到处是狐鼠鬼魅；饥鹰伏虎，出没无常；树木颠倒，道路阻塞，风冷霜寒，飞沙满目，真是触目惊心。其中“孤蓬自振，惊沙坐飞”更是历来传诵的名句，它以拟人手法赋予“蓬”“沙”以性格、感觉和动作，形象地刻画出秋风荒野的特有景色。广陵的统治者，凭借广陵雄富的人力物力，修建了规模制度超过周、秦时代的城池，目的是为了“图修世以休命”，“将万祀而一君”，让子孙万代过轻歌曼舞、声色犬马的穷奢极欲的生活，然而这只是梦想。到头来“藻扃黼帐，歌堂舞阁之基，璇渊碧树，弋林钓渚之馆；吴蔡齐秦之声，鱼龙爵马之玩：皆薰歇烬灭，光沉响绝。东都妙姬，南国丽人，蕙心纨质，玉貌绛唇，莫不埋魂幽石，委骨穷尘”，不免同归于尽。这不仅是广陵统治者命运的写照，也是历代所有统治者命运的写照，他们生前极力经营，尽情享乐，还想传之子孙万代，而最终不免尽成空幻，徒供后人凭吊而已。作者写《芜城赋》的本意是借广陵的兴衰来劝阻临海王刘子顼不要发动政变，但在客观上却揭露了封建统治者骄奢淫逸，野心勃勃，妄起兵端，给城市造成极大的破坏，给人民带来无穷灾难的罪恶。赋中描写景物时，用了夸张的手法，使被描绘的事物，形象深刻。而繁华荒凉，两相对照，十分鲜明。风格俊逸、语言工丽，也是这篇作品显著特色。

鲍照的一些以鸟兽昆虫为题材的小赋，都寄托着他的人生实感，有一定的社会意义。如《舞鹤赋》，先描写白鹤生活在大自然中的时候是“指蓬壶而翻翰，望昆阆而扬音……迭霜毛而弄影，振玉羽而临霞，朝戏于芝田，夕饮乎瑶池”。何等逍遥自在！继而描绘了白鹤不幸被网罗后的生活环境：“岁峥嵘而愁暮，心惆怅而哀离。于是穷阴杀节，急景凋年。凉沙振野，箕风动天。严严苦雾，皎皎悲泉。冰塞长河，雪满群山。”阴惨惨一片愁云苦雾。前后对比鲜明，表现了白鹤对自由生活的向往。接着又描绘了白鹤在统治者的役使下，在丹墀金阁舞出了各式各样的优美舞姿，从而受到统治者的珍重，但是“结长悲于万里”，它还是向往着高翔辽廓的自由，以不能遨游于万里长空而含悲。这篇赋寄托了处在最高统治者弄臣地位的有才华的文士，不能施展抱负的抑郁的心情。鲍照还有一篇《飞蛾赋》仅七十五字，全文如下：

> 仙鼠伺闇，飞蛾侯明。均灵舛化，诡欲齐生。观齐生而欲诡，各会性以凭方。凌燋烟之浮景，赴熙焰之明光。拔身幽草下，毕命在此堂。本轻死以邀得，虽糜烂其何伤。岂学山南之文豹，避云雾而岩藏。

《南史·临川烈武王道规传》附本传说：“照始尝谒（临川王）义庆，未见知。欲贡诗言志，人止之曰：‘郎位尚卑，不可轻忤大王。’照勃然曰：‘千载上有英才异士，沈没而不闻者，安可数哉！大丈夫岂可遂蕴智能，使兰艾不辨，终日碌碌与燕雀相随乎？’于是奏诗。”鲍照是一个有才华有抱负的诗人，期待着在政治上能有所作为。这篇《飞蛾赋》正是他这种心情的写照。他不愿做“伺闇”的仙鼠，要做“候明”的飞蛾，“本轻死以邀得，虽糜烂其何伤”，他的愿望强烈，为了实现自己的抱负，即使献出生命也在所不惜。但是，在当时的门阀制度下，如果家世低微，即使是“英才异士”，也是不可能得到较高政治地位的。鲍照由于出身寒微，长期受到压抑，一生很不得意。“拔身幽草下，毕命在此堂”竟成了他的谶语，最后死于乱军之中。鲍照的另一首《尺蠖赋》也包含有人生哲理，起到了以小喻大的作用。

与鲍照同时的谢惠连的《雪赋》和谢庄的《月赋》，是两篇优美的写景小赋。《雪赋》采用客主陈说事物的方法，虚构汉代梁王于雪天宴游时召请宾友，命司马相如赋雪，然后命枚乘为乱辞。作者以清丽的辞藻，夸张、比喻的手法，描绘了雪花从飘洒到聚积的种种状态，以及经过白雪妆点后的清美奇特的世界。在描绘雪景之前，先用夸张的语言形容天气冱寒：“玄律穷，严气升，焦溪涸，汤谷凝，火井灭，温泉冰。沸潭无涌，炎风不兴。北户墐扉，裸壤垂缯。”再细致地描绘了阴沉的天色，“于是河海生云，朔漠飞沙，连氛累霭，掩日韬霞”。然后写初雪时的景象，“霰淅沥而先集，雪纷糅而遂多”，先是淅淅沥沥下雪珠，继而夹着雪珠飘洒下片片雪花，终于雪越下越大。接着作者集中笔墨，描写大雪纷飞的景象：

其为状也，散漫交错，氛氲萧索。蔼蔼浮浮，瀌瀌奕奕。联翩飞洒，徘徊委积。始缘甍而冒栋，终开帘而入隙。初便娟于墀庑，末萦盈于帏席。既因方而为珪，亦遇圆而成璧。眄隰则万顷同缟，瞻山则千岩俱白。

大雪纷纷扬扬，漫天飞舞，它从屋瓦、帘幕渗入，飘飘悠悠地洒落在阶除、堂庑、帷幕、衽席，于是方的成为珪，圆的成为璧。作者还用一系列的比喻，为我们描绘了大雪覆盖下的清美奇特的世界：

于是台如重璧，逵似连璐。庭列瑶阶，林挺琼树，皓鹤夺鲜，白鹇失素，纨袖惭冶，玉颜掩姱。若乃积素未亏，白日朝鲜，烂兮若烛龙衔耀照昆山。尔其流滴垂冰，缘霤承隅，粲兮若冯夷剖蚌列明珠。

原野、山岭、道路、楼台、阶除、树木都玉砌银装，整个大地白茫茫一片。皓鹤、白鹇没有它洁白，红妆美女，不及它美艳。旭日东升时，更是一片素光熠耀的奇观：红日映照积雪，好像神话中的烛龙衔着火精照耀昆山；瓦楞上的冰柱，像一颗颗明珠闪光。

赋末的“乱辞”是对雪的性质的总结，把雪和白羽、白玉对比，显出它的特性。作者特别欣赏雪的“凭云升降，从风飘零。值物赋象，任地班形。素因遇立，污随染成。纵心浩然，何虑何营”。“节岂我名！洁岂我贞！”这不仅是咏雪，也表现了世家豪族子弟，在朝代屡变中与世浮沉，不甚重视名节的一种思想倾向。“殉国之感无因，保家之念宜切。市朝亟革，宠禄方来，陵阙虽殊，顾眄如一。”《南齐书·褚渊王俭传》中的这段话可以印证。

谢庄的《月赋》，则虚构了古代的曹植和王粲两个文学家月夜游吟的故事，使叙事和抒情巧妙地融合无间，产生了很大的艺术魅力。其中描写月夜景物一节，尤为精彩：

若夫气霁地表，云敛天末。洞庭始波，木叶微脱。菊散芳于山椒，雁流哀于江濑，升清质之悠悠，降澄辉之蔼蔼。列宿掩缛，长河韬映，柔祇雪凝，圆灵水镜，连观霜缟，周除冰净。

作者先在月亮未升之前，设计出一个清净宁静的优美意境，接着用柔和细腻的笔触描绘清朗的月亮在远方慢慢升起，把清澈柔和的光辉洒满大地，然后用铺叙的手法，一连串精妙的比喻，描绘月光的皎洁和月夜景色的幽美：明亮的月光，掩盖了群星的璀璨，也使灿烂的银河失去了光辉；在月光映照下，大地如同蒙上一层积雪，夜空如同清明透澈的镜子。在月光映照下，一排排高楼像霜一样洁白，周围的阶除冰一样明净。作者出色地描绘了一片清幽素洁、穆然净化、无比幽美的境界。随后，又描写了在凄切的凉夜，对着皓月，弹着怨慕的乐曲，怀念着远在千里、音尘隔绝的美人的情景。听到这乐曲时，“声林虚籁，沦池灭波”，大地上顿时一片沉寂，连河水的涟漪也消失了。怨慕之情，何等动人心弦！“美人迈兮音尘阙，隔千里兮共明月”，是历来传诵的名句。

谢庄的作品，不落旧套，善于创新，格调飘逸，文笔清丽。但内容较狭窄，好堆砌典故，伤于繁密，这篇赋也体现了这种风格。

梁代是南朝辞赋的全盛时期。这时的赋词采更加艳丽，而且追求对偶精切，讲求声律和谐，句式逐渐趋向四六，有的则较多地运用五、七言诗句，使之更接近于抒情诗。这段时期的辞赋家有江淹、沈约、谢朓、萧子晖和梁简文帝萧纲、梁元帝萧绎等。

江淹是著名诗人，也是著名的辞赋家，而且赋的成就大于诗歌。他现存的赋将近三十篇，都大体辞藻清丽，其中以《恨赋》和

《别赋》最具有独创性。这两篇赋都描绘了社会上各式各样人物的愁恨和离情别绪，刻画了各种人物的不同的心理状态。在江淹的笔下，这一类人物都有显著的特色，但又都贯穿着旧社会中失意知识分子的情绪。《恨赋》取材于各时代具有代表性的帝王、名将、美人和高士等，概括了他们的生平行为、遭遇及志气，对他们饮恨终生、赍志以殁给予无限的同情。其中写李陵、昭君、冯敬通等人物，都着重描绘他们不遇知音和有志难伸的痛苦，最能引起失意者的共鸣：

> 至如李君降北，名辱身冤，拔剑击柱，吊影惭魂。情往上郡，心留雁门，裂帛系书，誓还汉恩。朝露溘至，握手何言！
>
> 若夫明妃去时，仰天太息，紫台稍远，关山无极。摇风忽起，白日西匿，陇雁少飞，代云寡色。望君王兮无期，终芜绝兮异域！
>
> 至乃敬通见抵，罢归田里，闭关却扫，塞门不仕。左对孺人，右顾稚子，脱略公卿，跌宕文史。赍志没地，长怀无已。

作者对这些失意人物的痛苦心情，不是平直地叙述而是通过人物行动加以刻画，如李陵的“拔剑击柱”，昭君的“仰天太息”，冯衍的“左对孺人，右顾稚子”，有的则通过环境描写，如以“摇风忽起，白日西匿，陇雁少飞，代云寡色”烘托凄苦哀怨之情。这就不仅使人物有血有肉，也取得了更大的艺术效果。在结束时，作者更把愁恨的情绪升华到最高限度：

> 已矣哉！春草暮兮秋风惊，秋风罢兮春草生。绮罗毕兮池

馆尽，琴瑟灭兮丘陇平。自古皆有死，莫不饮恨而吞声！

真是“此恨绵绵无绝期”！这一作品虽然有颓丧的情绪，却也概括了当时许多贫微的知识分子的不幸遭遇，曲折地表现了他们对当时现实的不满。

《别赋》在艺术上则更为成熟。江淹本是北方人，因此常有乡土之思。从他的《待罪江南思北归赋》、《去故乡赋》、《哀千里赋》等作品看，这篇赋的思想，和他早年的处境有很深的关系。《别赋》铺写了封建社会中贵族官僚、剑客侠士、应召入伍的征人、远赴异域的游子以及方士、夫妇、恋人等七类人的离情别绪，缠绵悱恻，凄楚动人。一些抒情性很强的描绘，感染力更大。这几类人的离别，都有各自的特点。贵族官僚是“龙马银鞍，朱轩绣轴，帐饮东都，送客金谷”。剑客侠士是“驱征马而不顾，见行尘之时起，方衔感于一剑，非买价于泉里”。应召入伍的征人则是“边郡未和，负羽从军，辽水无极，雁山参云”。方士则既不同于官僚贵族，又不同于剑客征人，而是“驾鹤上汉，骖鸾腾天，暂游万里，少别千年”。但是，尽管事因各别，环境互异，“黯然销魂”则是所有离人共同的情绪。《别赋》最突出的长处是借环境的描写来刻画人物心理。赋中写行子的心情是：

是以行子肠断，百感凄恻。风萧萧而异响，云漫漫而奇色。舟凝滞于水滨，车逶迟于山侧。棹容与而讵前，马寒鸣而不息。掩金觞而谁御，横玉柱而沾轼。

写居人是：

居人愁卧，恍若有亡。日下壁而沈彩，月上轩而飞光。见红兰之受露，望青楸之离霜。巡层楹而空掩，抚锦幕而虚凉。知离梦之踯躅，意别魂之飞扬。

写夫妻离别，则又是一副笔墨：

又若君居淄右，妾家河阳，同琼佩之晨照，共金炉之夕香。君结绶兮千里，惜瑶草之徒芳，惭幽闺之琴瑟，晦高台之流黄。春宫閟此青苔色，秋帐含兹明月光，夏簟清兮昼不暮，冬釭凝兮夜何长！织锦曲兮泣已尽，回文诗兮影独伤。

至于像“春草碧色，春水绿波，送君南浦，伤如之何”等抒情气氛极浓的名句更富有感染力。赋的开头以“黯然销魂者，唯别而已矣”一句统摄全篇，以“有别必怨，有怨必盈。使人意夺神骇，心折骨惊”作结，并说即使像扬雄、司马相如那样才华隽出，像邹奭那样能言善辩，也不能“摹暂离之状，写永诀之情”，别离之苦，是难以用笔墨形容的，首尾照应，结构紧密，情味浓厚深长。

总的说来，江淹通过他早年的经历，集中概括了当时人们共有而又千差万别的生离死别之情，并加以艺术的表现，因此一直打动着旧社会中许多失意者的心灵。这篇赋也曲折地反映了南北朝战乱频仍、灾难深重、人民哀伤的时代的影子。但像《恨赋》一样，感伤情调毕竟太浓厚了。

萧子晖（？— 519）的《冬草赋》也是一篇不可多得的佳作，文章仅一百零九字，录之如下：

有闲居之蔓草，独幽隐而罗生，对离披之苦节，反蕤葳而

> 有情。若夫火山灭焰，汤泉沸泻，日悠扬而少色，天阴霖而四下。于时直木先摧，曲峯多陨，众芳摧而萎绝，百卉飒以徂尽。未若兹草，凌霜自保，挺秀色于冰途，厉贞心于寒道。已矣哉！徒抚心其何益？但使万物之后凋，夫何独知于松柏。

萧子晖是南齐王朝宗室，能文善赋。入梁，他自己所属的集团失势。此为托物寓意之作。“火山灭焰，汤泉沸泻”，“众芳摧而萎绝，百卉飒以徂尽”，火山的火焰熄灭了，汤泉的喷涌停止了，万花纷谢百草凋零。面对这苦寒的季节，独有这蔓草却“挺秀色于冰途”，在冰天雪地之中傲然挺立。文章运用了比喻、夸张、对比、衬托等一系列修辞手法，生动形象地表现了作者在巨大的压力面前坚贞不屈的品质。语言亦简练明快，铿锵有力。

萧纲赋今存二十三篇，其中较有特色的是写艳情的如《眼明囊赋》、《鸳鸯赋》、《采莲赋》等，虽涉及女性美，但作者的态度还是比较庄重的。

萧绎赋今存八篇，多涉艳情。现以《荡妇秋思赋》为例：

> 荡子之别十年，倡妇之居自怜。登楼一望，惟见远树含烟，平原如此，不知道路几千。天与水兮相逼，山与云兮共色。山则苍苍入汉，水则涓涓不测。谁复堪见鸟飞，悲鸣只翼！秋何月而不清，月何秋而不明？况乃倡楼荡妇，对此伤情。于时露萎庭蕙，霜封阶砌。坐视带长，转看腰细。重以秋水文波，秋云似罗，日黯黯而将暮，风骚骚而渡河。妾怨回文之锦，君思出塞之歌。相思相望，路远如何！鬓飘蓬而渐乱，心怀愁而转叹。愁萦翠眉敛，啼多红粉漫。已矣哉！秋风起兮

> 秋叶飞，春花落兮春日晖。春日迟迟犹可至，客子行行终不归。

全文有四个层次，从开头至“悲鸣只翼”是第一层，主要写景。开头二句主要交代主人公身份，昔为倡楼妇，今为荡子妻，“十年”，说明分别久。“自怜”，自爱，即很珍惜自己，珍惜那份感情，语言平淡浅显，但思想感情深沉：分别十年仍在朝朝暮暮思念，盼望游子早日归来。许梿在《六朝文絜》中评这两句是：“起得超，语浅而思深，故妙。”确是的评。接下去写登楼所见。荡妇登楼望的是远人，是“行行终不归”的荡子。但看到的只是烟雾笼盖的远村，秋水和长天相接，苍山和白云一色，望尽天涯不见人。“谁复堪见鸟飞，悲鸣只翼”。那一只扑入眼帘的悲鸣鸟儿，更是拨动了倡妇孤苦伶仃的琴弦。唐代著名词人温庭筠《望江南》：“梳洗罢，独倚望江楼，过尽千帆皆不是，斜辉脉脉水悠悠，肠断白苹洲”，写的就是这样一种境界。这一层的描写，是景语，也是情语。从“秋何月而不清”到“腰细”是第二层，文章顺着感情脉络，渐次生发开来，转入抒情。写的仍是秋景，但已跳到夜色。秋天的夜晚，一碧万顷，皓月千里，在此良宵，倡楼荡妇，更觉伤情。于是发出了“秋何月而不清，月何秋而不明”的诘问。这两句似写景而实抒情。接下来描写环境。“露萎庭蕙，霜封阶砌”烘托了凄凉气氛，“带长”、“腰细”则写相思情愫，突出孤苦形象。这一层从结构来看，是插叙，是追记。从“重以秋水”到“红粉漫”是第三层，又回到“登楼一望”的实景，再写秋水、秋云、秋日、秋风。所不同的是前者是远景、大景，是粗笔渲染；后者是近景、小景，是工笔细描。“日黯黯”一句表登楼遥望之久。相思不可寄，相望不可及，主人公的形象就自然地显现在读者眼前：发如飞蓬，愁绪满怀，黛眉紧蹙，以泪洗面，红粉纵横。结合上文“谁复堪见”、“秋何月而不清”、“带长”、“腰细”等诗句，荡妇对游子思念的深沉，感情的执著，跃然纸上。“已矣哉”至篇末是第四层，以七言骚体作结。“秋风”两句写时序更迭，是开头“荡子之别十年”的形象化，并以“春日迟迟犹可至”反衬“客子行行终不归”——这种日子还将继续下去，还将等待。这篇小赋，用典不多，作者用各种景物烘托荡妇的心理，层层推进，字里行间，仿佛有倾吐不尽的哀怨。“别十年”与“居自怜”，“春日迟迟犹可至”与“客子行行终不归”等诗句相映相衬，收到了极好的表达效果。用词也精炼。如“终不归”，始终不归。“终”字既说这一次登楼远望又不见客子归来，也说明了登楼远望不止一次，而每一次远望，期望总是失望。其他如“自怜”的怜字，“唯见”的唯字，其内涵都大于字面。

从萧绎赋可以看到梁陈辞赋已完全摆脱汉大赋的铺张扬厉，走向抒情化，骈偶化。这些赋文辞清丽，情思绵邈，描写细腻，有南朝民歌中风情小调那种轻巧流丽的韵味。

陈代赋作家虽有徐陵、顾野王、张正见、江总、陈叔宝（后主）等十余人，但保存下来的作品仅二十余篇，咏物居多，内容狭窄，艺术上缺少独创。

南朝辞赋在题材开拓、体格和技巧等方面都有过不少贡献，但各朝君王都缺宏图远略，在偏安心态和悠闲生活的影响下，使这个时期的辞赋内容比较狭窄，取材伤于纤细，格词时显得艰辛，很难见到汉赋的雄奇闳大，魏晋辞赋的慷慨悲凉，作品格局的小巧正是这个时代的反映。

（二）北朝辞赋

北朝文学远不及南方，直到北魏孝文帝大力汉化，才逐渐出现少量作品。梁末侯景之乱和西魏灭梁，南朝许多辞赋作家流入北方，北朝也产生了一些辞赋作家，北朝辞赋因此繁荣起来，这时最著名的是庾信，比较著名的是颜之推。

庾信被羁留北朝以后，文章和诗歌一样，也增添充实了内容，风格发生了显著的变化：脱出了浮靡淫艳的宫体窠臼，显得苍凉、沉雄。《四库全书总目提要》说："至信北迁以后，阅历既久，学问弥深，所作皆华实相扶，情文兼至，抽黄对白之中，灏气舒卷，变化自如，则非陵（徐陵）之所能及矣。"沈德潜在《古诗源》例言中说："庾子山才华富有，悲感之篇，常见风骨，所长不专在造句也。徐、庾并名，恐孝穆华词瞠乎其后。"《四库全书总目提要》和沈氏的见解可谓中肯之论。杜甫在《戏为六绝句》中说："庾信文章老更成，凌云健笔意纵横。"就是高度评价他后期文学创作的卓越成就的。庾信后期的作品无论是思想性或艺术性，确实都达到前所未有的高度。著名的作品有《哀江南赋并序》、《小园赋》、《竹杖赋》、《枯树赋》、《伤心赋》等，都是自伤身世、眷怀故国的血泪迸溢之作。而《哀江南赋》则是最充分、最集中地抒写他的身世故国之痛的鸿篇巨制。

梁元帝承圣三年（554），庾信奉命出使西魏，但不幸的是，江陵被西魏攻陷，梁元帝出降被杀，梁朝实际上等于灭亡。这时庾信由于文学上的声望，被西魏统治者扣留在长安，并任以高官。北周代魏，统治者对他更加尊崇。但是江陵沦陷的悲惨情形，人民所遭受的奴役离乱之苦，和他辱身西魏的悲愤，使他经常痛愧交加。在仕周的晚年，他追抚往事，写成了《哀江南赋》。这实际上是一首史诗。他通过亲身的经历，历叙侯景之乱，王僧辩讨伐之功，梁朝统治者内部斗争之烈，梁朝覆亡之因，江陵沦陷后人民流离之苦，以及自身流寓异国的乡关之思。像这样感情真挚、字字血泪，深刻反映时代和人民生活图景的骈赋，在我国文学史上是罕见的。

《哀江南赋》深刻地阐述了金陵和江陵的两次覆亡的原因。他一开始在铺叙了梁朝表面上的繁荣安泰之后，就具体地描写了统治阶级的腐败：

> 天子方删诗书，定礼乐。设重云之讲，开士林之学。谈劫烬之灰飞，辨常星之夜落。地平鱼齿，城危兽角。卧刁斗于荥阳，绊龙媒于平乐。宰衡以干戈为儿戏，缙绅以清谈为庙略。乘渍水以胶船，驭奔驹以朽索。小人则将及水火，君子则方成猿鹤。敝箄不能救盐池之咸，阿胶不能止黄河之浊。

梁武帝谈论佛经，一味晏安；士大夫祖述老庄，重蹈清谈误国的覆辙；执政的宰衡轻视武备，以干戈为儿戏。但是这时的局势，正像坐着用胶粘合的船在水里浸着，又像用朽坏的绳索驾驭奔马，人民将遭受灾难，上层人士也面临危亡。用一个破畚箕漉去盐池的盐质是办不到的，少量的阿胶更不可能止住黄河的污浊。这些生动的比喻，形象地说明了当时局势的恶化，已经无可挽回了。果然，不久侯景叛乱，攻破台城，梁武帝被困饿死，梁朝统治者的腐败导致了金陵覆亡。赋中在肯定萧绎平定侯景之乱后写道：“沉猜则方逞其欲，藏疾则自矜于已。天下之事没焉，诸侯之心摇矣。”“荆门遭廪延之戮，夏口滥逵泉之诛，蔑因亲以教爱，忍和乐于弯弧。”“既言多于忌刻，实志勇而形残。”梁元帝萧绎自私残忍，未能远谋，在平定侯景叛乱、江陵称帝之后，更是为所欲为。为争夺帝位，他于荆门杀死了在西蜀起兵反对他的武陵王萧纪，在夏口逼害邵陵王萧纶，又和岳阳王萧詧自相残杀，终于招致强大的西魏入侵。“虽借人之外力，实萧墙之内起”，统治者兄弟叔侄之间各自凭借外力，争权夺利，同室操戈，这是江陵覆亡的原因。这段追溯，极其真实。在追溯过程中，作者痛心疾首，深刻地揭露了梁朝统治者的腐败，表达了对故国深厚的感情。基于这种感情，赋中对梁朝一些抵抗侯景的将士们的英勇牺牲的事迹，写得悲壮动人：

> 护军慷慨，忠能死节，三世为将，终于此灭。济阳忠壮，身参末将，兄弟三人，义声俱唱。主辱臣死，名存身丧，狄人归元，三军凄怆。尚书多算，守备是长，云梯可拒，地道能防。有齐将之闭壁，无燕帅之卧墙。……司徒之表里经纶，狐偃之惟王实勤。横雕戈而对霸主，执金鼓而问贼臣。平吴之功，壮于杜元凯。王室是赖，深于温太真。始则地名全节，终则山称枉人。南阳校书，去之已远。上蔡逐猎，知之何晚？

护军，指护军将军韦粲，被侯景击败，全家遇难。济阳，指济阳人江子一、子四、子五等兄弟三人，他们都不是主要军事长官，但都奋勇出击，战死沙场。尚书，指足智多谋善于防御的羊侃，他死后不久，台城即被攻陷。司徒指王僧辩，在讨伐侯景的大战役中是首功，作者对他的英雄业绩，笔酣墨畅地热情歌颂，对他后来被陈霸先暗算，则表示无限悲愤。

西魏攻破江陵后，俘虏了梁朝数万臣民，把他们送到长安。作者在赋中悲愤地追述道：

> 水毒秦泾，山高赵陉。十里五里，长亭短亭。饥随蛰燕，暗逐流萤。秦中水黑，关上泥青。于时瓦解冰泮，风飞雹散，浑然千里，淄渑一乱。雪暗如沙，冰横似岸。逢赴洛之陆机，见离家之王粲，莫不闻陇水而掩泣，向关山而长叹。

把西魏军的残暴，人民妻离子散、背井离乡、跋涉山川的痛苦活现在纸上。作者内心的悲愤通过这残酷的现实抒发出来，给读者以难忘的印象。篇末写到自己的身世“提挈老幼，关河累年。死生契阔，不可问天。况复零落将尽，灵光岿然”，显得十分悲苦。后面笔锋一转，记述北周贵族对他的重视，却又归结到“岂知灞陵夜猎，犹是故时将军，咸阳布衣，非独思归王子”，更显出他的故国之思和在忍垢含耻的生活中产生的无可奈何的感情。

《哀江南赋》之所以为人传颂而为庾信作品中的压卷，除了深刻的思想内容以外，还在于艺术技巧的圆熟。它以叙述为主，又穿插描写和抒情，虚实相生，疏密相间，文采富丽，情韵苍凉，形成既沉郁秾丽又顿挫有致的艺术风格。整个赋的内容都是借用典故、成语表达出来的。很多的典故、成语，被作者运用得非常灵活恰当，在读者印象中产生的现实感仍极为强烈。如“宰衡以干戈为儿戏”，是运用汉文帝的话。汉文帝从细柳军中出来以后，批评霸上、棘门两军军纪松弛，说：“霸上、棘门若儿戏耳。”这一典故确切地表明了当时执政大臣轻视武备的情形。“驭奔驹以朽索”本于伪古文《尚书·五子之歌》："予临兆民，懔乎若朽索之驭六马。"庾信用"奔驹"二字，更加有力地突出了当时情势的危急。又如"敝箄不能救盐池之咸，阿胶不能止黄河之浊"，比喻局势的恶化已无可挽回；"登阳城而避险，卧砥柱而求安"，比喻梁元帝处境艰难已极，还自以为无忧，形象鲜明，给读者以强烈的感受。庾信运用典故非常灵活，有反用，如"让东海之滨，遂餐周粟"，伯夷、叔齐耻食周粟而饿死在首阳山，作者反其意而用之，表达了他忍辱在北朝做官的痛苦心情。"苏武之一雁空飞"也是反用。传说苏武雁足系书，汉武帝看到他的信以后，逼使匈奴放他回朝。有以虚为实，如"张辽临于赤壁"。张辽曾在合肥大败孙权，拜征东将军。但他参加赤壁之战，历史上没有记载，这里用来指征东将军王僧辩。也有虚实联用的，如"班超生而望反，温序死而思归"，前者是实用，后者虚写，等等，作者善于按照生活本身的实况，恰当地选取故实，加以灵活巧妙的运用，这就不仅使文章显得典雅，而且丰富了意义的联想。

在用事的过程中，作者又把一些口语或接近口语的词汇写进文章，如"燕歌远别，悲不自胜。楚老相逢，泣将何及"，"十里五里，长亭短亭。饥随蛰燕，暗逐流萤。秦中水黑，关上泥青。"再如下面还要谈到的《小园赋》中的"敧侧八九丈，纵横数十步，榆柳两三行，梨桃百余树"，"一寸二寸之鱼，三竿两竿之竹"，"焦麦两瓮，寒菜一畦，风骚骚而树急，天惨惨而云低"，这些句子脱去了早年的脂粉气，风格清新，使文章增加了一种自然美。

这篇赋的句法基本上是四、六句，而杂以三、五、七、八、九言等多种句式，在发端、转折等处适当运用虚词，使文句在整齐的匀称美中，又显出自由活泼的散文美。清代倪璠在《庾子山集题辞》中说："子山之文，虽是骈体，间多散行。譬如钟王楷法，虽非八体之文，而意态之间便已横生古趣。"对这篇赋来说，确是如此。

虽说庾信运用骈体近于炉火纯青的境界，但赋中有些文句如"申包胥之顿地，碎之以首"，"崩于钜鹿之沙，碎于长平之瓦"，却因为拘于形式，有损文意。

《枯树赋》和《小园赋》也是抒发作者的故国之思和身世之痛的优秀作品。《枯树赋》的开始假托殷仲文在失意时对庭中槐树发出慨叹说"此树婆娑，生意尽矣"，实际上是自况之辞。接着纵笔铺写各种树木的遭遇和命运：或销亡，或半死？或苔埋菌压，鸟剥虫穿；或低垂霜露，撼顿风烟；或载瘿衔瘤，藏穿抱穴。或"雕镌始就，剞劂仍加。平鳞铲甲，落角摧牙。重重碎锦，片片真花。纷披草树，散乱烟霞"。还写道：

> 若乃山河阻绝，飘零离别。拔本垂泪，伤根沥血。火入空心，膏流断节。横洞口而敧卧，顿山腰而半折。

树的形象已经成为作者亡国破家、飘泊异域的象征。最后直接说到自己："况复风云不感，羁旅无归，未能采葛，还成食薇。沉沦穷巷，芜没荆扉，既伤摇落，弥嗟变衰。"这和《哀江南赋》中的"让东海之滨，遂餐周粟"，《拟咏怀》中的"避谗犹采葛，忘情遂食薇。愁怀正摇落，中心怆有违。独怜生意尽，空惊槐树衰"完全是同一主题，表达了作者屈仕魏、周的沉痛心情。赋的末尾以桓温之语作结：

昔年种柳，依依汉南。今看摇落，凄怆江潭。树犹如此，人何以堪！

真是无限感慨！据唐张鷟《朝野佥载》说：“庾信从南朝初至北方，文士多轻之。信将《枯树赋》示之，于后无敢言者。”张说不可信，《枯树赋》应是庾信晚期之作。但是读到这样山河血泪，情文并茂的文章，人人“信服”，那是毫无疑义的。

《小园赋》从小园落笔，从故国之思和身世之感着眼。开头一节就说：“况乃黄鹤戒露，非有意于轮轩，爰居避风，本无情于钟鼓”，表明自己只要求容身之地，而无意于高楼大厦，轮轩钟鼓。在铺写小园的简陋之后，就抒写自己的悲愁情绪：

心则历陵枯木，发则睢阳乱丝。非夏日而可畏，异秋天而可悲。……草无忘忧之意，花无长乐之心。鸟何事而逐酒？鱼何情而听琴？加以寒暑异令，乖违德性，崔骃以不乐损年，吴质以长愁养病。……屡动庄舄之吟，几行魏颗之命。

心如枯木，发如乱丝。一年四季，心中只有畏悲而无乐趣，连园中的花草也带有忧愁之色。“屡动庄舄之吟”，点明了抑郁痛苦是由于深沉的故国之思。文章最后哀叹梁朝的覆灭和被迫留仕北朝的哀伤。“不暴骨于龙门，终低头于马坂”，是对自己不能死节而受辱的自悔自责。

《竹杖赋》则从另一角度构思。作者假托桓温平定荆州，有一名士楚丘先生见他，他把一条精美的手杖送给楚丘先生，以便“养老”、“扶危”，表示对楚丘先生的尊重。可是楚丘先生却回答道：

“心之忧矣，惟我生民。虽复疏条劲柘，促节贞�，杖端刻鸟，角首图麟，岂能相予此疾，将予此身？若乃世变市朝，年移陵谷。猿吟鹰厉，风霜惨黩。楚汉争衡，袁曹竞逐……胡马哀吟，羌笳凄啭，亲友离绝，妻孥流转……是以忧干扶疏，悲条郁结，宿昔僛丑，俄然耄耋。”说自己的忧病衰老，是因为人世巨变、战乱流寓所致。因此，手杖虽精美，但不能助他养病，即新的统治者对自己的优礼，不能医治自己的家国之痛。

《伤心赋》是为痛念在战乱中夭折的子女而作。“在昔金陵，天下丧乱，王室板荡，生民涂炭。……膝下龙摧，掌中珠碎，芝在室而先枯，兰生庭而早刈。”对在战乱中死去的儿女充满了伤痛之情，但这是和国破家亡的哀悼密切联系在一起的。

庾信是南北朝辞赋的集大成者。他的辞赋既具有南朝赋的发越清绮，又其有北朝赋的贞刚气质，从而形成了绮丽苍劲，发越悲凉的风格。他是赋史上最杰出最重要的辞赋作家之一。

颜之推的《观我生赋》是一篇自传性作品，颜之推由梁入北齐，又入北周，亲见侯景篡弑，梁元帝与北齐覆亡，此赋对他亲身经历的一系列历史事变作了概要的叙述，字里行间，充满了对敌人的愤怒，也表现了作者屈身事敌的羞愧和悔恨。一篇赋能如此全面地反映重大的历史事件，这在赋史上是少见的；在艺术上虽材料组织得不够集中，结构也略嫌分散，但疏朗的文辞、遒劲的骨气，自成一种风格。

五、南北朝的骈文和散文

（一）南朝的骈文和散文

南北朝是骈文的成熟期和鼎盛期，不少优秀作家创作了内容充实感情真挚的骈文名篇，为我国文学的发展作出了重要贡献。刘宋时期骈文代表作家首惟鲍照和颜延之。

刘宋初期，颜延之的文章，虽有用典繁密之病，但他的《陶征士诔》却是一篇优秀的作品。陶渊明在晋安帝义熙十四年（418）曾被征聘为著作郎，但他辞不就职，故世称之为陶征士。颜延之在浔阳做刘柳后军功曹时，和陶渊明成了亲密的朋友。后来作始安郡太守，路过浔阳，常在陶家饮酒，临走时还留下了二万钱给陶，可见他们情谊的深厚。陶渊明死后，颜延之写了这篇情辞并美的诔文。诔前有序，序文中对陶渊明的生平写道：

> 有晋征士浔阳陶渊明，南岳之幽居者也。弱不好弄，长实素心，学非称师，文取旨达。在众不失其寡，处言愈见其默。少而贫病，居无仆妾，井臼弗任，藜菽不给。母老子幼，就养勤匮。远惟田生致亲之议，追悟毛子捧檄之怀。初辞州府三命，后为彭泽令。道不偶物，弃官从好。遂乃解体世纷，结志区外，定迹深栖，于是乎远。灌畦鬻蔬，为供鱼菽之祭，织絇纬萧，以充粮粒之费。心好异书，性乐酒德，简弃烦促，就成省旷。殆所谓国爵屏贵，家人忘贫者与！

颜延之这段文字和陶渊明在《五柳先生传》中的自述，从语言到精神完全酷似。他用精美的文笔，把陶渊明的个性、治学态度、家庭生活、进退出处以及人生态度等，形象地勾画了出来，充分体现了那种不同流俗、率意任真的精神特点。诔文里描写陶渊明弃官归田后的生活：

> 汲流旧巘，葺宇家林。晨烟暮霭，春煦秋阴。陈书辍卷，置酒弦琴。居备勤俭，躬兼贫病。人否其忧，子然其命。

简直是一幅清美的山林隐士生活的图画。在诔文的最后，作者追述他们彼此的友谊，更是真挚动人：

> 伊好之洽，接阎邻舍，宵盘昼憩，非舟非驾。念昔宴私，举觞相诲："独正者危，至方则阂。哲人卷舒，布在前载。取鉴不远，吾规子佩。"尔实愀然，中言而发："违众速尤，迕风先蹶。身才非实，荣声有歇。"

二人住得很近，不用车马，就能见面，从早到晚，经常在一起饮酒。举杯饮酒时还互相规劝。颜延之劝陶渊明说："独正者危，至方则阂，哲人的进退出处，都陈述在以前的记载里，作为借鉴，并不太远。我的话，希望你记住。"陶渊明听了，不觉愀然，也规劝颜延之："逆风的东西，容易先被摧折；违背流俗，就会招致怨恨。人身和才干，并不坚实，荣华和名声，终有一天会消失。"规劝时的神态，真挚感人的语言，表现了两人深厚的友谊。所以他痛切地说："睿音永矣，谁箴余阙！"老朋友永别了，以后谁再来规劝我的过失！这是对知心朋友的深切悼念，这是出自肺腑的心声。

这篇文章大致骈对工整，略见当时文风的特点，没有用事繁密的缺点，语言比较朴素，感情也真挚动人。

鲍照的《登大雷岸与妹书》，是一篇具有创造性的写景抒情美文。宋文帝元嘉十六年（439），临川王义庆出镇江州，鲍照被擢为国侍郎。秋天，鲍照到江州去就职，途中登大雷岸（今安徽省境内），给他的妹妹鲍令晖写了这封信。鲍令晖是一位很有才华的女诗人，所以鲍照在这封信里用瑰丽而奇崛的笔调，恣意描写，穷尽山水奇壮的神貌。如：

南则积山万状，负气争高，含霞饮景，参差代雄。凌跨长陇，前后相属，带天有匝，横地无穷。

这是一幅气势非凡的重峦叠嶂图：群峰怒气争高，含着云霞，吸取日光，参差不齐地代为雄长。连绵的山峰，前后相属，周天匝地。作者运用夸张的语言，拟人的手法，把在烟云变化中气象万千的奇峰写活了。写庐山一段，更是奇景奇文：

西南望庐山，又特惊异。基压江潮，峰与辰汉相接。上常积云霞，雕锦缛，若华夕曜，岩泽气通，传明散彩，赫似绛天。左右青霭，表里紫霄。从岭而上，气尽金光，半山以下，纯为黛色。信可以神居帝郊，镇控湘、汉者也。

作者运用色彩鲜明的词语，着意描绘了峰顶云蒸霞蔚，瑰丽神奇的景象：霞光照耀，一片红光，好像天是绛红的，左右青色的云气，又和红色的天空互为表里。“从岭而上，气尽金光，半山以下，纯为黛色。”于是作者赞叹道：这就是神仙居处，这就是天帝所在的区域。鲍照在这封信中，不仅写了高山大川，云树鱼鸟也尽收笔底：“江鹅、海鸭、鱼鲛、水虎之类，豚首、象鼻、芒须、针尾之族，石蟹、土蚌燕箕、雀蛤之俦”，“浴雨排风，吹涝弄翮”，真是一派生机！在这封信里，作者运用生动的笔触，夸张的语言，把他登大雷岸远眺四方所见的景物，绘声绘色地凸显于纸上，成为一幅风格雄伟奇崛而又秀美幽洁的图画。清人许梿在《六朝文絜》中说：“烟云变灭，尽态极妍，即使李思训数月之功，亦恐画所难到”，“句句锤炼无渣滓，真是精绝”！这并非过誉。不仅如此，作者在描写山川景物时，间写自己离家远客的旅思和路上劳顿的情况，情景交融，使文章充满抒情气氛。如“栈石星饭，结荷水宿”，“严霜惨节，悲风断肌。去亲为客，如何如何”，“夕景欲沉，晓雾将合，孤鹤寒啸，游鸿远吟，樵苏一叹，舟子再泣，诚足悲忧，不可说也”。作者在描写景物时，还常常插入一些哲理性的短句，提出一些哲理性的问题，发人深省，如“智吞愚，强捕小”，“烟归八表，终为野尘，而是注集，长写不测，修灵浩荡，知其何故哉”，这就更使文章摇曳多姿。

鲍照的《瓜步山揭文》，则借山川景物来发表议论。“瓜步山者，亦江中渺小山也，徒以因迥为高，据绝作雄，而凌清瞰远，擅奇含秀，是亦居势使之然也。故才之多少，不如势之多少远矣。”这显然是吐露自己怀才不遇的悲愤之情和抨击当时那些不学无术之辈凭借门阀，窃居高位的现实。文章收尾更直接斥责了“贩交买名之薄，吮癰舐痔之卑”的人物。

南朝中期齐、梁之际的作家，熟练地运用骈文这一体式，有的抒写情怀，有的描摹山水，有的剖析事理，题材较广泛，风格也多样，他们留下的名篇佳作，丰富了我国古典文学的宝库。

齐代孔稚圭的《北山移文》，在艺术构思上别具一格，是一篇非常辛辣的讽刺性作品。关于本文的创作动机，据《六臣注文选》吕向解释说，时人周颙先隐于钟山，后应诏出为海盐令，欲再经钟山，孔稚圭乃作此文，假借山灵口气，不许周颙再至。吕向之说，颇为后来注者所取。但据《南史》与《南齐书》的《周颙传》记载，周颙，字彦伦，汝南（今河南省汝县东南）人，一生都在做官。他在钟山立隐舍，不过是供假日游憩，也不曾任过海盐令。因此有人认为文中所称"周子"是否指周顒，有待进一步研究。有人则推测此文只是文人故弄笔墨，对朋友开开玩笑，谑而不虐的文章，与周颙的出处细节是否符合，可不必顾及，对作品的思想性也不宜作过高的不切实际的评价。其实文中的"周子"无论是周颙也好，或另有其人也好，也无论孔稚圭的创作动机如何，客观上是成功地塑造了"周子"这个假隐士的典型，相当深刻地揭露了封建社会以隐居为出仕捷径的士大夫文人的丑恶面貌，思想性、艺术性都是较高的。

移文是官府文书的一种。《文心雕龙·檄移》说："移者，易也。移风易俗，令往而民随者也。"大概和檄文相似。这篇移文的作用和性质，相当于今天的抗议声明，全篇假借山灵口吻对封建文人中伪装清高而醉心利禄的假隐士进行了严厉斥责和无情鞭挞。作者善于运用对比和拟人化的手法刻画人物。文章一开头以抒情笔调发议论，把隐士分为三类，以前两类真隐士和第三类假隐士对比，反衬出假隐士的可鄙可怜。虽没有直接提出周颙，但已创造了一种谴责、慨叹的气氛，为下文张本。接着描写周颙作为假隐士的种种虚伪表现：

其始至也，将欲排巢父，拉许由，傲百氏，蔑王侯。风情张日，霜气横秋。或叹幽人长往，或怨王孙不游。谈空空于释部，覈玄玄于道流。务光何足比，涓子不能俦。

似乎是情调高逸之士，可实际是何等样的人呢？且看：

及其鸣驺入谷，鹤书赴陇，形驰魄散，志变神动。尔乃眉轩席次，袂耸筵上，焚芰制而裂荷衣，抗尘容而走俗状。

征聘的诏书一来，他眉开眼笑，手舞足蹈，高兴得简直神魂颠倒。他赶忙脱下隐士的服装，带着卑鄙庸俗的神气，奔向世俗的名利场中去了。早先所谓情调高逸之士，不过是暂时寄迹山林，待价而沽的伪君子而已。通过前后对照，把这个假隐士作了深刻的揭露和辛辣的讽刺。接着写周颙出山后的情状：一方面是周颙做地方官，政务繁忙，名声煊赫，另一方面是山中景象，幽寂荒凉，无人赏玩。一方面是得意热闹，另一方面是失意落寞。生动的对比，有力地写出了周颙的负心和北山的蒙耻。作者还用拟人化的手法描绘山林景物，使文章生动活泼，讽刺辛辣。如：

于是南岳献嘲，北陇腾笑，列壑争讥，攒峰竦诮。慨游子之我欺，悲无人以赴吊。故其林惭无尽，涧愧不歇。秋桂遣风，春萝罢月，骋西山之逸议，驰东皋之素谒。

山的神灵在受到假隐士周子的欺骗和周围伴侣的嘲笑之后，听说他又要来污渎山林了，于是愤怒地发出抗议和警告：

今又促装下邑，浪拽上京，虽情殷于魏阙，或假步于山扃。岂可使芳杜厚颜，薜荔蒙耻，碧岭再辱，丹崖重滓，尘游躅于蕙路，污渌池以洗耳？宜扃岫幌，掩云关，敛轻雾，藏鸣湍。截来辕于谷口，杜妄辔于郊端。于是丛条瞋胆，迭颖怒魄。或飞柯以折轮，乍低枝而扫迹。

坚决有力的语气，表现了山中云壑草木严阵以待的愤怒状态和果毅行为。最后以“请回俗士驾，为君谢逋客”两句作结，令人有笔力千钧之感。

这篇文章属对精工，文辞华美，声调和谐，语言形式的完整，达到了南朝骈文的高峰。清代孙月峰评它说：“六朝虽尚雕刻，然属对尚未尽工，下字尚未尽险，至此篇则无不入髓，句必净，字必巧，真可谓精绝之甚。此唐人所祖。”（于光华《评注昭明文选》）许梿《六朝文絜》也评道：“此六朝中极雕绘之作，炼格炼词，语语精辟。……当与徐孝穆《玉台新咏序》并为唐人轨范。”凡骈文形式过于完整，容易产生雕琢、呆板的缺点，本篇却没有这个毛病，用词造句，非常精致，但又注意清新自然，不堆砌辞藻。相传宋代王安石特别欣赏“使我高霞孤映，明月独举，青松落阴，白云谁侣”四句。这些句子确实形象鲜明，语言优美，富有诗意。

任昉（460—508），字彦昇，乐安博昌（今山东寿光县）人，出身于官僚家庭。年四岁，诵诗数十篇，十六岁被举为秀才第一。历仕宋、齐、梁三朝，宋末为奉朝请，拜太常博士，齐时为中书侍郎、司徒右长史，曾以文学游于竟陵王萧子良门下，为“竟陵八友”之一。入梁，历任黄门侍郎、吏部郎中、义兴太守、御史中丞、秘书监等职，位终新安太守。性通脱，不尚奢华，不营家产，唯好书籍，藏书至万余卷，且多善本，与沈约、王僧孺合称当时三大藏书家。任昉为官清廉，据《南史》本传载，任义兴太守时，“岁荒民散，以私俸米豆为粥，活三千余人”，“儿妾食麦而已”，临死，“遗言不许以新安一物还都，杂木为棺，浣衣为殓”，百姓痛惜，共立祠堂，岁时祭祀。著有文集三十三卷，《杂传》二百四十七卷，《地记》二百五十二卷，均佚。今存明人所辑《任彦昇集》。另《文章缘起》、《述异记》二书，均题为梁任昉撰。

任昉长于文笔，被称为“文章之冠冕，述作之楷模”（《梁书·列传第四十三·文学上》）。而沈约以诗著称，时人称为“任笔沈诗”。当时王公表奏无不请他代笔。今本《任彦昇集》中大部分是表、奏、书、启、碑、状、诏、册、玺书之类，这些为统治阶级装点门面的虚伪之词，都是没有生命的东西。因此，尽管他文名很大，文笔精美，“所著文章数十万言，盛行于时”，但以后就无人问津了。

任昉文章，只有少数几篇有较积极的思想意义或表达了自己的真情实感，如《奏弹曹景宗》、《奏弹刘整》、《与沈约书》等。

梁武帝天监二年（503）的阴历十月，北魏军围义阳，司州刺史蔡道恭率众坚守。翌年，城中兵不满五千人，粮食只够半年，魏军围攻益急，昼夜不息。道恭多方抗御，相持百余日，前后斩获不可胜计。当司州被围时，梁遣郢州刺史曹景宗赴援，曹却屯兵不前。五月，道恭病死。八月，义阳粮尽援绝，终于陷落。这时任昉为御史中丞，奏弹曹景宗屯兵不进，缓救资敌，违命误国，坐失三关。文章一开始就严正地指出，执干戈以卫家国的将军，在战斗中“有前一尺，无却一寸”，对那些顾望避敌者，必须处以极刑，语气坚定有力。据史载，蔡道恭少以勇力闻，及病，犹自力行城。病危时，激励侄子僧勰、从弟灵恩及将校说：吾死之后，你们要固守义阳，保全大节，不要使我死后有遗恨。又叫人把符节交给僧勰，说：我奉命出疆，现在不能持节还朝了，我死后可“随棺相从”，众皆流涕。据刘璠《梁典》记载：“（道恭）闻战鼓声，愤叱而卒。众犹拒守，无有二心，攻围二年，无有叛者。入秋，霖雨洪澍，一夜城颓，壮士犹战不降。”

任昉在文章中热情歌颂了蔡道恭率众坚守义阳的壮烈感人的事迹：

> 故司州刺史蔡道恭，率厉义勇，奋不顾命。全城死守，自冬徂秋。犹有转战无穷，亟摧丑虏。方之居延，则陵降而恭守，比之疏勒，则耿存而蔡亡。

任昉在文中分析，假若曹景宗能稍微给以救援，那么“单于之首，久悬北阙，岂特受降可筑，涉安启土而已哉”！但是由于曹景宗“缓救资敌，遂令孤城穷守，力屈凶威”。义阳失守后，曹又退师延颈，致失三关。在充分揭露曹的罪责后，就指出对曹景宗必须“收付廷尉法狱治罪”。文章义正辞严，意锐笔健，叙事明核，议论精当。

《奏弹刘整》一文，弹劾中军参军刘整和寡嫂范氏争夺财产，在用散体叙述事情经过以后，对刘整的劣迹痛加斥责，义愤之情，溢于言表。

任昉的《与沈约书》是一篇不可多得的好文章。全文二百字不到。录之如下：

> 范仆射遂不救疾，范侯淳孝睦友，在家必闻，直道正色，立朝斯著。一金之俸，必遍亲伦。钟庾之秩，散之故归。佐命兴王，心力俱尽。谋猷忠允，谅诚匪躬。破产而字死友之孤，开门而延故人之殡。则惟其常，无得而称矣。器用车马，无改平生之凭，素论款对，不易布素之交。若斯人者，岂云易遇？昉将莅此邦，务在遄速。虽解驾流连，再贻款顾，将乖之际，不忍告别。无益离悲，只增今怅。永念平生，忽焉畴曩。追寻笑绪，皆成悲端。

梁武帝天启二年（503），范云不幸病逝了。任昉曾经在范云弥留之际匆匆见上一面，随后便遄速赴任。途中，他将噩耗告知沈约，并以和泪的笔墨赞扬了范云的人品，抒发了对亡友的深情。文章一开头便说：范仆射走了！使人隐隐如闻作者啜泣之声。接着通过对范云生平往事几个片断的追忆（沈约和范云也是故友，所以对所述"本事"未展开），再现了范云的光彩人生。"虽解驾流连"四句写探视范云和范云弥留之间的情景：我多么想多看一眼，但时间不容许，无情地迫我遄速赴任。我怎么能忍心告别呀！"永念平生，忽焉畴曩。追寻笑绪，皆成悲端。"范仆射走了，他光彩的一生，刹那间尽化为梦幻般的过去；他生前的音容笑貌，都成了无尽的凄悲。文章到此戛然而止，然而，浓厚的哀思，依然弥漫……全文感情真挚，语言清新自然，虽是骈文而不用一个典故。这封短信，显示了笔底倾泻着多少动人的"任笔"的文情。隋末大儒王通在《文中子》中赞道："任昉其文约以则，有君子之心"，张溥称他"虽俪体行文，无伤逸气"（《汉魏六朝百三名家集》），看来指的是上述这些文章。但总的说来，任昉文章，当时和后人所以称赏，主要着眼于艺术技巧。任昉文章的艺术特点是对仗工整，修辞精工，用典得当，基本上是四字句和六字句，两两相对，交替互用，已开了以后四六文的门径。

刘峻的《辨命论》和《广绝交书》，文笔纵横驰骋，恣肆恢宏，铺写世态，痛砭末俗，也是有名的作品。

刘峻（462—521），字孝标，原名法武，平原（今山东省平原县）人。父璇之，仕宋为始兴内史。峻生下才一个月，父便去世。他的母亲只好带着孝庆、孝标兄弟二人回乡。刘峻八岁时，家乡被北魏占领，他也被虏为奴。中山富人刘宝怜悯他，“以束帛赎之，教以书学”。因为家贫无以为生，他和母亲曾出家为僧尼，后还俗。刘峻贫而好学，常把麻点燃了，代替蜡烛，照着读书，夜以继日，勤学不辍。齐永明（武帝年号）年间，他回到南朝，改名峻，字孝标。听说什么地方有异书，必定前去请求借读，当时称为“书淫”。刘峻在南朝只做过豫州刑狱参军、典校秘书，荆州户曹参军等小官，后因病离去，在东阳紫岩山讲学，著《山栖志》，其文甚美。刘峻最大的成就是为刘义庆编写的《世说新语》作注，引书多至四百余种，或引申正文，或纠正错误，使原书更显得丰富生动，许多古书佚文也赖以保存，所以很受后代学者珍视。刘峻的作品大多散失，现存明代人编辑的《刘户曹集》。

刘峻博览群书，文藻秀出。在北朝时，魏文帝选拔人才，有才学的江南人士都被任用，刘峻兄弟却没有被选拔。他历尽艰危，到了南朝。梁武帝萧衍常常招集文士策经史事，范云、沈约等都“引短推长”，故意表示才学不如武帝，“帝乃悦，加其赏赉”。刘峻却

“率性而动，不能随众浮沉”。据《南史·刘峻传》记载，一次武帝问关于锦被的故事，到最后大家都说已经没有了。刘峻却“忽请纸笔，疏十余事，坐客皆惊，帝不觉失色，自是恶之，不复引见”。刘峻为人质朴正直，不会奉承拍马，看风使舵，因而仕途坎坷。他愤慨地说：“孝标植根淄右，流寓魏庭，冒履艰危，仅至江左。负材矜地，自谓坐致云霄，岂图逡巡十稔，而荣惭一命。”因而写了著名的《辨命论》。

封建社会的学者，由于阶级和历史的局限性，对于人世的死生、贵贱、贫富、治乱、祸福大多不能作科学的分析，往往认为决定于命运。刘峻也认为“死生有命，富贵在天”。他在《辨命论》中，将“命运支配一切”这个论题发挥得淋漓尽致。开宗明义，他首先提出，命运主宰人世的一切，这是非人力所能抗拒的：“触山之力无以抗，倒日之诚弗能感，短则不可缓之于寸阴，长则不可急之于箭漏，至德未能逾，上智所不免。”然后一口气列举了古代的唐尧、成汤、周公、孔子、颜回、冉耕、伯夷、叔齐、孟轲等“圣贤”，伍员、屈原、贾谊、冯唐、桓谭、冯衍等有才行的人“皆摈斥于当年，韫奇才而莫用”作为例证。古代是这样，“近世”也是这样。他又举“近世”“一时之秀士”的刘瓛、刘琎兄弟的遭遇加以论证：

瓛则关西孔子，通涉六经，循循善诱，服膺儒行。琎则志烈秋霜，心贞昆玉，亭亭高竦，不杂风尘。皆毓德于衡门，并驰声于天地，而官有微于侍郎，位不登于执戟，相次殂落，宗祀无飨。

紧接着他又提出“六蔽”。对“废兴在我，无系于天”的观点予以否定，从反面论证“命运主宰人世的一切”。其中形容在急剧的自然和社会变故中，个人无力抗拒一节，写得非常精彩：

> 空桑之里，变成洪川。历阳之都，化为鱼鳖。楚师屠汉卒，睢河梗其流。秦人坑赵士，沸声若雷震。火炎昆岳，砾石与琬琰俱焚。严霜夜零，萧艾与芝兰共尽。虽游、夏之英才，伊、颜之殆庶，焉能抗之哉？

骤然爆发的洪流，大规模的战争惨败，如火焚昆山，严霜夜降，无论善恶愚贤，都不免同归于尽，就是古代贤哲，也无法抗拒，这只能归之于命运了。作者又大胆地提出“福善祸淫，徒虚言耳”的论点，并进一步阐述。《周易》说“积善之家，必有余庆，积不善之家，必有余殃”，《尚书》说“天道福善祸淫”，这些观点历来被认为是经典著作中的金科玉律，现在却“义越典谟”，说是“虚言”，表现了作者和传统思想决裂的勇气。当时佛教盛行，这对因果报应的唯心主义思想也是相当大的批判。《辨命论》宣扬的是错误的“天命论”，但是从总的感情看，却是充分地抒发了遭受压抑的知识分子对封建社会的不满和愤慨，这种感情渗透在字里行间，正是文章的感人处。全文结构完整，以大量典实从多方面阐说命运的主宰力量，很能言之成理——虽然有激而发，不免带有片面性，但感情丰富，音节清壮，辞采精工，艺术上有其可取处。

刘峻的《辨命论》写成之后，在梁天监初曾作过秣陵令的刘沼曾再次致书和他辩论，但是刘沼再难刘峻的信尚未送出就死了。后来刘峻看到，还是写了《重答刘秣陵沼书》回答他。全文如下：

刘侯既重有斯难，值余有天伦之戚，竟未之致也。寻而此君长逝，化为异物，绪言余论，蕴而莫传。或有自其家得而示余者。余悲其音徽未沬，而其人已亡。青简尚新，而宿草将列，泫然不知涕之无从也。虽隙驷不留，尺波电谢，而秋菊春兰，英华靡绝。故存其梗概，更酬其旨。若使墨翟之言无爽，宣室之谈有征，冀东平之树，望咸阳而西靡，盖山之泉，闻弦歌而赴节。但悬剑空垅，有恨如何！

文章先说看到刘沼再难遗文的经过及伤感；再说刘沼的生命虽已长逝，而其遗文的意旨，如兰菊的芳艳，所以还是扼要地回答了他；并说假如真有鬼神的话，他对自己的答书应有所感应；最后说：这封信已不可能让老朋友亲身收到，这是不可弥补的遗恨！仅一百四十八字，表达了对刚逝去的朋友的深沉的哀悼。

《广绝交论》则是为针砭当时浇薄的世俗而作，具有深刻的讽刺意义。东汉的朱穆，慨世俗之道德败坏，曾愤而写《绝交论》，用以矫正时弊。刘峻则推广朱穆的论点，写成此文，所以题为《广绝交论》。文章以主客对话的形式阐明论点，抒发愤世嫉俗的感情。作者在文章的前半极意铺写世俗的五类交情，痛刺势利之徒。例如“势交”一段，先极写权势者“吐漱兴云雨，呼噏下霜露，九域耸其风尘，四海叠其熏灼”，炙手可热，气焰熏天。再写趋炎附势之徒“靡不望影星奔，藉响川骛”，“鸡人始唱，鹤盖成阴，高门旦开，流水接轸”，权势者的门前车水马龙。为了巴结权要，他们信誓旦旦，表示愿意“摩顶至踵，隳胆抽肠”，要像要离、荆卿那样不惜牺牲身家性命，以此输其“忠诚”。文章把官场丑恶现象暴露得淋漓尽致。“量交”一段，更是嘻笑怒骂，讽刺得入木三分。文章说，势利之徒，结交时总要估量是否对己有利。如果无利，即使才德优异如颜回、冉耕，品格高尚如曾参、史鱼，学识渊博如刘向、董仲舒，文章华美如扬雄、司马相如，也“视若游尘，遇同土埂，莫肯费其半菽，罕有落其一毛”。但是，哪怕只有一点点蝇头小利，则即使是对共工、驩兜那样的人物，也都“匍匐逶迤，折枝舐痔”，为了表示其诚意，按摩不怕折断手肢，痔疮也肯去舔。作者用夸张的语言，对照的手法，刻画了势利之徒的寡廉鲜耻。在文章末尾，刘峻明白表达了写作的主旨：任昉死后，儿子西华等生活无着，流离失所，而任昉生前友好，却不加照顾，他才激于义愤，写成此文。作者先生动形象地描绘了任昉的好贤爱客，对人才的赏爱奖掖，以及当时士人对他仰慕趋附的热烈和受到奖掖时感恩戴德的心情：

> 类田文之爱客，同郑庄之好贤。见一善则盱横扼腕，遇一才则扬眉抵掌。雌黄出其唇吻，朱紫由其月旦。于是冠盖辐凑，衣裳云合，辎軿击轊，坐客恒满。蹈其阃阈，若升阙里之堂，入其隩隅，谓登龙门之阪。至于顾盼增其倍价，剪拂使其长鸣，彯组云台者摩肩，趋走丹墀者叠迹。莫不缔恩狎，结绸缪，想惠、庄之清尘，庶羊、左之徽烈。

但是任昉一死，“繐帐犹悬，门罕渍酒之彦，坟未宿草，野绝动轮之宾”，立刻门庭冷落，宾客绝迹；其子流落新安，生活艰难，而任昉昔日的金兰契友，却无同情顾念之情。最后作者强烈慨叹世路的险恶，甚于太行孟门，并说明“耿介之士”为何决然弃去。作者像一位高明的画家，为我们描绘了一幅封建社会的炎凉世态图。据说曾受到过任昉奖拔的到溉看到此文后，恨了刘峻终身。

丘迟的《与陈伯之书》将剖析事理和抒情写景紧密结合，是骈文中较杰出的作品。

丘迟（464—508），字希范，吴兴乌程（今浙江吴兴）人。齐时任殿中郎，梁时官至中书郎，迁司空（一作司徒）从事中郎，是齐、梁间著名文士。长于骈文，诗歌善于摹写山水，辞采丽逸。钟嵘《诗品》称赞他的诗说："点缀映媚，如落花依草。"今传《丘司空集》一卷。陈伯之，睢陵（今江苏睢宁）人，齐末为江州刺史，曾抗击过梁武帝萧衍，后降梁，仍为江州刺史，封丰城县公。后来，陈率部叛投北魏，为平南将军。梁天监四年（505），临川王萧宏领兵北征，陈伯之率兵相拒，宏命记室丘迟作书劝降。在这封信里，作者首先指出陈伯之在梁在魏的遭际悬殊，渲染他往日的才志和事功，指责他今日"闻鸣镝而股战，对穹庐以屈膝"的行径，义正辞严地晓以民族大义，并推寻其所以弃梁投魏，是由于"不能内审诸己，外受流言，沈迷猖蹶，以至于此"。这里既有责备之意，又示以降魏不足深责，为下文说降开辟途径。随即申明"主上屈法申恩，吞舟是漏"，梁朝宽大为怀，不咎既往，从正面勉励他归梁，并告诉他"松柏不剪，亲戚安居，高台未倾，爱妾尚在"，以陈伯之的祖坟、房屋、家属无恙动其情。接着指出去就不同，前途自异。归梁则功名显赫，留魏则危机四伏，如"鱼游于沸鼎之中，燕巢于飞幕之上"，对比鲜明，利害显然，提醒对方不能不作趋利避害的抉择。跟着就写道：

> 暮春三月，江南草长，杂花生树，群莺乱飞。见故国之旗鼓，感生平于畴日，抚弦登陴，岂不怆恨！所以廉公之思赵将，吴子之泣西河，人之情也，将军独无情哉！

“暮春三月”四句，描绘了江南如画的景色，目的是唤起陈对故乡的回忆，并和阵前故国的军容结合起来，勾起陈对故国的归情，然后再举古代的名将作为范例，说当年廉颇被逐，年老尚思报国，吴起被谗，因西河将为秦吞并而涕泣，他们都表现了对故国的深情，难道你独无情吗？促使陈作出返归故国的决心和行动。整篇文章措辞委婉，用事精当，喻以形势，动以感情，都能切中要害，具有说服和感染的力量。后来陈伯之又率众回归梁朝，虽然有其实际的利害因素，决不会只是一封书信的力量，但这篇文章应是起了一定的推动作用的。

这时许多文人书简，以清新峻峭的笔触，描绘山水胜景，是骈文中的精妙小品。陶弘景的《答谢中书书》，以精约的文字，给人以丰富的形象感受。下面这段文字是陶弘景原信的一部分：

> 山川之美，古来共谈。高峰入云，清流见底。两岸石壁，五色交辉。青林翠竹，四时俱备。晓雾将歇，猿鸟乱鸣；夕日欲颓，沉鳞竞跃。实是欲界之仙都，自康乐以来，未复有能与其奇者。

陶弘景（456—536），字通明，丹阳秣陵（今江苏南京）人。年轻时读书万余卷，以一事不知为深耻。善琴棋，工草隶。还不到二十岁，就为刘宋诸王侍读。梁时隐居句曲山（又称茅山），自称“华阳陶隐居”，朝廷屡次征聘，不肯出山。梁武帝遇有大事，派人去山中和他商议，时人称为“山中宰相”。今传《陶隐居集》辑本一卷。他的诗文，在山川景物的描绘上有一定的成就。

谢中书，即谢徵（或作微），字元度，陈郡阳夏（河南太康）人，好学能文，曾作安成王萧秀的中书鸿胪，所以称他为谢中书。陶弘景在这封信中，选择特征性的景物描写了江南山水之美。他以高耸的山峰、清澈的河流、绚丽的山花、常青的竹木，突出景色秀丽。又用晓雾，夕日，猿鸟乱鸣，沉鳞竞跃，写早晚景物。有静态，也有动态。文笔清丽自然，毫无堆砌雕琢之弊病。《南史·陶弘景传》说他“性爱山水，每经涧谷，必坐卧其间，吟咏盘桓，不能已已”，这段话可以作为陶弘景所以能写出精妙的山水小品的注脚。

吴均的《与宋（一作朱）元思书》生动地描写了浙江富阳、桐庐一带即有名的富春江上的景色：

> 风烟俱净，天山共色。从流飘荡，任意东西。自富阳至桐庐，一百许里，奇山异水，天下独绝。水皆缥碧，千丈见底，游鱼细石，直视无碍。急湍甚箭，猛浪若奔。夹岸高山，皆生寒树，负势竞上，互相轩邈，争高直指，千百成峰。泉水激石，泠泠作响，好鸟相鸣，嘤嘤成韵。蝉则千转不穷，猿则百叫无绝。鸢飞戾天者，望峰息心，经纶世务者，窥谷忘反。横柯上蔽，在昼犹昏，疏条交映，有时见日。

文章先总说富阳到桐庐沿途的山水之美：奇山异水，天下独绝。接着分写富春江江水之美和富春江两岸的高山、流泉和草木鸟兽，以及这些景物之吸引人。和陶弘景的《答谢中书书》比较，不仅内容相同，结构也相似，但是陶文风格素淡隽永，有隐逸者所独具的艺术特色，吴文则描绘精细，给人以更丰富的具体形象感受。吴均还有《与顾章书》和《与施从事书》，语言清新，意境高远，都是有名的小品文。篇幅不长，录之如下：

> 仆去月谢病，还觅薜萝。梅溪之西，有石门山者，森壁争霞，孤峰限日，幽岫含云，深溪蓄翠。蝉吟鹤唳，水响猿啼，英英相杂，绵绵成韵。既素重幽居，遂葺宇其上。幸富菊花，偏饶竹实。山谷所资，于斯已办。仁智所乐，岂徒语哉！
>
> ——《与顾章书》
>
> 故障县东三十五里有青山，绝壁干天，孤峰入汉。绿嶂百里，青川万转。归飞之鸟，千翼竞来，企水之猿，百臂相接。秋露为霜，春萝被径。风雨如晦，鸡鸣不已。信足荡累颐物，悟衷散赏。
>
> ——《与施从事书》

这些作品虽都是骈体，但是着重白描，不用典故，字句清新，精于铸炼，描绘山水，形象鲜明，表现了相当高的艺术性。

南朝末期的徐陵，文名极大。《南史·徐陵传》说：“国家有大手笔，必命陵草之……每一文出，好事者已传写成诵，遂传于周、齐，家有其本。”徐陵的骈文，写作技巧圆熟高妙，他的《玉台新咏序》被认为“徐集压卷”。现从四个方面说明序文在艺术上的成就。首先是辞藻华美，音调铿锵。如写丽人所居宫室和环境的华美是“周王璧台之上，汉帝金屋之中，玉树以珊瑚作枝，珠帘以玳瑁为押”。写丽人之才是“妙解文章，尤工诗赋。琉璃砚匣，终日随身，翡翠笔床，无时离手。清文满箧，非惟芍药之花，新制连篇，宁止蒲萄之树”。对序文辞藻之美，古人有过生动的描绘。许梿《六朝文絜》说：“是篇尤为声偶兼到之作，炼格炼词，绮绾绣错，几于赤城千里霞矣。”孙梅《四六丛话》的评语是：“佳言玉屑，其烂漫也若蛟蜃之嘘云，其鲜新也如兰苕之集翠。”许梿、孙梅的评语，都是就文辞华美说的。又全文偶句，一句之内，平仄相间，一联之内，平仄相对，声律和谐，音调铿锵，从所举例句可见一斑。其次，摹景状物，倩丽传神。如刻画丽人动人的状貌：“南都石黛，最发双蛾，北地燕脂，偏开两靥。”读来确有“黛痕欲滴，脂晕微烘”（许梿《六朝文絜》）之感。一个“最发”，一个“偏开”，启人想像眉妆靥饰的无限风神。又如“惊鸾冶袖，飞燕长裾”，勾勒了丽人的美妙风姿，意境上也给人以飘逸飞动、婀娜多姿的突出感受。再次，句式严整多变，整齐中有自然流动之态。全篇基本用四字句和六字句组成，散句几乎绝迹，又多为四六句间隔成对。这种结构有严整精工之美，但易流于平板呆滞。但本篇虽以四字句和六字句为主，却参错运用，或四字句自对，或六字句自对，或四字句六字句相间为对，这样，便在整齐划一之中有自然流动之势。而且往往在偶句中嵌进虚词，使板实的句式抑扬振荡。如“其佳丽也如彼，其才情也如此”，两句各嵌一“也”字，不仅语调显得活脱，而且增添了赞叹之意。又如“清文满箧，非惟芍药之花，新制连篇，宁止蒲萄之树”，上下联中分别嵌以“非惟”、“宁止”，大大增加了流转跌宕之感。最后是用典灵活贴切。骈文追求用典，到徐陵、庾信可以说达到了顶峰。典故用得好，可以收言简意丰之效，得含蓄蕴藉之美。反之，则堆砌故事，徒增晦涩。本篇用典相当高明，作者不仅对典故能消化活用，表意贴切，而且构造的对句也精妙动人。如“楚王宫内，无不推其细腰；魏国佳人，俱言讶其纤手”，上联是人们熟知的楚王爱细腰之典，下联则是用《诗经·魏风·葛屦》中诗句“掺掺女手，可以缝裳”（《毛传》：“掺掺，犹纤纤也。”），于无明显典实处拈出典实，并与上联构成铢两悉称的佳对，等等。当然，本篇也有用典生僻之病，有的典故，至今无人知其出处。吴兆宜注引齐召南评《玉台新咏序》：“云中彩凤，天上石麟，即此一序，惊才绝艳，妙绝人寰。《序》言‘倾国倾城，无双无对’，可谓自评其文。”平心而论，这篇序文，体现了徐陵秾丽的风格。在六朝骈文中确属佳作。

徐陵的《在北齐与杨仆射书》却写得很是动人。梁武帝太清二年（548），徐陵出使西魏，不久侯景发动了叛乱，两国邦交断绝，并且发生战争，他就被扣留在北方，直到梁敬帝绍泰元年（555），北齐和梁恢复交往后才又被放回南朝。他在被扣留北齐时曾写信给仆射杨遵彦。信中假定齐人扣留他的理由有八条，他一一加以反驳；然后列举史实，证明扣留客卿的无益，再又抒写自己悲痛和思乡的心情：

> 山梁饮啄，非有意于樊笼。江海飞浮，本无情于钟鼓。况吾等营魄已谢，余息空留。悲默为生，何能致久！……岁月如流，人生何几！晨看旅雁，心赴江淮。昏望牵牛，情驰扬越。朝千悲而下泣，夕万绪以回肠。不自知其为生，不自知其为死也……若一理存焉，犹希矜眷。何故期令吾等必死齐都，足赵

魏之黄尘，加幽并之片骨。遂使东平拱树，长怀向汉之悲。西洛孤坟，恒表思乡之梦！

全文很长，但组织严密完整，说理也很透彻，抒情部分沉痛呼号，凄楚动人。可知即使是骈文，内容也还是极重要的。

南朝以骈文为主，散文值得一提的是范晔的《后汉书》。

范晔（398—445），字蔚宗，南朝宋代顺阳（今河南淅川）人。《宋书》本传说他“少好学，博通经史，善为文章，能隶书，晓音律”，曾任尚书吏部郎。元嘉九年（432），彭城太妃卒，范晔和友人酣饮，并开北窗听挽歌为乐，被降职为宣城太守，后又升任左卫将军，太子詹事，掌管禁旅，参与机要。因密谋拥戴宋武帝子彭城王刘义康为帝，事泄被杀。

范晔被降为宣城太守时，“广集徒众，博览旧籍”。他根据前人撰述的几十种有关后汉历史的著作，削其繁复，取其精华，写成《后汉书》纪传九十卷。范书出后，有关后汉的诸家之书，除袁宏的《后汉纪》、司马彪《续汉书》的八志以及《东观汉记》的一部分以外，都陆续散失。今本《后汉书》共一百二十卷，其中帝纪和列传部分系范晔所著。志的部分因范被杀而没有完成。梁代刘昭取司马彪《续汉书》的八志三十卷，与《后汉书》配合，以补范氏之缺。北宋乾兴元年，孙奭建议把两书合刻在一起，以后遂成一书。清代学者对《后汉书》作过许多补表、补志、补注工作，其中惠栋的《后汉书补注》最详备。王先谦又在这个基础上编写《后汉书集解》，是研究《后汉书》的重要参考书。

《后汉书》是我国史学名著之一，和《史记》、《汉书》、《三国志》合称四史。唐代史学家刘知几说它“简而且周，疏而不漏”，史料价值较高。

《后汉书》中的一部分记传有序和论（序在传前，论在传后），表现作者对后汉历史人物和历史事件的评价，辞采可观，议论纵横，是我国古代史论中杰出的篇章，具有较高的文学价值，范晔自己对其评价也很高，他在《狱中与诸甥侄书》中说：

> 详观古今著述及评论，殆少可意者。……吾杂传论，皆有精意深旨，既有裁味，故约其词句。至于《循吏》以下及《六夷》诸序论，笔势纵放，实天下之奇作。其中合者，往往不减《过秦》篇。尝比方班氏所作，非但不愧之而已。

《宋书·范晔传》在这封信后加按语道：“晔自序并实，故存之。”可见沈约也同意范晔的自我评价。《昭明文选》史论一类，专门选录史书中的序、赞和论共九篇，其中范晔之作最多，竟占四篇。可见《后汉书》序论具有较高的文学价值，不是范晔一个人的自诩，而是南朝文学批评家的公论。

《后汉书》的一部分序论，具有比较深广的内容，使人感到充实，有见地。范晔自己特别重视的循吏、酷吏、宦者、独行、方术、逸民、列女、东夷、南蛮、西南夷、西羌、西域、南匈奴、乌桓鲜卑等列传，题材都比较广泛。他在论述时往往目光四瞩、穷原竟委，详述东汉一代（有时甚至上溯至先秦），某一方面史事的沿革得失，使这些序论带有专门的政治史、文化史、民族史等概论性质。这些篇章论述史事，不但内容条贯，上下数百年间史事，使人了如指掌，而且往往提出精辟的见解。如《宦者传序》推究宦官所以获得君主依赖的因由道：

> 至于衅起宦夫，其略犹或可言。何者？刑余之丑，理谢全生，声荣无晖于门阀，肌肤莫传于来体，推情未鉴其敝，即事易以取信，加渐染朝事，颇识典物，故少主凭谨旧之庸，女君资出内之命，顾盼无猜惮之心，恩狎有可悦之色。亦有忠厚平端，怀术纠邪；或敏才给对，饰巧乱实；或借誉贞良，先时荐誉。非直苟恣凶德，止于暴横而已，然贞邪并行，情貌相越，故能回惑昏幼，迷瞀视听，盖亦有其理焉。

指出宦官由于身份、生理上的特点所形成的客观条件，容易取得统治者特别是少主、女君的信任，加上他们主观上的狡诈善变，就更容易迷瞀视听，分析得很细致深刻。《后汉书》中一部分个人列传的论，也写得颇为精彩，如《隗嚣传论》能不囿于“成败论人”的成见，《郑兴贾逵传论》批评东汉君主迷信谶纬，《张衡传论》推崇张衡精于技艺，都表现出作者卓越的见识。

范晔的祖父范宁，是西晋著名的经学家，父亲范泰，也崇儒学，范晔受到他们的影响，又鉴于曹魏以来老庄流行，士风堕落，为了有助于“正天下之风”，他在《后汉书》列传及序论中推崇儒学，表彰忠义节行，赞美志士仁人的杀身成仁。他对在反宦官斗争中的官僚士大夫的代表人物李固的以身殉国，陈蕃等人的不甘隐遁而终遭杀身之祸，都作了很高的评价；他赞美任性而行、甘于贫贱而轻富贵的逸民，对为了个人名位、苟全取容的胡广、马融等人则加以批评讽刺。东汉后期外戚和宦官长期斗争，是统治阶级内部争权夺利的斗争。但就当时来说，宦官集团长期的黑暗统治已成为社会矛盾激化的焦点，一部分官僚士大夫敢于揭露他们，反对他们，有一定的正义性。而李膺、李固、陈蕃等人顽强不屈的斗争精神，是值得人们尊敬的，范晔对他们给予热情洋溢的赞美，也是应该肯定的。当然，范晔的提倡名节，显然是儒家“春秋大义”观念，束缚于效忠一家一姓的正统思想的框子里，这是阶级局限性的表现。

《后汉书》大部分序论，不仅是内容充实、见识颇高的历史著作，而且是优美的散文。它常采用夹叙夹议的写法，叙述史事简练而又生动，倾向性鲜明。如《宦者传序》：

> 其后孙程定立顺之功，曹腾参建桓之策，续以五侯合谋，梁冀受钺，迹因公正，恩固主心。故中外服从，上下屏气，或称伊、霍之勋，无谢于往载，或谓良平之画，复兴于当今。虽时有忠公，而竟见排斥。举动回山海，呼吸变霜露。阿旨曲求，则光宠三族；直情忤意，则参夷五宗。汉之纲纪大乱矣。若夫高冠长剑，行朱怀金者，布满宫闱；苴茅分虎，南面臣人者，盖以十数。府署第馆，棋列于都鄙；子弟支附，过半于州国。南金、和宝、冰纨、雾縠之积，盈牣珍藏；嫱媛、侍儿、歌童、舞女之玩，充备绮室。狗马饰雕文，土木被缇绣。皆剥割萌黎，竞恣奢欲。构害明贤，专树党类。其有更相援引，希附权强者，皆腐身熏子，以自炫达。同敝相济，故其徒有繁，败国蠹政之事，不可殚书。

这段文章对东汉后期宦官掌握中央大权、气焰嚣张，不可一世的情况，描摹得淋漓尽致，对他们植党营私、残害忠良、穷奢极欲、剥削人民的憎恨之情，也表现得非常鲜明。

《后汉书》序论在对人物事件进行评述褒贬时，往往感情充沛，反复咏叹，跌宕多姿。如《耿恭传论》：

余初读《苏武传》，感其茹毛穷海，不为大汉羞。后览耿恭疏勒之事，喟然不觉涕之无从。嗟哉，义重于生，以至是乎！昔曹子抗质于柯盟，相如申威于河表，盖以决一旦之负，异乎百死之地也。以为二汉当疏高爵，宥十世。而苏君恩不及嗣，恭亦终填牢户。追诵龙蛇之章，以为叹息。

一唱三叹，对历史人物的同情表现得非常强烈，风格跟《史记》中的《孔子世家》、《魏公子列传》、《屈原贾生列传》等篇章的论赞非常接近。

《后汉书》序论的语言特色是骈散相兼，文气疏朗，音节和谐，铿锵可诵。它基本使用骈体，不论叙事议论，大量驱遣俪词偶句，华美而雅洁，但通篇常常奇偶相生，奇句错落其间，有助咏叹，增加了文章疏朗之美。范晔“性别宫商，识清浊”，能比较自觉地注意语言的音节。那时虽“四声说”尚未形成，范晔对字的四声平仄的运用还没有区别得很严格，但许多篇章都注意到字音的抑扬轻重，搭配得很好，因此念起来感到富于音韵之美。过去有人说《后汉书》序论多俪词偶句，文采绚烂，是吸取了《过秦论》的长处；抑扬咏叹，跌宕多姿，是发挥了《史记》的特色；叙事简洁，文字雅净，是接受了《汉书》的影响。这是很有见地的。

《后汉书》的人物传记同它的序论比较，尽管没有显著的创造性和独特风格，但也不乏佳作。如《光武帝纪》中昆阳之战一节，就写得有声有色，十分精彩。作者把战争双方军事力量的强弱，王莽军主将王寻、王邑的昏愚和刘秀的善谋，刘秀军诸将的畏惧和短见，刘秀的勇敢和卓识，刘秀军诸将之先怯后勇，以及王莽军的出师之盛和失败之惨，作了充分的对比。通过对比，既把战争中复杂的情况交代得清清楚楚，又把刘秀刻画得栩栩如生。现录描写莽军之盛及其失败之惨的两段文字如下，以见一斑：

(王邑曰)："今将百万之众，遇城而不能下，何谓邪?"遂围之数十重，列营百数，云车十余丈，瞰临城中，旗帜蔽野，埃尘连天，钲鼓之声闻数百里。或为地道，冲輣橦城，积弩乱发，矢下如雨。城中负户而汲。王凤等乞降，不许。寻、邑自以为功在漏刻，意气甚逸。

……

光武乃与敢死者三千人，从城西水上冲其中坚，寻、邑阵乱，乘锐崩之，遂杀王寻。城中亦鼓噪而出，中外合势，震呼动天地，莽兵大溃，走者相腾践，奔殪者百余里间。会大雷风，屋瓦皆飞，雨下如注，滍川盛溢，虎豹皆股战，士卒争赴，溺死者以万数，水为不流。王邑、严尤、陈茂轻骑乘死人度水逃去。尽获其军实、辎重、车甲、珍宝，不可胜算，举之连月不尽，或燔烧其余。

其他如邓禹、窦融、马援、班超、郭泰诸列传也都写得比较成功。如《班超传》，现录部分如下：

超到鄯善，鄯善王广奉超礼敬甚备，后忽疏懈。超谓其官属曰："宁觉广礼意薄乎？此必有北虏使来，狐疑未知所从故也。明者睹未萌，况已著邪?”乃召侍胡诈之曰:“匈奴使来数日，今安在乎?”侍胡惶恐，具服其状。超乃闭侍胡，悉会其吏士三十六人，与共饮。酒酣，固激怒之，曰:“卿曹与我俱在绝域，欲立大功以求富贵，今虏使到裁数日，而王广礼敬即废，如令鄯善收吾属送匈奴，骸骨更为豺狼食矣!为之奈何?”官属皆曰:“今在危亡之地，死生从司马。”超曰:“不入虎穴，不得虎子。当今之计，独有因夜以火攻虏使，彼不知我多少，必大震怖，可殄尽也。灭此虏，则鄯善破胆，功成事立矣。”……初夜，遂将吏士往奔虏营。会天大风，超令十人持鼓藏虏舍后，约曰:“见火然，皆当鸣鼓大呼。”余人悉持兵弩，夹门而伏。超乃顺风纵火，前后鼓噪。虏众惊乱，超手格杀三人，吏兵斩其使及从士三十余级，余众百许人悉烧死。……超于是召鄯善王广，以虏使首示之，一国震怖。超晓告抚慰，遂纳子为质。

班超的机警和果敢，善于团结内部，以及布置进攻等，写得极有生气。“不入虎穴，不得虎子”，后来成为常用的比喻不冒险不能成大功的成语。

范晔提出文章“以意为主，以文传意”，“文患其事尽于形，情急于藻，义牵其旨，韵移其意”，反对形式主义，是当时进步的文学理论。《后汉书》在不同程度上体现了这一理论实践。因此《后汉书》这部历史著述对文学发展史的积极影响是应予肯定的。

（二）北朝的骈文和散文

北朝作家主要有被称为“三才”的温子升、邢邵和魏收。他们的著作，除魏收《魏书》之外，存者不多，且多模仿南朝文风。《北史·温子升传》载济阴王晖业尝称温子升文足以“陵颜轹谢，含任吐沈”，这说明他的文章多模仿颜延之、谢灵运、任昉和沈约。如深得庾信赞赏的《寒陵山寺碑》：

> 既考滋沃壤，建此精庐，砥石砺金，莹珠琢玉，经始等于佛功，制作同于造化。息心是归，净行攸处，神异毕臻，灵仙总萃。鸣玉鸾以来游，带霓裳而至止。翔凤纷以相噣，飞龙蜿而俱跃。虽复高天销于猛炭，大地沦于积水，固以传之不朽，终亦记此无忘。

对仗工整，辞藻华丽，与南朝骈文相差无几。

庾信是北朝最杰出的骈文大家，但其大量作品是表启碑铭之类与北周贵族的应酬之作，形式精美，但价值不大。比较有意义的还是那些寄寓故国之思的作品，《哀江南赋序》、《思旧铭》和《拟连珠》是其代表作。

《思旧铭》为伤悼梁朝观宁侯萧永而作。萧永是梁王朝的宗室，江陵沦陷之后，和庾信、王褒等同被羁留北方。萧永亡后，庾信写了《思旧铭》，在对朋友的伤悼中寄托了他的故国之思和身世之痛。铭前的序文，一开始就倾注了自己羁留北方的沉痛的心情：

> 人之戚也，既非金石所移；士之悲也，宁有春秋之异？高台已倾，稷下有闻琴之泣；壮士一去，燕南有击筑之悲。项羽之晨起帐中，李陵之徘徊歧路，韩王孙之质赵，楚公子之留秦，无假穷秋，于时悲矣！

忧郁悲痛，一年四季，春夏秋冬，始终沉重地压在他的心头，是永远抹不去、移不掉的。他一口气连续举出历史上的悲剧性人物自况，慷慨悲凉，缠绵凄恻，激起读者无限的同情。接下去写道：

> 河倾酸枣，杞梓与樗栎俱流，海浅蓬莱，鱼鳖与蛟龙共尽。焚香复道，讵敛游魂。载酒属车，宁消愁气。芝兰萧艾之秋，形殊而共瘁；羽毛鳞介之怨，声异而俱哀。所谓天乎，乃是苍苍之气；所谓地乎，其实抟抟之土。怨之徒也，何能感焉？

用一系列形象的比喻概括了在国家大动乱中愚贤贵贱同归于尽的情景。作者悲痛欲绝地呼喊道：哪里有天？所谓天，不过是轻清的气体。哪里有地？所谓地，不过是团团的土块。怨天怨地，那不过是白费力气，要知天地是麻木不仁的啊！呼天抢地，声泪俱下。最后，作者用“嵇叔夜之山庭，尚多杨柳；王子猷之旧径，惟余竹林”这样富于深情的句子，沉痛地表达了他的悼念之情，然后回顾了他和萧永两次不同境地的情谊：

> 昔尝欢宴，风月留连，追忆平生，宛然心目。及乎垂翅秦川，关河羁旅，降乎悲谷之景，实有忧生之情。美酒酌焉，犹忆建业之水，鸣琴在操，终思华亭之鹤。重为此别，呜呼哀哉！

着重叙述了在羁旅中共同怀念故国的情景。可是，两人终于在这样的境况下永别了，这是多么沉痛的事啊！

他的《拟连珠》四十四首，主要写梁朝从建国至灭亡的许多事理以及自己的身世之感，内容丰富，哀痛感人。现录数首如下：

盖闻蚁穴冲泉，未知远虑；元禽巢幕，何能久支。是以大厦既焚，不可洒之以泪；长河一决，不可障之以手。

盖闻谋猷是习，权变须长，时增齐灶，或卧燕墙。是以井陉之兵，如鸿毛之遇火；长平之卒，若秋草之中霜。

盖闻死别长城，生离函谷，辽东寡妇之悲，代郡孀妻之哭。是以流恸所感，还崩杞梁之城；洒泪所沾，终变湘陵之竹。

盖闻十室之邑，忠信在焉，五步之内，芬芳可录。是以日南枯蚌，犹含明月之珠；龙门死树，尚抱《咸池》之曲。

盖闻三关顿足，长城垂翅，既羁既旅，非才非智。是以乌江舣楫，则无路可归；白雁抱书，定无家可寄。

上引第一首追究梁王朝不能防微知著，但事苟安，一旦大难发作，就非微力所能挽救。第二首颂扬王僧辩等长于谋略，终于平定侯景之乱。第三首描写江陵陷落后臣民被迫迁徙的生离死别之痛。第四首表明自己虽身在北朝，而心存南国，好像蚌枯而明珠在，树死而乐曲存，此心永远向着故国。第五首则说自己羁旅长安，已“无路可归”，无限悲凉。

庾信国破家亡以后，故国之痛，流离之苦，时时萦回心头，发为文章，字字血泪，篇篇凄惋感人。所以倪璠在《庾子山集题辞》中说：“《哀江南赋序》称‘不无危苦之辞，惟以悲哀为主’，予谓子山入关而后，其文篇篇有哀，凄怨之流，不独此赋而已。”

谈北朝骈文，不能不提王褒的《与周弘让书》这一文情并茂的好文章。554 年，西魏攻陷江陵，王褒被俘送往长安。557 年，政局剧变，南方陈朝代梁，北方北齐代西魏，两国通好，南北流寓之士并许其还国。陈朝请庾信、王褒等数十人，但北周武帝爱庾信、王褒文才而不遣，只放还王克、殷不害等。王褒无限惆怅，写成此书托来使捎给友人周弘让。文章表达了作者滞留北地的凄苦和对故国的深情。

“嗣宗穷途，杨朱歧路。征蓬长逝，流水不归。”文章一开头就用阮籍和杨朱作比，说明自己身处北地，如同阮籍处于穷途，杨朱立于歧路。然而阮籍处穷途，恸而能返；杨朱立歧路，泣而能归，自己却如蓬草飞逝，河水东流，永远不能回归故国了。

接着，借北地凄凉的景色渲染，有力地烘托了他对江南的思念和望归不得的惆怅之后，着重把自己的生活处境和周弘让作了对比。周弘让是“犹依杜陵之水，尚保池阳之田，铲迹幽谿，销声穷谷，何其愉乐”。故友晚年能遂其心志，在故国的怀抱之中，与山水为伴，过着隐士生活，何其幸运！而自己呢？尽管也曾有过求仙访道的夙愿，有过常与友好共游五岳名山的情思，也曾炼丹服药，以求延年益寿……然而，一切尽成梦幻。如今是“容发衰谢”，“零落无时”，像赵盾那样来日无多，又像刘琨那样哀愤丛集。紧接着作者又写道：“河阳北临，空思巩县；霸陵南望，还见长安。所冀书生之魂，来依旧壤；射声之鬼，无恨他乡。”意谓遥望南天，故都就在眼前，朝朝暮暮，相思相望，而生还之望难期。我现在唯一的希望是，死后孤魂能归故土。许梿在《六朝文絜》中对这一段话的评语是：“数语酸凄入骨，情何以堪。”

之所以如此酸凄，正表现了作者对故国眷恋的执著。再看全文的结束语：

> 白云在天，长离别矣！会见之期，邈无日矣！援笔揽纸，龙钟横集。

声声泪，字字血。难怪当年周弘让接此书后“声泪俱咽”，立即写了《复王少保书》，痛呼“子渊子渊，长为别矣”。千载而下，读者至此，也将为之一掬同情之泪。

本文在艺术性方面也是可圈可点的。一是文章一开始就直奔有国不能归的主题，引用阮籍穷途和杨朱歧路的典故以凄苦的气氛笼罩全篇，起了强烈的震撼作用。全文以不归起，不归结，首尾呼应，浑然一体。二是对比方法的运用。最突出的是中间一大段以周弘让的遂其心志和自己的事与愿违相比，以自己往日的情愫和当前的境况相比，凸显自己乡关之思的迫切，感染力极强。三是用典精妙贴切，多姿多彩。本文通篇几乎句句用典，既加强了文章表现力，丰富了文章内容，更显得文意曲折，深沉动人。用典有明用，有暗用，有正用，有反用，多姿多彩。如“射声之鬼，无恨他乡”，就是反用班超的典故。这里的“射声”指代班超。据《后汉书》载，班迢出使西域三十一年，久在绝域，年老思乡，因上书乞归。帝感其言，召回，拜为射声校尉，后病死。可知班超没有客死他乡，这是反其意而用之。四是句式整齐，对偶工整，音调铿锵。另外结尾纯用白描手法直抒胸臆也相当成功。

北朝的散文比南朝发达，产生了《水经注》、《洛阳伽蓝记》、《颜氏家训》这三部著名的散文著作。但这些著作受骈文影响，风格和汉魏散文不同，匀整的句法、清丽的辞藻随处可见。

郦道元的《水经注》是我国古代一部杰出的地理典籍，其中许多篇章也是优秀的游记体散文。

郦道元（？— 527），字善长，范阳涿（今河北怀来）人。北魏文帝太和（477 — 499）中，郦道元曾由尚书主客郎累迁荆州刺史。《北史·郦范传附本传》说："道元行事三年，为政严酷，吏人畏之，奸盗逃于他境。"他为官清刻严峻，不避权贵，因而被谮免官。以后又被起用为河南尹、安南将军、御史中丞等。雍州刺史萧宝夤谋乱，他被派为关右大使，前去说服萧宝夤，路经阴盘驿亭（今陕西省临潼），被萧派来的郭子帙包围，"瞋目，叱贼厉声以死"。他的弟弟及两个儿子同时遇害。郦道元是北朝著名的学者，生平著述流传下来的只有《水经注》四十卷。

关于《水经》的作者，《唐书·艺文志》载："（西汉）桑钦《水经》三卷，一作郭璞撰。"清代《四库全书总目提要》考订说："《水经》作者，《唐书》题曰桑钦，然班固尝引钦说，与此经文异。道元注亦引钦所作《地理志》，不曰《水经》。观其涪水条中，称广汉已为广魏，则决非汉时。钟水条中，称晋宁仍为魏宁，则未及晋代。推寻文句，大抵三国时人。"

《水经》是我国古代一部有价值的地理书。但是过于简略，因此郦道元立志为它作注。

为了注《水经》，郦道元"历览奇书"，读了许多古代的地理书籍，如《山海经》、《禹贡》、《周礼·职方》、《汉书·地理志》，以及描述名都的辞赋。他还摘录了不少汉魏时期的碑刻。这些碑刻现在大都已经失传，幸赖《水经注》才得以保存下来一部分。《水经注》中所引用的古代著作有四十七种之多。① 郦道元少年时代曾经随父亲郦范宦游山东，经常访求名胜古迹。以后历任冀州、河南等地方的官吏，由于职务的关系，足迹遍于今山东、河北、山西、河南、陕西、内蒙古、江苏、安徽、湖北等地，这就为他实地考察祖国各地特别是北部中国的情况，提供了方便。为了注《水经》，他跋山涉水，追溯源流，寻访古迹。例如他游渭水兹泉时，访问过姜太公的居室和垂钓的地方；在鲍丘水条下，记载了刘靖开渠引水工程；在易水条下，记载了燕下都的地址；在谷水条下，记载了东汉太学的旧址；等等。因此，在《水经注》里有许多生动具体、绘形绘色的描写和一些十分难得的第一手资料。在这样的基础上，他以《水经》为底本，用作注的形式，写成了《水经注》这部独具风格的地理巨著。

《水经》原著只是极概略地叙述了我国古代一百三十七条河道的源流及其所经过的郡县都会的名称。郦道元则以《水经》为纲，更将各水道的支流极详尽地注出，增加了一千二百五十二条。他因水记山，因地记事，指明了每条水的源流方向，经过的地域，随而说明古今地名的沿革，还把一切与山川地理有关的风土人情、历史古迹及神话传说一一随处详加记载，使易于令人感到枯燥的地理记载，具有了生动丰富的历史意义及故事趣味。他的著述态度非常谨严，对《水经》中的谬误时有纠正，对一些不可信的传说，也常能加以驳诘并提出合理的解释。例如，他指出黄河在陕县一带水常“涌起数十丈”的原因是“虢山崩，壅河所致”，不相信是秦始皇

① 陈桥驿：《水经注文献录序》，《新华月报》1987 年第 1 期。

所铸金人沉入水中的说法，认为“鸿河巨渎，故不应为细所梗”。他不但有实事求是的治学态度，而且非常注意水道与民生的关系。在注文中对水利灌溉带来的好处和河流泛滥所造成的灾难都有详细的记载。他对西门豹、李冰等兴修水利的人物作了热烈的歌颂，对统治阶级的丑恶行为则加以尖锐的谴责。

郦道元的写作态度谨严，所以尽管这部书写到的范围很广，牵涉的问题很多，但一般说，记载是比较可信的。但是郦道元生长在南北朝分裂时期的北魏，不可能对他所写到的地方一一进行实地勘查，他引用的书籍，也不可能都确实可靠，因此在记述中难免产生一些错误，如清《四库全书总目提要》指出的，“至塞外群流，江南诸派，道元足迹皆所未经，故于滦河之正源，三藏水之次序，白檀、要阳之建置，俱不免附会乖错，甚至以浙江妄合姚江，尤为传闻失实”，但总的说来，仍属瑕不掩瑜。

《水经注》在文学上具有较高的价值，主要是由于作者精美的文字，描写了雄奇秀媚的山川。例如《河水注》中写黄河孟门津的雄伟奇险：

> 此石经始禹凿，河中漱广，夹岸崇深，倾崖返捍，巨石临危，若坠复倚。古之人有言：“水非石凿，而能入石”。信哉！其中水流交冲，素气云浮，往来遥观者，常若雾露沾人，窥深悸魄。其水尚崩浪万寻，悬流千丈，浑洪赑怒，鼓若山腾，浚波颓迭，迄于下口。方知慎子下龙门，流浮竹，非驷马之追也。

在简短的篇幅中，用夸张的语言，先写奇险的悬崖峭壁，再写河水冲击山石的巨大声势，经过山石阻挡，河水依然“崩浪万寻，悬流千丈，浑洪赑怒，鼓若山腾”，流速即使竹箭驷马也不能追，奇特雄伟，惊心动魄。又如对于砥柱的描写：

砥柱，山名也。昔禹治洪水，山陵当水者凿之，故破山以通河。河水分流，包山而过，山见水中若柱然，放曰砥柱也。三穿既决，水流疏分，指状表目，亦谓之三门矣。……自砥柱以下，五户以上，其间百二十里，河中竦石桀出，势连襄陆，盖亦禹凿以通河，疑此“阏流”也。其山虽辟，尚梗湍流，激石云洄，环波怒溢，合有一十九滩；水流迅急，势同三峡，破害舟船，自古所患。

这里所写的是黄河三门峡的景况。就在这简短的描绘中，我们宛如面临惊险的山河实境。

长江源远流长，水深浪阔，沿途虽多急流险滩，但两岸景色优美。且看作者在《江水注》中的描绘：

江水历峡，东径新崩滩。此山汉和帝永元十二年崩，晋太元二年又崩。当崩之日，水逆流百余里，涌起数十丈。今滩上有石，或圆如箪，或方似屋，若此者甚众，皆崩崖所陨，致怒湍流，故谓之新崩滩。其颓岩所余，比之诸岭，尚为竦桀。其下十余里，有大巫山，非惟三峡所无，乃当抗峰岷峨，偕岭衡嶷。其翼附群山，并概青云，更就霄汉辨其优劣耳。……又帝女居焉。宋王所谓“天帝之季女，名曰瑶姬，未行而亡，封于巫山之阳，精魂为草，实为灵芝”。所谓“巫山之女，高唐之阻，旦为行云，暮为行雨，朝朝暮暮，阳台之下”。旦早视之，果如其言，故立为庙，号朝云焉。其间首尾百六十里，谓之巫峡，盖因山为名也。

读这段文字，仿佛天崩地裂之声震响耳畔，大巫山的雄姿宛在眼前。美丽的神话故事，更使人遐想。接着，作者又生动地描绘了长江三峡（主要是巫峡）的山势和景色：

自三峡七百里中，两岸连山，略无阙处。重岩迭嶂，隐天蔽日，自非停午夜分，不见曦月。

至于夏水襄陵，沿溯阻绝。或王命急宣，有时朝发白帝，暮到江陵，其间千二百里，虽乘奔御风不以疾也。春冬之时，则素湍绿潭，回清倒影。绝巘多生怪柏，悬泉瀑布，飞漱其间，清荣峻茂，良多趣味。每至晴初霜旦，林寒涧肃，常有高猿长啸，属引凄异，空谷传响，哀转久绝。故渔者歌曰：“巴东三峡巫峡长，猿鸣三声泪沾裳。”

开头一层先写山势总的面貌，以绵亘高峻突出了整个三峡的雄伟气象。接下去不仅细致地描写了江貌，而且生动地描写了两岸的景物。在笔端饱蘸激情，写了江水奔腾、雪浪排空的夏日景色以后，掉转笔锋，描写三峡七百里山中的冬春景色：流动着的白色浪花，激起道道涟漪，宁静的绿色潭水，倒映着迷人山色。古柏盘根错节，立足山岩，泉水冲击山石，泠泠作响，瀑布倒挂，溅起串串玉珠。色彩鲜明，动静相照，确是“良多趣味”。秋天则是另有一番“林寒涧肃”的景象。作者仅仅用一百五十多个字，写出了三峡在不同季节的各种景色和雄峻的面貌，使人读后，宛如身临其境。全段用词贴切，语言精练，富有传神的力量，是《水经注》中写得特别优美的章节之一。

郦道元不但善于描写雄伟的长江大河，也能刻划一些小的河流或湖泊的幽静、妩媚的景色。例如《滱水注》中写阳城渚：

渚水潴涨，方广数里。匪特蒲笱是丰，实亦偏饶菱藕。至若娈婉丱童及弱年崽子，或单舟采菱，或迭舸折芰，长歌阳春，爱深绿水。掇拾者不言疲，谣咏者自流响，于时行旅过瞩，亦有慰于羁望矣。

这段描写，情调上与《河水注》、《江水注》完全不同。能以不同风格的语言，表达出不同性格的山水，这是《水经注》在山水文学中的特点。

此外，书中还记述了一些小故事。例如《河水注》中记汉武帝掠取大宛马的故事："胡马感北风之思，遂顿羁绝绊，骧首而驰，晨发京城，食至敦煌北塞外，鸣而去。"最后又说："今晋昌郡南及广武马蹄谷，盘石上马迹若践泥中，有自然之形，故其俗号曰天马径。"短短几句话，就把那匹良马的形象突出地刻画出来。这种地描述，显然受了民间传说的影响。

《水经注》对于后代文学创作的影响也是深广的，李白、柳宗元的山水作品，和它都有血缘关系。清代刘熙载在《艺概》中曾指出："郦道元叙山水，峻洁层深，奄有《楚辞》、《山鬼》、《招隐士》胜境，柳柳州游记，此其先导耶？"这个分析大致是正确的。

《水经注》在描写山水的过程中，大量引用与山川有关的民谣民歌和神话故事，以增加山川的情趣。这些民谣民歌和神话故事，对后来文学创作有着滋润作用。

苏轼曾说："今我乐何深，《水经》亦屡读。"（《寄周安孺茶》）不言而喻，《水经注》丰富的艺术养料将永远哺育着人们。它不只是古代地理典籍，也是古代文学范本。

《洛阳伽蓝记》为北魏杨衒之（杨或作羊、阳）所著。他的籍贯、生卒年各本所载都不甚可靠。根据《四库全书总目提要》、严可均辑《全上古三代秦汉三国六朝文》附《杨衒之小传》及《洛阳伽蓝记》自述和书首所署官名等资料综合起来看，杨衒之为北平（今河北满城）人，曾任奉朝请，抚军司马，期城郡守，秘书监等职。大约生活在6世纪的上半世纪。《洛阳伽蓝记》是一部富有极高史学价值和文学意境的著作。《四库全书总目提要》说："其文秾丽秀逸，烦而不厌，可与郦道元《水经注》肩随。"对它的评价很高。

《洛阳伽蓝记》全书五卷，主要记叙洛阳城内和城外四郊四十个大的佛寺建筑的兴衰情况。关于本书的创作意图，作者曾在序言中说：

> 至武定五年，岁在丁卯，余因行役，重览洛阳。城郭崩毁，宫室倾覆，寺观灰烬，庙塔丘墟，墙被蒿艾，巷罗荆棘。野兽穴于荒阶，山鸟巢于庭树。游儿牧竖，踯躅于九逵；农夫耕老，艺黍于双阙。《麦秀》之感，非独殷墟，《黍离》之悲，信哉周室。京城表里，凡有一千余寺。今日寥廓，钟声罕闻，恐后世无传，故撰斯记。

从这里我们可以知道，这是一部寄托着政治感情的著作，即作者企图通过佛寺的盛衰来寄托他对拓跋氏王朝覆亡哀悼。

从西晋以来，佛教即在中原广泛传开，至南北朝而大盛。这一方面是由于长期战乱，人民生活痛苦，当人们受到阶级压迫或民族压迫无力反抗时，往往会空幻地把美好的希望寄托于未来，以求得暂时的精神安慰；另一方面，是由于封建统治阶级的提倡，封建统治者除了追求冥福，还把佛教当做麻痹统治人民的工具，所谓“助王道之禁律，益仁智之善性”（北魏文成帝元浚《修复佛法诏》）。北魏从道武帝拓跋跬建国起，即崇信佛教，太武帝拓跋焘一度予以打击，但后代随即恢复并愈益发达。至孝明帝元诩，其母胡太后深信佛教，当时一般贵族为了迎合最高统治者的爱好，纷纷舍宅为寺，或捐资兴建，洛阳佛寺多达一千三百六十七所。北魏分裂为东西两国以后，洛阳成了东魏与西魏交战的中心，原来寺塔多毁于战火。孝静帝武定五年，作者因事路过洛阳，目睹昔日繁华一朝化为灰烬，感慨万千，因而写了《洛阳伽蓝记》。书中相当详确地记叙了这些寺庙的兴衰过程，也连带叙述了与佛寺有关的历史事件、贵族的生活实况、佛寺邻近市里的社会风俗人情等，因此这部著作在一定程度上反映了北魏时代的政治、经济、文化生活的面貌，内容是很丰富的。

《洛阳伽蓝记》竭力渲染战乱前的洛阳寺观庙塔的宏壮侈丽。例如：

> 中有九层浮图一所，架木为之，举高九十丈，有刹复高十丈，合去地一千尺。去京师百里，已遥见之。……刹上有金宝

瓶，容二十五斛。宝瓶下有承露金盘三十重，周匝皆垂金铎，复有铁锁四道，引刹向浮图，四角锁上亦有金铎，铎大小如一石瓮子。浮图有九级，角角皆悬金铎，合上下有一百三十铎。浮图有四面，面有三户六窗，户皆朱漆。扉上各有五行金钉，其十二门二十四扇，合有五千四百枚。复有金环铺首，殚土木之功，穷造形之巧。佛事精妙，不可思议。绣柱金铺，骇人心目。至于高风永夜，宝铎和鸣，铿锵之声，闻及十余里。

——《永宁寺》

杨衒之是北魏反对佛教最激烈的一个人。他以为，佛法无灵，徒然浪费。僧侣假借特权，损人利己；剥削为活，贪积无厌；逃税逃役，不爱国家；出家修道，不孝父母；尊同帝王，不拜君主。他反对佛教侧重在为国计民生着想，见识确是高人一等。在这里，作者通过对这些佛寺建筑的描述，一方面告诉人们北魏统治者迷信佛教，不恤民力，已达到何等惊人的地步。唐释道宣在《广弘明集》中曾正确地指出：“（杨衒之）见寺宇壮丽，损费金碧，王公相竞，侵渔百姓，乃撰《洛阳伽蓝记》，言不恤众也。”另一方面也使我们看到我国劳动人民在建筑艺术上所显示的伟大力量和卓越智慧。这段文字描写精细。“高风永夜”几句写得很动人，很能使人感到一种肃穆庄严的气氛。

在记叙这些寺庙的兴衰过程中，作者还揭露了许多贵族奢靡豪华的腐朽生活。高阳王元雍，“贵极人臣，富兼山海，居止第宅，匹于帝宫。白殿丹槛，窈窕连亘，飞檐反宇，轇轕周通。僮仆六千，妓女五百，隋珠照日，罗衣从风”，“雍嗜口味，厚自奉养，一食必以数万钱为限，海陆珍羞，方丈于前”（《高阳王寺》）。但是元雍的豪侈，还比不上河间王元琛。元琛奢靡空前，常对人说：“晋室石崇，乃是庶姓，犹能雉头狐腋，画卵雕薪，况我大魏天王，不为华侈？”一次他引章武王元融等参观了他的珍宝器物后踌躇满志地说：“不恨我不见石崇，恨石崇不见我。”气得“生性贪暴，志欲无限”的元融妒火中烧，一病三日。请看元琛的穷极侈靡的生活：

> 常与高阳争衡，造文柏堂，形如徽音殿。置玉井金罐，以金五色绩为绳。妓女三百人，尽皆国色。……远至波斯得千里马，号曰“追风赤骥”。次有七百里者，十余匹，皆有名字。以银为槽，金为锁。……造迎风馆于后园，窗户之上，列钱青琐，玉凤衔铃，金龙吐佩。素奈朱李，枝条入檐。妓女楼上坐而摘食。琛常会宗室，陈诸宝器：金瓶、银瓮百余口，瓯檠盘盒称是。自余酒器，有水晶钵、玛瑙盃、琉璃碗、赤玉卮数十枚，作工奇妙，中土所无，皆从西域来。又陈女乐及诸名马，复引诸王按行府库，锦罽珠玑，冰罗雾縠，充积其内，绣、缬、紬、绫、丝、彩、越、葛、钱、绢等，不可数计。
>
> ——《法云寺》

这些封建贵族都贪婪成性，元融曾因恣意聚敛被削爵。元琛在做秦州刺史时，“百姓患害，有甚虎狼”。他们死后，宅第都成为寺庙，经过战乱，又变成废墟。作者淋漓尽致地讽嘲了贵族的丑恶嘴脸。如：

（李）崇为尚书令，仪同三司，亦富倾天下，僮仆千人，而性多俭吝，恶衣粗食，常无肉味，止有韭薤。崇客李元佑语人云："李令公一食十八种。"人问其故，元佑曰："二九（韭）一十八。"闻者大笑。

——《高阳王寺》

（胡）太后赐百官绢，任意自取，朝臣莫不称力而去。唯融与陈留侯李崇负绢过任，蹶倒伤踝。太后即不与之，令其空出，时人笑焉。

——《法云寺》

两则故事，寥寥数语，刻画了李崇的悭吝、贪鄙，把人物写得栩栩如生。明代学者毛晋在《洛阳伽蓝记》的跋文中曾用《世说新语》中卫阶、王衍等人物形象相比较并赞叹说："妙笔葩芬，奇思清峙。虽卫叔宝之风神，王夷甫之姿态，未足以方之矣。"

《洛阳伽蓝记》还铺叙了洛阳大市工商业的繁荣情况，富人的奢侈生活以及种种有趣的传闻。《法云市》一节说洛阳大市，周围八里。市东有通商、达货二里，人们以屠贩为生，资财巨万。市南有调音、乐律二里，人们丝竹讴歌，天下妙伎都出在那里。市西退酤、治觞二里的人，多酝酒为业。市北慈孝、奉终二里的人，以卖棺材出租丧车为业。还有阜财、金肆二里，住的全是富人。这十个里的人，大多是"工商货殖之民"，高楼大厦，栉比鳞次，奴婢隶仆也穿绫罗锦绣，尝五味八珍。这些记述，反映了当时洛阳手工业和商业的发达。现录一节，以见一斑：

市西有退酤、治觞二里，里内之人，多酝酒为业。河东人刘白堕，善能酿酒。季夏六月，时暑赫晞，以罂贮酒，暴于日中，经一旬，其酒味不动，饮之香美，醉而经月不醒。京师朝贵多出郡登藩，远相饷馈，逾于千里。以其远至，号曰“鹤觞”，亦名“骑驴酒”。永熙中，南青州刺史毛鸿宾赍酒之藩，路逢贼盗，饮之即醉，皆被捕获，因此复命“擒奸酒”。游侠语曰：“不畏张弓拔刀，唯畏白堕春醪。”

《洛阳伽蓝记》每记一寺都记载了它的历史或故事，例如《报德寺》条中记载了由南齐奔北魏的王肃的轶事：

肃初入国，不食羊肉及酪浆等物，常饭鲫鱼羹，渴饮茗汁。京师士子道，肃一饮一斗，号为漏卮。经数年已后，肃与高祖殿会，食羊肉酪粥甚多。高祖怪之，谓肃曰：“卿中国之味也，羊肉何如鱼羹？茗饮何如酪浆？”肃对曰：“羊者是陆产之最，鱼者乃水族之长，所为不同，并各称珍，以味言之，甚是优劣。羊比齐鲁大邦，鱼比邾莒小国。唯茗不中与酪作奴。”高祖大笑。因举酒曰：“三三横，两两纵，谁能辨之赐金钟。”御史中丞李彪曰：“沽酒老妪瓮注㼚，屠儿割肉与称同。”尚书右丞甄琛曰：“吴人浮水自云工，妓儿掷绳在虚空。”彭城王勰曰：“臣始解此字是‘習’字。”高祖即以金钟赐彪。朝廷服彪聪明有智，甄琛和之亦速。

当时中国南北分立，南人称北人为索虏，北人称南人为夷、岛夷，畛域偏见、种族偏见很深。上引第二则故事反映了孝文帝醉心汉化。他以为南北习尚不同，是习惯使然。他特设了一个习字的谜作为酒令，暗示他们不要再反对汉化，也不要把汉化的责任推在王肃头上。“酪奴”一层，更把王肃的奴颜婢膝刻画得入木三分，可与《世说新语》状写人物媲美。《洛阳伽蓝记》中，有的寺还记述了有关的神话或异闻，可以作为魏晋以来《搜神》、《志怪》一类小说来读。

总起来说，《洛阳伽蓝记》描写了北魏时期洛阳的许多寺庙，联系当时许多史事人物以及园林风景、人物活动和社会面貌，对当时的统治阶级进行了深刻的揭露和有力的批判，是一部描写社会现实生活的作品，内容翔实，文笔细致，朴实浑厚中寓有冷峻和辛辣的讽刺意味。但书中也常常表现出作者的一些落后思想，把拓跋王朝看作正统，对南朝的政府和人物颇多诋毁之辞。例如写杨元慎对梁朝的将军陈庆之和南方人的漫骂，采取津津乐道的态度，反映出严重的政治偏见。此外也宣扬了宗教迷信和怪异。从写景方面说，描绘的笔墨也常有重复。尽管如此，仍不减其文学奇采，不失为有重要艺术价值的历史文学。现在不妨把它当做游记、小说来读。

颜之推的《颜氏家训》共二十篇，大约写于隋平陈之后，是他的重要著作，宋陈振孙《直斋书录解题》称之为古今家训之祖，对后世影响颇大。颜之推“博览群书，无不该洽”，是南北两朝最通博、最有思想的学者。当时所有的知识，他几乎都钻研过，并且提出自己的见解。他经历了南北两朝，深知南北政治、俗尚的弊病，洞悉南学北学的短长。因此《颜氏家训》内容丰富。全书主要是用儒家思想教育子孙，讲立身、治家、处世之道，也旁及文字训诂的研究，典章制度的考释，文学艺术的评论，可以说是一部学术论著，也是一部在南北朝文学史上别具一格的优秀散文集。

《颜氏家训》无情地揭露了南北朝世家大族的腐朽没落，以此为反面教材，教育子孙。如：

> 齐朝有一士大夫，尝谓吾曰："吾有一儿，年已十七，颇晓书疏。教其鲜卑语及弹琵琶，稍欲通解。以此伏事公卿，无不宠爱，亦要事也。"
>
> ——《教子》
>
> 邺下有一领军，贪积已甚，家童八百，誓满千人。朝夕肴膳，以十五钱为率，遇有客旅，便无以兼。后伏法，籍其家产，麻鞋一屋，弊衣数库，其余财宝，不可胜言。
>
> ——《治家》

第一则揭露了北方世家大族教儿子学鲜卑经及弹琵琶，借以猎取官位的无耻行径。对此，颜子推深恶痛绝地对儿孙说，异哉此人之教子也！若由此业自致卿相，亦不愿汝曹为之。第二则揭露了北方鲜卑贵族的贪婪、悭吝，并作了辛辣的讽刺。

《颜氏家训》还揭露了北方世家大族的种种恶习。例如：

> 近世嫁娶，遂有卖女纳财，买妇输绢，比量父祖，计较锱铢，责多还少，市井无异！
>
> ——《治家》
>
> 太公曰："养女太多，一费也。"陈蕃曰："盗不过五女之门。"……世人多不举女，贼行骨肉。……吾有疏亲，家饶妓媵，诞育将及，便遣阍竖守之，体有不安，窥窗倚户，若生女

者，辄持将去，母随号泣，莫敢救之，使人不忍闻也。

——《治家》

这两则分别揭露了买卖婚姻和溺杀女婴的恶习。

《颜氏家训》中有不少篇幅像生动的风俗画，用对比的方式描绘了当时南北不同的习尚，例如：

江东妇女，略无交游，其婚姻之家，或十数年间，未相识者，惟以信命赠遗，致殷勤焉。邺下风俗，专以妇持门户，争讼曲直，造请逢迎，车乘填街衢，绮罗盈府寺，代子求官，为夫诉屈。此乃恒、代之遗风乎？南间贫素，皆事外饰，车乘衣服，必贵整齐；家人妻子，不免饥寒。河北人事，多由内政，绮罗金翠，不可废阙，羸马顇奴，仅充而已；倡和之礼，或尔汝之。

——《治家》

南朝妇女在封建思想束缚下，深锁闺房；北方妇女则抛头露面，操持家务。南朝即使妻子饥寒，丈夫也要讲究服饰车乘；北地注重实际，不事虚饰，没有这一套。

《颜氏家训》全书以说理为主旨，分为序致、教子、兄弟等二十篇，每篇由多则随笔、札记集合而成。随笔、札记的写法大抵是先提出思想观点，然后列举若干事例用对比的方法加以论证。例如：

自古明王圣帝，犹须勤学，况凡庶乎？……梁朝全盛之时，贵游子弟，多无学术。至于谚云："上车不落则著作，体中何如则秘书。”无不薰衣剃面，傅粉施朱，驾长檐车，跟高齿屐，坐棊子方褥，凭斑丝隐囊，列器玩于左右，从容出入，望若神仙。明经求第，则顾人答策；三九公宴，则假手赋诗。当尔之时，亦快士也。及离乱之后，朝市迁革，铨衡选举，非复曩者之亲，当路秉权，不见昔时之党。求诸身而无所得，施之世而无所用，被褐而丧珠，失皮而露质，兀若枯木，泊若穷流，鹿独戎马之间，转死沟壑之际。……以此观之，安可不自勉耶！

——《勉学》

文章开头提出论点：自帝王将相至平民百姓都必须勤学。中间以梁朝贵族子弟依仗门第高贵，不学无术，以致在离乱之后转死沟壑壑为例，说明勤学的必要性、重要性。最后以“安可不自勉耶”的反问句收来，强调必须勤学。这是《勉学》篇中的一小段，抽出来以后也可独立成篇，而且中心明确，结构完整，有说服力。

作者在说理的时候，很重视议论的生动性、形象性，常常运用一些典型的小故事。这些小故事短小精悍，描写生动，含义深刻，因而收到了很好的表达效果。例如：

梁世士大夫，皆尚褒衣博带，大冠高履，出则车舆，入则扶持，郊郭之内，无乘马者。……及侯景之乱，肤脆骨柔，不堪行步，体羸气弱，不耐寒暑，坐死仓猝者，往往而然。建康令王复，性既儒雅，未尝乘骑，见马嘶喷陆梁，莫不震慑，乃谓人曰：“正是虎，何故名为马乎？”

——《涉务》

这是批判梁末士大夫官僚柔弱的风气。引用的小故事很生动，只用建康令一句话，就把这位不谙世事胆小如鼠的官僚的精神状态描绘得使人如见其人，如闻其声。对一些正面人物，则往往突出其一两点典型特征，为求传神。例如：

义阳朱詹，世居江陵，后出扬都。好学，家贫无资，累日不炊，乃时吞纸以实腹。寒无毡被，抱犬而卧。犬亦饥虚，时起盗食。呼之不至，哀声动邻，犹不废业，卒成学士。

——《勉学》

这些描写手法，似乎受到当时《世说新语》一类笔记小说的影响。

《颜氏家训》在说理时很重视比喻的运用，有时还引用一些民间谚语，使文章具体、生动、深刻。例如：

率多田野闲人，音辞鄙陋，风操蚩拙。相与专固，无所堪能，问一言辄酬数百，责其指归，或无要会。邺下谚云："博士买驴，书券三纸，未有驴字。"

——《勉学》

齐世有席毗者，清干之士，官至行台尚书。嗤鄙文学，嘲刘逖云："君辈辞藻，譬若荣华，须臾之玩。非宏才也；岂比吾徒千丈松树，常有风霜，不可凋悴矣！"刘应之曰："既有寒木，又发春华，何如也？"席笑曰："可哉！"

——《文章》

《颜氏家训》的《文章》篇专谈文学批评问题。他认为文章的作用主要在于"敷显仁义，发明功能，牧民建国"，其次才是抒情和欣赏。他强调内容重于形式，“文章当以理致为心肾，气调为筋骨，事义为皮肤，华丽为冠冕”。因此他反对当时南朝“趋末弃本，率多浮艳”的文风。但是并不能因此说他轻视甚至主张取消文学。上面所引的第一段文字，就是批评北朝陋儒“言辞鄙陋，风操蚩拙”，特别是“问一言辄酬数百”的繁琐作风，所引谚语更是讽刺得入木三分。第二段则是批评那种取消文学的错误思想，运用比喻，使文笔生动、形象、有味。

《颜氏家训》中有宣扬封建的儒家思想之弊，《归心》等篇，还宣扬了不少因果报应意识，反映出佛教的影响，是糟粕，应当摒弃。

总之，《颜氏家训》全书结构完整，文笔朴素，语言平易亲切，既不是六朝骈文，也不同于秦汉古文，而是接近当时口语的通俗文。文章写得深入浅出，语短意长，实实在在，是南北朝文学史上别具一格的优秀散文。

六、南北朝小说和《世说新语》

（一）小说源头

“小说”一词，早见于《庄子·外物》：“饰小说以干县令，其于大达亦远矣。”在庄子之前，传言孔子也说过“虽小道，必有可观者”。庄子把“小说”与“大达”对举，孔子言“小道”，是指未能与诸侯晤对安邦治国之策的谈论。在庄子心目中，未能与诸侯晤对进而引起重视便非“大达”了，但是从“以干县令”的话中，可以看到当时游谈之士中，不能个个都与六国诸侯晤对，有些士人便只能向各地方官说本地方的事。这种言谈，即便有点像后世的县志所录之类，也不会是毫无可取的。“虽小道，必有可观者”也。因此，自然主要是治县方面的言谈，与文学体裁无关。东汉桓谭《新论》说：“小说家合丛残小语，近取譬论，以作短书，治身理家，有可观之辞。”这里的“小说”才是指一种书面著作，初步具有了文体学上的意义。其后，班固《汉书·艺文志》中就有了小说家——诸子十家中第十家，说“小说家者流，盖出于稗官，街谈巷语，道听涂说者之所造也”，把民间流传的奇事异闻、神话传说等都看作小说，似乎又跨进了一步，较接近后来的小说了。

我国古代小说的形成，有一个漫长的过程，其源头可追溯到远古的神话和传说。鲁迅在《中国小说史略》中说：“（中国小说）探其本根，亦犹他民族然，在于神话传说。”神话故事以神为中心，远古传说虽有现实人物为根据，但往往涂上神异的色彩，它们是我国志怪小说的源头。先秦典籍中记载神话传说较多的《山海经》、《穆天子传》和托名东方朔的《神异经》、《十洲记》及托名班固的《汉武故事》、《汉武帝内传》等与后来的志怪小说，便有明显的承传关系。然而我国远古神话不很发达，较零碎，且现存大多数较原始的神话，神的自然属性强，社会属性弱，不够成熟，很难像西方那样直接成为叙事性文学的土壤。

史传文学是从远古神话传说这个源头到小说正式形成的中间环节。在秦汉以前，史学著作数量多，内容也极丰富，它不仅将古代哲、文、地理、博物、农医等门类纳入其中，还搜罗记载了大量的神话传说、灵怪异事，把诡秘荒诞的神话和确凿可靠的历史事实融为一体，这是我国古代史书的一大特色。惟其如此，古代史书才成为后代志怪小说的孕育者。同时，史学与文学大体上都以人物、事件为中心，二者颇多相通之处。司马迁《史记》开创的纪传体，更是运用多种艺术手段，通过复杂的事件来表现生动的人物形象，实际上已具备叙事文学的特征。这些都给小说创作提供了一定经验。

随着纪传体成为正史的主要体例，一大批杂史杂传也逐渐兴起。班固《汉书·艺文志》载小说十五家，共一千三百八十篇。鲁迅评说这些作品“托人者似事而浅薄，记事者近史而悠谬”。《汉书·艺文志》所载，虽已散佚，但这类似子非子、近史非史的杂史杂传，我们仍可看到，如陆贾的《楚汉春秋》，刘向的《新序》、《说苑》、《列女传》、《列士传》，韩婴的《韩诗外传》，袁康的《越绝书》，赵晔的《吴越春秋》等，这类作品不像正史那么严谨，大量采录奇闻轶事，并杂以虚诞怪妄之说，情节更曲折，描写更细致，颇富小说意味。显然，杂史杂传是我国从远古神话传说到小说正式形成的过渡形式。

魏晋南北朝是我国古代小说形成并逐步繁荣的时期。这个时期的小说数量多，内容丰富，出现了前所未有的盛况。据统计不下八十种，但大多散佚，基本保存或保有少数片断的尚有三十余种。从内容看，大略可分为两大类：谈鬼怪异的志怪小说和记人物轶闻的轶事小说，或称志人小说。

魏晋南北朝时期，志怪小说的大量产生，除了文学本身的条件外，与当时社会上宗教迷信盛行也有关系。从战国晚期到西汉，方士神仙之说盛行，至东汉逐渐形成道教。佛教也在这时传入中土。汉末以降，社会动荡不安，战乱频仍。面对人生种种磨难，人们或信佛教，以求精神上的解脱，或崇道术，妄想羽化登仙。鲁迅在《中国小说史略》中指出："中国本信巫，秦汉以来，神仙之说盛行，汉末又大畅巫风，而鬼道愈炽；会小乘佛教亦入中土，渐见流传。凡此皆张皇鬼神，称道灵异，故自晋迄隋，特多鬼神志怪之书。"当时有些志怪小说就直接出自宗教内容，如道士王浮的《神异记》，佛教徒王琰的《冥祥记》等。文人作品如张华的《博物志》，干宝的《搜神记》等也大都相信人鬼为实有，具有浓厚的迷信色彩。

释道二教不仅刺激了志怪小说的兴起，还极大地影响其内容和形式，如葛洪的《西京杂记》，王嘉的《拾遗记》等就多炼丹服药、长生久视、白日升天的内容，而当时流传甚广的佛教故事，其基本结构、主要情节，也常为志怪小说采用。

轶事小说脱胎于以人物为中心的史传文学，尤与《新序》、《说苑》等杂史一脉相承。这类小说在魏晋南北朝流行，其社会原因是多方面的，最主要的原因是魏晋以来品评人物、崇尚清谈的社会风尚，轶事小说就是士族人物玄虚清谈和奇怪举动的记录。鲁迅曾指出："汉末士流，已重品目，声名成毁，决于片言。魏晋以来，乃弥以标格语言相尚，惟吐属则流于玄虚，举止则故为疏放……终乃汗漫为清谈。渡江以后，此风弥甚……世之所尚，因有撰集，或者掇拾旧闻，或者记述近事，虽不过丛残小语，而俱为人间言动，遂脱志怪之牢笼也。"同时，贵族子弟要想求取声名仕进，也必须学习名士的言谈风度，《世说新语》之类小说，就成了当时必读的教科书。有些帝王新贵，也颇重此道，梁武帝就曾命殷芸编撰《小说》。在这样的社会环境下，文人学士以熟悉故事学问竞相炫耀，以示渊博，编写小说蔚成风气。

（二）志怪小说

志怪小说的内容十分庞杂，大致可以分为三类：一是炫耀地理博物的琐闻，如托名东方朔的《神异经》、《十洲记》，张华的《博物志》，就是以记述远方绝域的山川异物为主，也搀杂着一些神仙道术之事。二是夸饰正史以外的历史传闻，如托名班固的《汉武帝内传》、《汉武故事》，专记汉武帝生前死后的琐事，很大程度上暴露了宫廷内部荒淫糜烂的生活，也带有浓厚的神怪色彩。三是讲说鬼神怪异的迷信故事，如干宝的《搜神记》，吴均的《续齐谐记》，颜之推的《冤魂志》，或用灾异变怪的故事附会政治现象，或用鬼神作祟的臆说推断人的吉凶祸福，或宣扬经文佛像的威灵和奉佛茹素的好处。虽然记述大多荒诞离奇，但后世文人却爱撮取引用，融入诗词。

南北朝“志怪”的主要作品有南朝宋刘敬叔的《异苑》，刘义庆的《幽明录》、《宣验记》，南齐王琰的《冥祥记》，北齐颜之推的《冤魂志》，梁吴均的《续齐谐记》等。另外题为晋王嘉撰的《拾遗记》，学者多认为是南北朝人作品。

《异苑》、《幽明录》和《续齐谐记》是南北朝“志怪”中较好的作品。《异苑》除写鬼神怪物外，还记了晋宋人陶侃、张华、温峤、郭淳之、谢灵运等的故事和异闻。如写温峤经过牛渚矶，听到水里有音乐的声音，点燃犀角来照，于是水里许多奇形怪状的水族都显露出来，这是很有名的传说。后来“牛渚燃犀”就成为一个典故，表示“无幽不显”、“鬼怪无所遁形”的意思。犀是当时稀见的动物，所以犀角也被夸张为神物了。

《幽明录》中的《刘晨阮肇》写汉明帝永平五年，刘晨、阮肇二人入山采药迷路，遇二仙女，邀其还家，当夜成亲。刘阮思乡心切，半年后回到家乡，无一人相识。后来寻得其七世孙。到晋太元八年，二人忽飘然离去，不知所之。全文结构完整，描写生动，能运用细节描写等手法刻画人物性格，已初步具备了短篇小说的规模。这个故事和同书所记《黄原》，《搜神后记》中的《袁相根硕》，内容相近，但情节更完美，是充满人情味的美丽传说，生动地说明了人民对太平世界和幸福婚姻的向往。故事结尾点明刘阮二人所经历的乃是"仙境"，表达了在现实生活中得不到这种地方的怅惘。《幽明录》里写男女爱情的《卖胡粉女子》和《庞阿》，也是较好的故事。《阮德如》篇写阮德如在厕所里见到一个鬼，他镇定地笑着说："人言鬼可憎，果然！"鬼就羞惭而退。在迷信思想盛行的社会，这个故事却表示了对鬼神的不敬，这是难能可贵的。

《续齐谐记》里也有一些奇异的故事，最出名的是被鲁迅称为"奇诡"的《阳羡鹅笼》，写阳羡的许彦在路上碰见一个书生说脚痛，要求到许彦的鹅笼中歇一歇。许彦答应了，他就进入笼内和双鹅并坐。许彦背着笼走并不觉得笼重。许彦休息时，书生从笼里出来，说要请许彦吃饭，就从嘴里吐出一个大盒子，里面有酒有肴，接着又吐出一个女子，陪他们饮酒。不久，书生酒醉睡着了，女子也从嘴里吐出一个男人来聚会。书生似乎要醒了，女子又吐出一个锦帐遮住书生，自己入内和书生共卧。这时那个男人就吐出另一个女子陪他戏谈。过了半天，书生那里有了动作声音，帐外的男人吞了所吐的女子；书生那里的女子又走出来吞了这个男人。最后，书生把这个女子和器皿都吞入口内，留下一个大铜盘给许彦，就分别了。

这个故事，通过幻想，揭示了人情的虚伪、互相欺骗，反映了士大夫生活的丑恶面。“阳羡鹅笼”后来被作为典故，成了“变化无穷”、“幻中生幻”的代词。

这个故事和晋荀氏《灵鬼志》中所记外国道人的故事类似（见鲁迅《古小说钩沉》）。唐段成式《酉阳杂俎·贬误》说《譬喻经》中有梵志作术吐壶与女子之事，可知故事源于佛经，只是在文人笔下，情节丰富，描写细致，并褪去了宗教色彩。

《拾遗记》大部分内容写上古至西晋历代帝王的异闻，如《怨碑》记秦始皇修坟墓时，穷奢极侈地在墓中大造江海山岳，聚敛奇珍异宝，竣工后就把筑墓的人活埋在墓中。汉初挖开这墓，发现筑墓的人并没有死，墓内还多出了一些石雕龙凤，仙人像和碑文辞赞，原来就是被活埋的人刻的。因为碑文都是表示怨恨的话，所以叫做“怨碑”。这个故事显示了反动统治阶级灭绝人性的残忍和人民的深切悲愤，在埋而不死的幻想中，寄托着工匠强烈的反抗精神。总的来说，《拾遗记》思想性不强，但由于记载的事物新奇、文笔靡丽而为后世文人所喜爱引用。

《宣验记》和《冥祥记》，宗教色彩极为严重，主要宣传因果报应，劝人信佛。《冤魂志》专记鬼神复仇的故事，如《弘氏》一条，记梁武帝时南津县尉孟少师，为取得弘氏好木料献给皇帝盖庙，诬陷弘氏为盗，判处死刑，终为弘氏鬼魂活捉，呕血而死。《徐铁臼》一条，记男孩徐铁臼被后母陈氏百般凌辱，冻饿而死。不久其鬼魂还家作祟，使陈氏的儿子铁杵得病而死。前一故事强烈控诉了杀人掠夺的官吏，显示了复仇胜利的愿望；后一故事涉及一个普遍性的社会问题，暴露了封建家长制的罪恶。这部书虽然谈的也是因果报应，但比《宣验记》、《冥祥记》多少有一些现实意义。

南北朝的志怪小说，比起魏晋志怪书，芜杂琐碎的记叙减少了，故事性增强了。但总的说来，还处于我国小说发展的初期，正如鲁迅所说，作者“非有意为小说”，一般篇幅短小，重事件叙述而不重人物刻画，只是粗陈梗概而已。那些优秀的民间传说，是志怪小说中最精彩的部分。它们虽也带有一层神异色彩，有不平常的非现实的情节，但大部分是人间的、现实的。那些不平常的非现实的情节，是些美丽的幻想，表达了人民的爱憎和愿望。而且，就是那些仙灵鬼魂，它们的言语行动和感情，也浸透着人情味，因而情节较合于情理，绝不像专门志怪的作品那样荒诞离奇。

现存志怪小说里优秀的民间传说不多，然而它们反映了社会生活的某些重要方面，它们揭露了一些不公平不合理的社会现象，抨击了统治阶级荒淫暴虐的罪恶，表现了受压迫的下层人民强烈的反抗精神、复仇的情绪和美好的愿望，热情地歌颂了那些勇敢机智，为民除害的英雄行为。这些优秀的民间传说，往往写得很好，具体表现为初步注意了通过细节描写衬托人物性格，情节曲折，结构完整，表现手法富于现实性等。

魏晋南北朝的志怪小说对后世小说戏曲的发展有巨大深远的影响。它给后世小说戏曲的创作提供了丰富的素材。如唐代沈既济的传奇小说《枕中记》，源出于《幽明录》中的《焦湖庙祝》。元代马致远的杂剧《刘晨阮肇误入桃源》，取材于《幽明录》中的同名小说。明清以后，不少小说和戏曲都从六朝志怪小说中取材。其次，中国小说史上说狐道鬼这一流派的形成，也源于这一时期的志怪小说，如宋洪迈的《夷坚志》，金元好问的《续夷坚志》，明瞿佑的《剪灯新话》，以及清蒲松龄的《聊斋志异》，纪昀的《阅微草堂笔记》等均与之有一脉相承的关系。

（三）《世说新语》

魏晋南北朝以记录人物轶闻琐事为主要内容的轶事小说盛行，有托名于刘歆而实为葛洪所作的《西京杂记》，人们熟知的司马相如和卓文君当垆卖酒，王昭君远嫁匈奴等故事就是出于此书，鲁迅以“意绪秀异，文笔可观”评这部书。专门写人物言行轶事的，有东晋裴启的《语林》、郭澄之的《郭子》，刘宋时刘义庆的《世说新语》，梁代沈约的《俗说》、殷芸的《小说》等，除《世说新语》外，其他各书都已亡佚。鲁迅《古小说钩沉》辑有佚文。

《世说新语》原名《世说》，唐时称《世说新书》，是轶事小说中最具代表性的集大成的作品。编纂者刘义庆是宋武帝刘裕的侄子，袭封临川王，官至尚书左仆射，中书令。《宋书·刘道观传》说他“性简素，爱好文义，曾招集文学之士，远近必至”。《世说新语》大约是他和门下文人共同编纂而成。《世说新语》主要记叙汉末至东晋年间文人名士的言行风貌，全书按内容分为德行、言语、政事、文学等三十六篇。其中有些故事取自《语林》、《郭子》，文字也间或相同。梁代刘孝标为之作注，广征博引，涉及四百多种古书，受到人们珍视。

《世说新语》表彰了一些正面人物和一些人物的较好言行。例如：

桓公入洛，过淮泗，践北境，与诸僚属登平乘楼，眺瞩中原，慨然曰：“遂使神州陆沉，百年丘墟，王夷甫诸人不得不任其责！”袁虎率尔对曰：“运自有废兴，岂必诸人之过？”桓公懔然作色，顾谓四坐曰：“诸君颇闻刘景升否？有大牛重千斤，啖刍豆十倍于常牛，负重致远，曾不若一羸牸。魏武入荆州，烹以飨士卒，于是莫不称快。”意以况袁。四坐既骇，袁亦失色。

——《轻诋》

郗超与谢玄不善。苻坚将问鼎晋，既已狼噬梁、岐，又虎视淮阴矣。于时朝议遣玄北讨。人间颇有异同之论。惟超曰：“是必济事。吾昔尝与共在桓宣武府，见其使才皆尽，虽履屐之间，亦得其任。以此推之，容必能立勋。”元功既举，时人咸叹超之先觉，又重其不以爱憎匿善。

——《鉴识》

王（濛）、刘（惔）与林公（僧人支道林）共看何骠骑（何充）。骠骑看文书不顾之。王谓何曰：“我今故与林公来相看，望卿摆拨常务，应对玄言，那得方低头看此邪？”何曰：“我不看此，卿等何从得存？”诸人共以为佳。

——《政事》

第一则故事：桓温在东晋是个极重要的人物，曾三次北伐。他在“眺瞩中原”时发出“神州陆沉”之慨，使人充分感到在对清谈误国的严厉咎责中，这位英雄人物对国家和人民的不幸是何等慨然。第二则故事：郗超和谢玄虽然平日不睦，但在苻坚侵晋时，却根据他对谢玄的了解，断定他必能抗敌立功，因此增加了皇帝对谢玄的信任，挽救了国家的危难。郗超这种以大局为重，不以个人恩怨而埋没别人优点的精神是非常可贵的。第三则故事：反映了东晋士大夫的两种不同生活态度。而何充的简要回答："我不看此，卿等何从得存？"在对虚浮士流寄生生活的尖锐讽刺中，所表现的态度和作风何等踏实严肃！这则故事中所反映的两种不同的人生态度，积极的和消极的，普遍存在于本书所记载的各类人物中，东晋之所以能偏安，但又只能偏安而不能恢复中原，在这里得到一个方面的说明。又如《识鉴》篇载，荀巨伯关怀友人的疾病，远道前来探问。在"一城尽空"的恐怖气氛中，毅然留下来陪伴病友；见到敌人，也毫不畏惧，并表示愿意牺牲自己，以保全朋友。这种笃于友谊，重义轻生的品德是令人钦佩的。再如《自新》篇中的周处，年轻时横行乡里，人们把他和山中虎、水中蛟并称为三害，后来终于改过自新。这个人们所熟知的故事，直至今天仍有一定的积极意义。

《世说新语》中有些作品，反映了豪门士族的豪奢和残忍。《汰侈》篇写石崇家里把蜡烛当柴烧，厕所里也有穿着华丽服饰的婢女侍候，如厕的人出来都要换上新衣。为和王恺比富，信手把二尺多高的珊瑚树打碎。王恺家里的"曲阁重闺"像"迷楼"一样，进去的人竟走不出来。王武子家里以人乳喂猪，连皇帝也"甚感不平"。例如：

石崇每要客燕集，常令美人行酒。客饮酒不尽者，使黄门交斩美人。王丞相与大将军尝共诣崇。丞相素不能饮，辄自勉强，至于沉醉。每至大将军，固不饮，以观其变。已斩三人，颜色如故，尚不肯饮。丞相让之，大将军曰："自杀伊家人，何预卿事!”

——《汰侈》

石崇杀人劝酒，王敦冷观杀人，真是灭绝人性，凶过豺狼。王君夫也曾因为一个吹笛子的乐工偶有遗忘，立刻叫人打死。他却若无其事，“颜色不变”。这些贵族视奴婢生命如草芥，残忍到了极点。这是封建制度的罪。

《世说新语》中大量作品，描写的是魏晋名士不同于常人的言行风度。如《任诞》篇写刘伶的纵酒放达，他脱光衣服，赤身裸体屋中。有人看见了嘲笑他。他说：“我以天地为房屋，以房屋为衣服，你们干吗到我裤子里来?”同篇记载了阮籍的纵酒不拘礼法。阮籍的母亲去世了，将埋葬时，他蒸了一只小肥猪，喝了两斗酒，然后去诀别。有一次，阮籍的嫂子要回娘家，阮和她告别，有人嘲笑他不知礼。他却说：“礼岂是为我们这些人设置的?”刘伶经常坐着鹿车带着酒壶外出，并叫人扛着铁锹跟在后面，说“死了就埋我”。阮籍有时驾车独出，走到路的尽头，总是痛哭而返。其实这些出名的“狂士”并不达观。魏晋以来，政治黑暗，一般士人不敢直接议论朝政，只好在纵酒中求平衡，悟玄清谈中解脱，以装疯卖傻逃避政治迫害。从《世说新语》关于刘伶、阮籍等人的一些记载中，正可以窥见他们憎恶黑暗政治，希望摆脱儒家礼教束缚的思想和被压抑的痛苦心理。但多数士大夫，却往往以“放达”为名，来掩饰他们精神的空虚、颓废和生活的腐朽，所以不能笼统地认为魏晋士人的狂放都有积极意义。

魏晋南北朝，讲究仪容举止和语言辞采的风气，比汉末更甚，士大夫们特别注意说话的俏皮、隽永，甚至有些名高位重的高官往往凭片言只语和某一个动作，来论定一个人的优劣，或据此来荐举这人做官。如《雅量》篇记载，周伯仁来拜访丞相，看见扬州从事顾和把车子停在州府外面，正在捉身上的虱子。周过去后又回来，指着顾和的心说，“这里有什么?”顾和照旧捉虱子，缓缓地回答：“这里面是最难测的地方。”周伯仁见了丞相，说：“你的州属官吏中，有一个辅助朝政才能的人物。”顾和在周伯仁面前扪虱而谈，竟被视为有辅佐朝政的才能，这种评价人物的标准，实在匪夷所思。这样的事还不少。张凭因为说了一些“言约旨远”的漂亮话，刘尹就向简文帝推荐。简文帝经过面谈，称赞他“辞采缤纷，是专贮放玄理的洞窟”，就任命他为太常博士。又如王衍问阮修：“老庄与圣教同异?”阮修回答：“将无同（莫非相同）。”王衍却对这句模棱两可的话大为赏识，竟聘他为掾。这样品评、选拔人才，简直荒唐，也助长了清谈之风。《方正》篇载：

> 刘真长、王仲祖共行，日旰未食。有相识小人贻其餐，肴案甚盛，真长辞焉。仲祖曰：“聊以充虚，何苦辞?”真长曰：“小人都不可与作缘。”

魏晋南北朝盛行门阀制度，世族寒门在仕途上优劣悬殊，甚至不能通婚，在社交礼节上也不能平起平坐。即使贵为帝王，如果出身庶族，也会巴结世家大族。刘真长在出门时宁可挨饿也不吃老百姓的饭，因为刘认为不能和“小人”打交道。这个故事，反映了严格的门阀制度下贵族对寒门的鄙弃心理。

魏晋士大夫崇尚清谈，以遗弃世务为贵，所以名士做官，也常常自负简傲，废弛政事。《任诞》篇载，王子猷作车骑将军桓冲的骑兵参军。一次桓冲问他在哪个官署办公，他说："不知是什么官署，只是常常见到牵马进来，好像是马曹。"桓冲又问官府里有多少马，他回答说："不过问马，怎么知道马的数目？"桓冲又问近来马死了多少，他说："活着的还不知道，哪能知道死的？"桓冲对他说："你到府中很久了，近日内应该处理政务了。"他假装没有听见，两眼望着天说："西山早晨的空气很清爽。"傲慢，狂妄，正是晋代流行的名士派头。王子猷是王羲之的儿子，在官场中也要这一套，当时士大夫放达之风的弥漫和统治集团的腐败可想而知。

《世说新语》基本上是客观地记载人物、事业，一般只是粗线条勾勒，较少刻意描绘。其中有些作品艺术成就较高，主要表现在以下几方面：

（1）通过片言只语或简单事件来表现人物性格。

《世说新语》每则少的十五六字，多的也不过三四百字，一般在百字左右，却能抓住中心，刻画人物性格特征。如《企羡》篇写孟昶见王恭"乘高舆，被鹤氅裘"，乃叹曰："此真神仙中人！"仅此一语，便传神地写出他羡慕富贵的心理。《轻诋》篇只用一句话"小人都不可与作缘"，表现了刘真长鄙弃下层人民的思想。又如《俭啬》篇："王戎有好李，卖之，恐人得其种，恒钻其核。"一件事，十六字，表现了王戎的吝啬和极端自私。《言语》篇写桓温北伐，过金城，见前所种树"皆已十围，乃慨然曰：'木犹如此，人何以堪！'攀枝执条，泫然流泪"。用"攀"、"执"、"流"等动词和"木犹如此，人何以堪"两句话，表现了这位英雄人物晚年丰富而复杂的感情世界。据说毛泽东去世前就让人诵读这段话。《伤逝》

篇写王粲死后，魏文帝曹丕参加他的葬礼，他对同来的人说："王好作驴鸣，可各作一声以送之。"于是"赴客皆一作驴鸣"。通过这一小事，将魏晋人的通脱情状，写得淋漓尽致。

（2）善于摄取富有特征性的细节，运用对比的手法，写出人物性格。

《德行》篇记管宁、华歆一起在园中锄地时，看见地上有一小片黄金，管宁挥锄不停，像看到瓦片石子一样，华歆却拾起黄金，而后又扔了。又有一次，他们正同坐一张席子读书，有一位官员坐着高车经过门前，管宁读书如故，华歆却放下书本跑出去观看。管宁就割断席子和华歆分开坐，说："你不能做我的朋友。"这个故事以极其细小的动作，运用对比的手法，鲜明地揭示了管宁和华歆对待金钱和权贵的不同态度。前文所举"桓公入洛"、"何骠骑看文书"，则从两种不同人生态度的对比中显示了人物性格。"石崇燕请"中，通过对比，凸显王敦的残忍和王导的宽厚。

（3）语言简约隽永优美，耐人玩味。

《世说新语》记录了一些简约允当的人物评语及人物对山川景物的描绘。如《德行》篇记郭林宗形容黄叔度的器量深广，说"叔度汪汪如万顷之陂，澄之不清，扰之不浊"；《赏誉》篇记王衍赞美郭象的议论不穷，说"如悬河泻水，注而不竭"；《容止》篇记山涛夸奖嵇康的风神秀美，说"嵇叔夜之为人也，岩岩若孤松之独立；其醉也，傀俄若玉山之将崩"；有人形容嵇延祖卓然超群，说"就像野鹤立于鸡群"。这些语言都比喻精妙，形象鲜明，能给人以深刻具体的印象。《言语》篇记荀羡登北固山远望东海，说"虽未睹三山，便自使人有凌云意"；顾长康描摹会稽山川之美，说

"千岩竞秀，万壑争流，草木蒙笼其上，若云兴霞蔚"；王子敬形容山阴道上的景色，则说"山川自相映发，使人应接不暇"；道壹和尚描绘吴中下雪天的景色说："风霜固所不论，乃先集其惨淡。郊邑正自飘瞥，林岫便已皓然。"这些语言精约隽永，如诗似画，描绘了山川景色之美，表现了他们身在景中的独特感受和对自然山水的特殊爱好，此外，像"登龙门"、"粗服乱头"、"观者如堵"、"东床坦腹"、"自惭形秽"、"传神阿堵"、"一往情深"、"渐至佳境"、"吴牛喘月"、"创巨痛深"、"咄咄怪事"、"鹤立鸡群"、"覆巢之下，岂有完卵"、"管中窥豹，时见一斑"、"刻画无盐，唐突西子"、"乘兴而来，兴尽而返"、"小时了了，大未必佳"、"盲人骑瞎马，夜半临深池"、"风景不殊，正自有河山之异"等一直在口头和书面流传的成语、警句，都出自《世说新语》，它丰富了我国文学语言的宝库。

在魏晋南北朝的轶事小说中，《世说新语》对后世影响最大。刘孝标有《续世说》，唐王方庆有《续世说新书》，刘肃有《大唐新语》（又名《大唐世说新语》），宋王谠有《唐语林》，孔平仲有《续世说》，明何良俊有《何氏语林》，李绍文有《明世说新语》，焦竑有《类林》及《玉堂丛话》，张墉有《廿一史识余》中，至清，又有梁维枢的《玉剑尊闻》、吴肃公的《明语林》，章抚功的《汉世说》，李清的《女世说》，颜从乔的《僧世说》，王晫的《今世说》，汪琬的《说铃》，民国初年易从夔的《新世说》等，都是仿效之作。《世说新语》还给后世小说戏曲提供了丰富的素材，如《三国演义》中的"望梅止渴"、"七步成诗"，京剧《击鼓骂曹》、《骂三害》的情节都源自《世说新语》。

南北朝文学理论和批评的发展

一、概　述

文学理论和批评兴于魏晋盛于南北朝，不妨先回顾魏晋而后放眼南北朝。

魏晋南北朝时期，随着文学创作的繁荣，文学理论和批评，也逐步发展兴盛起来。曹丕的《典论·论文》在文学批评史上有着重要地位，它是文学批评专著的开始，涉及文学上的许多重要问题，如文学的价值问题，作家的个性和作品的风格问题，文体问题，文学批评的态度问题等。他认为“文章是经国之大业，不朽之盛事”，具有不朽的价值，一反过去文章是六经附庸的传统看法。他提出“文以气为主”，开创了后人论文的一条大路——气，指作品的内容和形式反映出来的作家的个性，即作家独特的禀赋、气质、文化修养、艺术情趣等，接近于现在所说的作家的艺术个性或艺术风格。他又提出“诗赋欲丽”以揭示文学的本质特点。这些问题虽只是略引端绪，但对后代的影响很大。

晋代陆机的《文赋》是中国文学批评史上第一篇完整而系统的

文学理论作品，它比较细致地分析了文学的创作过程，提出了文学理论上很多重要问题，以后刘勰写作《文心雕龙》，有很多地方受其影响，可见它对文学理论发展的贡献。

陆机认为进行文学创作，必须观察万物，钻研古籍，并怀有高洁的心情。文以情生，情因物感，才是创作过程的起点。他强调想象在创作中的作用："精骛八极，心游万仞"；"浮天渊以安流，濯下泉而潜浸"；"观古今于须臾，抚四海于一瞬"。艺术想象驰骋于穷高极远的空间，突破上下古今的时间，然后使"情瞳昽而弥鲜，物昭晰而互进"，感情更加鲜明，物象更加清晰。然后作者进入写作过程，进行选择和概括，创造出具体而概括的形象。作者生动而具体地描绘了艺术创作的全过程。这个过程自始至终是在具体的形象而不是在抽象的概念中进行的。尽管陆机没有用形象思维这个词，却通过对构思的形象化描述，表达了一种思想，即艺术创作过程实质上是形象思维过程，从而触及艺术创作中一个带有普遍规律性的问题。他又从构思形象地描绘了感兴开塞时的不同情状，接触到了创作中的灵感问题。

关于文学的本质特点，他在曹丕"诗赋欲丽"的基础上提出"诗缘情而绮靡"，"其会意也尚巧，其遣言也贵妍。暨音声之迭代，若五色之相宣"，既反映了魏晋以来文学发展的趋势，也是他的文艺思想的表现。

此外，他还提出行文要注意融裁而使辞意双美；要力争创新，避免雷同；要防止重辞轻情，流于空泛；要防止迎合时好，格调不高；要防止清空疏缓，缺少真味等。这些见解都是很可贵的。

和陆机同时的挚虞的《文章流别论》全书已佚，但从现存的一些片断看，仍是非常值得重视的文学批评理论的文献。这部著作的内容是按体裁选集古代的优秀作品，对每种体裁加以叙论。此书之所以值得重视，是因为它把文章体裁区分得更细。《典论·论文》只讲过“奏议重雅，书论宜理，铭诔尚实，诗赋欲丽”，《文赋》也只提到诗、赋、碑、诔等十种文体的特点，约略举其荦荦大端，而《文章流别论》则作了更详尽的区别，而且对各种文体的产生、作用、发展和变化，及作家的得失，作了全面的论述，这在文学理论和批评史上是一个飞跃。其后刘勰把这方面的工作推向更高层，《文心雕龙》中不少论点和材料都引自《文章流别论》，可见这一著作的影响。东晋时有李充作《翰林论》，刘宋时有王微作《鸿宝》、颜延之作《论文》，可惜这些著作全佚，都已不见只字。范晔的《狱中与诸甥侄书》，也是一篇论文章得失的大作。

齐梁在中国文学批评史上是一个大时代，出现了好几部空前的巨著，产生了许多不同的见解，中国文学批评史上从没有这样热闹过。沈约和陆厥等关于音韵的辩论是一场极大的文学论战，一方主张韵律有定格的必要，一方则主张自然的韵律论。钟嵘的《诗品》，统括从汉至梁五言诗诸大家于一书，而评论的气魄，前无古人。他反对过度的韵律定式，对“声病说”也表示不满。刘勰的《文心雕龙》更是一部体大思精的空前杰作。这一时期，“为艺术而艺术”的文艺思潮几乎席卷文坛。文艺久已成为功利主义的俘虏，但这时则被解脱了。萧统在《文选序》中提出“事出于沈思，义归于翰藻”，认为文学作品必须有深刻的艺术构思和辞藻之美，从而把经、史、诸子排斥于文学之外。萧绎在《金楼子·立言》中说：“吟咏风谣，流连哀思者，谓之文”，“至如文者，惟须绮縠纷披，宫微靡曼，唇吻遒会，情灵摇荡”，强调作品的抒情性，强调作品的文采要精美繁富，章节要靡靡动听，语言要精练，要有强大的感染力。这是从未有过的大胆的主张。虽裴子野尝作《雕虫论》以图纠正，北朝也屡有反对的声音，但大势所趋，是谁也不能阻挡的。

《颜氏家训·文章》，较集中地反映了颜之推的文学思想。颜之推由南入北，他对文学融合南北，提出了折中的观点。在文学内容和形式、思想和艺术的关系上，他把一切文章体制都推源于五经，要求作者的人格修养都符合封建道德标准，但又重视词华。他认为文章的体度风格，古胜于今；从重词的意义来说，则语言声律之美，今过于古。因而得出了重本不弃末，法古不违时，“两须并存，不可偏废”的结论。在创作论上，他认为各体文章都有“敷显仁义，发明功德”的社会教育作用，然而“陶冶性灵，从容讽谏”，文学作品，特别是诗歌一类缘情的作品，又有其特点，因而他认为文学与学术不同，颇有独到之见。针对当时“浮艳”的文风，他提出“典正”，主张“不失体裁”，遣词必须惬当；造意要完整，用事如出胸臆，揭橥“三易”之说（易见事，易识字，易读诵）作为衡量的标准。他剧赏“芙蓉露下落，杨柳月中疏”的诗句，看来他所追求的是一种清空自然，有独创性的意境，所以评论作家时独推重谢朓和声华寂寞的陶渊明。这种见识在当时是不可多得的。

二、刘勰和《文心雕龙》

（一）刘勰的生平和著作

刘勰（约465—520），字彦和，东莞莒人，出身于一个没落的官僚家庭，幼孤贫，青年时代在定林寺跟著名学者僧佑生活了十多年，帮僧佑编定佛教经藏，还认真学习儒家书籍，可能也读了不少历代文学作品。《文心雕龙》的完成，是大约在齐和帝中兴元年（501）前后。书完成后，他装成卖书的人，守候在路边，等当时官居要职的文坛领袖沈约经过时将书呈上。沈约看后，大加赞赏，认为“深得文理”。到梁代，刘勰开始做官，任奉朝请，那是个有名无实的虚职，官阶很低，但当时做官却须经过这一级。其后做过藩王的记室（主管文书）、参军（管理粮食和武器的出入账目）、县令、昭明太子萧统的通事舍人（主管章奏）、步兵校尉（警卫方面的工作）等小官。后来出家为僧，法名慧地，不到一年就死了。

刘勰的思想受儒家和佛家的影响都很深。在《文心雕龙·序志》中他说自己：“齿在逾立，则尝夜梦执丹漆之礼器，随仲尼而南行。旦而寤，乃怡然而喜。大哉圣人之难见哉，乃小子之垂梦欤！自生人以来，未有如夫子者也！”对孔子非常崇拜。另一方面，他长期同和尚生活在一起，也颇受佛教的熏染。现存刘勰的著作除《文心雕龙》外，还有《灭惑论》（见《弘明集》），《梁建安王造剡山石城寺石像碑》，前者从哲学上阐述儒、佛两家“殊教安契”、“异经同归”的主张，后者是宣扬佛教威灵的，可见他也接受了不少佛教的思想。但在《文心雕龙》中所表现的主要是儒家思想。

《文心雕龙》全书共五十篇，按照各篇内容的性质，自《原道》至《辨骚》等五篇，阐明文学的本源，指出文学创作应取法的准则，作者称之为“文之枢纽”，是文学的总论。从《明诗》至《书记》等二十篇，论辨文体，作者对三十多种文体都探其源流，释其名称及含义，选择一些代表性作家及其作品，评论其得失，是文体论的探讨，也是前人创作经验的总结。从《神思》到《程器》等二十四篇，深入地分析了有关文学创作和批评的重要问题，系统地提出了自己关于这两方面的理论，是全书最主要的部分，最后一篇《序志》是总结全书的自序。六朝以前，我国的文化著作只有散篇，直到《文心雕龙》问世，才出现了第一部系统的理论著作，因此，章实斋称之为“勒为成书之初祖”。《文心雕龙》体大思精，组织靡密，结构谨严，不仅是我国古代文化也是世界文化的巨著，鲁迅曾经把它和西方古希腊亚里士多德的世界古代文化名著相提并论：“东则有刘彦和之《文心》，西则有亚里士多德之《诗学》，解析神质，包举洪纤，开源发流，为世楷模。”①

（二）刘勰的文学观

刘勰对文学上的许多根本性的问题，都作了详尽的阐述。《原道》探讨了文学的起源和功能，文章一开头就提出了文学原于道的主张：

文之为德也大矣，与天地并生者何哉？夫玄黄色杂，方圆体分，日月叠壁，以垂丽天之象；山川焕绮，以铺地理之形，

① 《诗论题记》，《鲁迅研究年刊》创刊号，陕西人民出版社 1979 年。

此盖道之文也。……傍及万物，动植皆文：龙凤以藻绘呈瑞，虎豹以炳慰凝姿；云霞雕色，有逾画工之妙；草木贲华，无待锦匠之奇。夫岂外饰，盖自然耳。至如林籁结响，调如竽瑟；泉石激韵，和若球锽。故形立则章成矣，声发则文生矣。夫以无识之物，郁然有采，有心之器，其无文欤？

这段话包含以下几层意思：一是文（泛指文采，包括文章、文学）作为道的表现是很普遍的。天地有文，万物有文，连林籁泉石也有文，作为万物之一有思想意识的人，当然也有文。二是文不是先天地而生，而是和“天地并生”，但“并生”之中还是有个主次先后问题，必须“形立”、“声发”，然后“章成”、“文生”。三是文是天地万物本身的表现，是客观的存在，不是人的主观意志的产物。

以上所讲的是“道之文”，即天地万物之文的产生，那么，“人文”即用文字记载的文章和文学作品又是怎样产生的呢？刘勰认为：“人文之元，肇自太极。”关于太极，有不同的解释，儒家古文学派的解释是，太极是天地未分前的混沌元气。在古文学派看来，天地未分，万物未形成之前，宇宙间只有元气存在。元气是物质性的东西，因而他们的宇宙构成论是以物质为第一因素的。那么，“人文之元，肇自太极”的具体过程又是怎样的呢？《原道》篇说：“故两仪既生矣，惟人参之，性灵所钟，是谓三才，为五行之秀，实天地之心。心生而言立，言立而文明，自然之道也。”照他看来，太极生两仪（天地），人与天地并生，是谓“三才”。随着人的产生，也就有了语言，随着语言的产生，也就有了文，这就是人文产生的过程。但是他又把人文的历史追溯到虚无缥渺的河图洛书，归之于“神理”，使他的文原于道的学说带有浓厚的神秘主义色彩。因而对于刘勰的世界观，学术界有不同的看法，有认为属于唯物的，有认为属于唯心的，有认为属于客观唯心主义——《原道》篇中的太极是绝对精神，也有认为属于二元论的，这还是个需要进一步研究的问题。

《原道》篇中还提出了文学“明道”的功能：“道沿圣以垂文，圣因文以明道。”道要圣人用文来显示，圣人用文来阐明道。圣，这里主要指文王、周公和孔子。“睿哲惟宰”，刘勰认为圣人最能体道，圣人之所以睿智，是因为圣人之心，最合天地之心。“道心惟微，神理设教。光采玄圣，炳耀仁孝。”自然之道是微妙的，圣人用光彩的文来宣扬仁孝的伦理道德。这样，天道就成为人道，作为天地万物的本原的道，也就成了儒家道德的道。圣人明道的著作是经，于是又提出“征圣”、“宗经”，向圣人和经书学习，从而写出“志足而言文，情信而辞巧”，“含华佩实”的作品，即思想感情能够充分表达，言语有文采，感情真实，文辞精美，又有文采又有内容的作品。刘勰“原道”、“征圣”、“宗经”的主张，既反对了当时文坛上轻思想重形式的绮靡文风，也反对了文学走回头路不重视文采的另一极端，但对圣人及其文章评价过高。须知圣人及其所明之道是有局限性的，他们不过是一定时代一定社会的代表人物，他们的文章也不是都“含华佩实”的，五经中很多东西谈不上“含华”，真正“含华佩实”的《诗经》中的许多作品，也并非圣人所作，而是民歌。

刘勰在《时序》篇里探讨了文学和现实的关系。他一方面提出

“文变染乎世情，兴废系乎时序”，时代对文学的重大影响。“世情”包括政治得失学术风气等。“时序”指时代变化。他举出一系列实例加以论证。远在尧舜时代，社会风气淳朴，人民心情愉快，就产生了《击壤歌》、《南风歌》一类和美的诗歌。西周末年和东周，政治黑暗，人民生活痛苦，就出现了《诗经》里的《板》、《荡》、《黍离》等作品。汉末建安时期，“世俗乱离，风衰俗怨”，就有“梗概而多气”的诗赋，从而得出结论：作家的思想感情受时代的影响，这种思想感情体现在作者笔下，就形成不同风格的文学作品。这个结论是符合实际情况的。

刘勰还指出，学术风气也是影响文学作品的社会因素，“中朝贵玄”，“流成文体”，东晋清谈成为风气，也影响创作。当时虽在乱世，而“辞意夷泰”，给创作带来了消极影响。又如战国时代屈原和宋玉辞藻华丽、内容和形式新奇的辞赋，受到纵横家游说喜用夸张、奇异、巧辨、动听的言辞的影响等。这是都是发前人所未发的创见。

在《物色》篇里，刘勰探讨了文学和现实关系的另一方面，自然对创作的影响。他指出“情以物迁，辞以情发”，外界的自然景物影响人的感情，由感情发为文辞。情和景密切结合，所以作家在创作实践中要“写气图貌，既随物以宛转，亦与心而徘徊”，既要贴切地描绘事物的情状，也要表达出作者对景物的感情，情景交融。文学创作是要得到“江山之助”的，但不能只求形似，而应该“志惟深远”，具有深远的情志，也要“善于适要”，善于抓住事物的要点。

“情以物迁”，刘勰首先肯定外界的景物引起思想感情的活动，物是第一性的，思想感情是第二性的，但作家在进入创作实践的过程中，“既随物以宛转，亦与心而徘徊”，是心物互动的过程，作家不是消极被动地反映景物，而是根据自己艺术构思的要求，在自然景物上印上自己独有的风格。刘勰的心物交融说不仅为魏晋南北朝著名文论家陆机、钟嵘等所未发，而且也是后来的论者所罕言的。

刘勰所处时代，正是山水诗兴起的时代，《物色》篇的创作，是我国山水诗创作的总结，对当时及以后以山水景物为题材的文学创作有着指导意义。

《情采》篇集中阐述了文学作品的内容和形式的关系，提出了不少深刻的见解，例如：

> 夫水性虚而沦漪结，木体实而花萼振，文附质也。虎豹无文，则鞹同犬羊，犀兕有皮，而色资丹漆，质待文也。

这里的质指情，情志；文，指文采。质和文的关系，正是内容和形式的关系。文附质，是说文学作品形式依附于内容，其关系像涟漪和花萼之依附于水和木一样，这不仅说明了内容和形式关系的密切，也接触到了内容决定形式的命题。文附质，是问题的一方面，另一方面是质待文，内容也需要一定的形式来表现，或者说，内容是需要通过优美的形式表现出来的。正像虎皮豹皮一样，如果没有花斑的形貌，就同狗皮羊皮一样；犀兕的皮要涂上丹漆显示色彩，才能更好地为人利用。这就是说，文学作品如果无“文”就不成为文学作品了。一篇内容正确的文学作品，如果没有文采，没有好的形式，是不能发挥作用的。言之无文，行而不远，文章有文采，艺术性高，才能流传久远。《情采》篇又说：

> 夫铅黛所以饰容，而盼倩生于淑姿；文采所以饰言，而辩丽本于情性。故情者文之经，辞者理之纬；经正而后纬成，理定而后辞畅；此立文之本源也。

铅粉和黛色是用来美化容貌的，而顾盼生情归根到底源于本来的美好风姿。辞是用来美化语言的，而文采照耀，却源于思想感情的真挚。所以情理即思想内容是文章的经线，文辞语言是文章的纬线，经线正了，纬线才能织上去，情理确定了，文辞才能畅达：这是写作的根本。这段话明确表述了内容决定形式的观点。文学作品既然是表达情志的，那么作家在创作实践中必须首先根据情志即内容，来考虑文辞即表现形式，情志起着主导作用，和形式相比较，它是第一位的。“繁采寡情，味之必厌。”如果本末倒置，辞采虽美，但是缺少真情实感，到头来一定令人生厌。基于这样的认识，刘勰主张“为情而造文”，反对“为文而造情”，并对当时重形式轻内容的文风进行了猛烈的批评。

总起来说，刘勰对文学的内容和形式的关系的观点是，文质并重，以质为主，既不赞成“华不足而实有余”，也反对“空骋其华”而主张“衔华而佩实”，即高度的思想性和完美的艺术性的统一。在一千多年前已达到这样的认识高度，不能不使人为之赞叹。

《通变》篇集中阐述了文学的继承和革新问题。通，会通，通观历代作品而求得规律；变，变化，革新。通变，指继承和革新。但为了纠正时弊，《通变》篇在论证过程中偏重于继承的一面，而《辨骚》篇则是通过以屈原《离骚》为代表的《楚辞》研究文学的变化的，因此要二文并读，才能全面理解刘勰关于继承和革新的观点。

刘勰认为文学创作既要有继承，又要有革新。《通变》篇说："设文之体有常，变文之数无方"，"名理有常，体必资于故实，通变无方，数必酌于新声"。文章的体裁及其创作原则是一定的，所以写某一体裁的文章时，一定要借鉴过去的作品，但文章的变化是无穷的，所以讲变化一定要创新。接着他以唐尧到刘宋的诗歌发展变化为例说：楚辞的形式是从周朝的诗歌中蜕化出来的，汉朝的赋和颂从楚辞中受到影响，魏代创作慕效汉朝的文风，晋代的辞章仰慕魏代的文采，但是黄帝唐尧时代的作品质朴而淳厚，虞舜夏禹时代的作品明晰而质朴，商周时代的作品华丽而典雅，楚汉时代的作品夸张而华靡，魏晋时代的作品浅薄而绮丽，以此证明文学创作存在着继承和革新的关系。但这只是从文体着眼，而《辨骚》篇则说：

> 故其陈尧舜之耿介，称汤武禹汤之祗敬，典诰之体也；讥桀纣之猖披，伤羿浇之颠陨，规讽之旨也；虬龙以喻君子，云蜺以譬谗邪，比兴之义也；每一顾而掩涕，叹君门之九重，忠怨之辞也；观兹四事，同于《风》《雅》者也。至于托云龙，说迂怪，驾丰隆，求宓妃，凭鸩鸟，媒娀女，诡异之辞也；康回倾地，夷羿彃日，木夫九首，土伯三月，谲怪之谈也；依彭咸之遗则，从子胥以自适，狷狭之志也；士女杂坐，乱而不分，指以为乐，娱酒不废，沉湎日夜，举以为欢，荒淫之意也：摘此四事，异乎经典者也。

同于《风》《雅》者，指继承；异于经典者，指革新。无论继承还是革新，都包括内容和形式，这就比较全面了。

文学创作，就其先后传承一面而言则为“通”，就其日新月异的变化而言则为“变”，这是一个矛盾的两个方面，应该统一起来，两者是分不开的。和《诗经》相比较，《楚辞》从内容到形式都变了，然而主张“宗经”的刘勰对《楚辞》却是充分肯定的，给予很高的评价：“乃《雅》《颂》之博徒，而词赋之英杰”，“虽取熔经意，亦自铸伟词”，“气往轹古，辞来切今，辞采绝艳，难与并能”，无论“述离居”、“论山水”、“言节候”，都和《诗经》不同，都有变化，都超过了《诗经》。《辨骚》一篇重点在变，提倡既要继承，更要像《楚辞》那样善于革新，富有创造性。

刘勰为什么这样重视革新呢？“变则可久。”因为只有变，只有推陈出新，文学才能不断发展，才能永存其美妙青春。没有创新，也就没有文学的发展。

在文学的继承和革新问题上，刘勰提出：“酌奇而不失其真，玩华而不坠其实”。“奇”、“华”指革新。真，唐写本作贞，是正的意思。反义为邪。两句的主要意思是革新要有正确的方向，不能走到邪路上去。他还提出“博览以精阅”，“宗经诰”，向书本学习，向经典学习。“望今制奇，考古定法”，看准当前形势，参酌古代杰作确定创作的法则。这些看法基本上是可取的，缺点是他还不懂得社会生活才是文学创作的唯一源泉，不懂得作家必须深入生活，从中汲取滋养来发展创作。他提倡向书本学习，向经典学习，这当然是应该的，但这是流，不是源。这是他的局限性。

（三）刘勰的创作论

刘勰的创作论散见于《文心雕龙》全书各篇中，《神思》、《风骨》、《定势》、《附会》、《通变》、《声律》、《练字》、《熔裁》、《比兴》、《总术》等篇尤为详细。对构思、风格、内容和形式、继承和革新、篇章结构、声律、比兴等都作了全面的论述。从这些内容看，他的创作论比前人丰富得多，并初步建立了自己的体系。内容和形式、继承和革新上文已有介绍，不再赘述。下面主要探讨他关于神思和体性的观点。

关于神思问题。《神思》是创作论的首篇，也是创作论的总纲。它从构思前的准备，讲到构思时的想象，由想象构成意象，由意象到语言，到作品的修改等，而以构思为主。神思，即艺术构思。文学作品和一般文章的区别主要在于艺术地再创造这一点上。艺术的再创造产生于作家的艺术构思，没有艺术构思，就谈不到艺术的创造，就不可能有艺术。关于艺术构思，司马相如认为“得之于内，不可得传”（《西京杂记》卷二）。把艺术构思提到理论上来论述的，陆机是第一人，但是他觉得“吾未识乎开塞之由”（《文赋》），弄不清一个作者的思路，何以在创作中时而畅通，时而闭塞。这些问题，在《神思》中得到了比较具体的解决。

《神思》首先肯定了构思过程中想象对文学创作的巨大作用，并论述了构思以前的准备，即构思的必要基础。作家在进行构思的时候，想象的翅膀可以“思接千载”，“视通万里”，不受时空限制，千载以上，万里之外，无所不及。“吟咏之间，吐纳珠玉之声；眉睫之前，舒卷风云之色”，当作家吟咏或注视着他所想象的丰富而生动的情景时，就像听到了珠玉般悦耳的声音，看到了风云般变幻的景色。正因为这样，作家所写的才不限于亲临目睹的身边事物，而可以根据创作的需要，拟构出优美而丰富的意象，创作出有别于一般文章的艺术作品来。也因为这样，艺术才可能有它广阔的天地、丰富的内容和强大的艺术感染力。

在阐述想象对文学创作的巨大作用时，刘勰还提出“神与物游”的创见。“神与物游”，即《物色》所说的当作家在进行艺术构思时，思想“随物以宛转”，外物亦“与心而徘徊”，作家的思想与外物密切结合，共同活动。这种“心物交融”说，多少接触到了形象思维的特点。

想象不受时空限制，但又不是漫无边际的胡思乱想。“神居胸臆，而志气统其关键”，神奇的想象在作者心中，思想是掌握它活动的关键。想象在思想的统辖之下，才能在主题范围内飞腾。想象既然受到思想的统辖，那么要把想象运用到构思和创作上，就有个思想修养和能力锻炼的问题。“陶钧文思，贵在虚静，疏瀹五藏，澡雪精神。”刘勰强调作家在酝酿文思时“贵在虚静”。“虚”是不主观，“静”是不躁动。要清除心理的成见，保持精神纯净。因为有了主观成见，就不可能看到外界的真实情况；心情躁动，感情用事，就不可能深入细致地考察和思考，就会妨碍文思，妨碍想象，写不出好的作品。“虚静”之外，还要“积学以储宝，酌理以富才，研阅以穷照，驯致以怿（杨校作绎）辞”，即作家要像储存珍宝一样积累学识，要明辨事理以充实自己的创作才能，要参照自己的阅历以求认清事物的真相，要像抽丝一样研究语言，以求准确熟练地运用语言。刘勰把这四个方面作为艺术构思的必要准备，是比较全面的。他不仅要求作家有丰富的学识，还要有明辨事理的才能，还要参照生活经历，而且对语言有深湛的研究。只有这样，作者虚构而成的意境和意象才不致违背事理常情，才能用文辞恰当地表达出来。

接着，作者进一步阐述文学创作由想象到形成意象的问题，提出了“规矩虚位，刻镂无形”。当作者开始构思时，心中涌现出各种各样的思绪，这时还没有一个中心思想，作品的内容还没有形成，所以说是“虚位”，在构思过程中，作者逐渐对“无形”的思想赋以具体的形态，把尚未定型的意象精雕细刻出来。艺术构思的作用就是“规矩虚位，刻镂无形”，就是使无形为有形，化抽象为具体。这是文学创作的独特手段，也是文学创作的基本特征：把作家的思想感情，通过具体形象，经过精雕细刻的艺术加工，创造出形象鲜明，生动感人的艺术作品。

随后，作者又提出文思和表达问题。“神思方运，万涂竞萌”，“登山则情满于山，观海则意溢于海”，“方其搦翰，气倍辞前”，想象活动开始时，各种各样思绪纷至沓来。想到登山，情思里充满山的景色，想到观海，意想中涌起海的风光，好像文思泉涌。刚拿起笔，气势也非常旺盛。但是文章写成，却“半折心始”，和开始想的打了个对折，这是为什么呢？“意翻空而易奇，言征实而难巧也”，文思凭空想象，容易设想得奇特，但语言比较实在，难以像文思那样运用得巧妙。作者在这里强调了语言表达能力的重要性。

关于体性问题。体，体貌；性，个性。体性是讲体貌和个性的关系，即文章风格和作家个性的关系。风格，是一个艺术家在创作中所表现的思想内容和艺术形式的统一的艺术特色，《文心雕龙·体性》是我国最早论述艺术风格的专著，《明诗》、《风骨》、《通变》、《时序》、《定势》等篇也都涉及这个问题。刘勰对风格的剖析，内容丰富，见解深刻，是一份值得重视的遗产。

风格是怎么形成的呢？为什么每个作家会有不同的风格特色呢？《体性》一开头就说得十分清楚：

> 夫情动而言形，理发而文见，盖沿隐以至显，因内而符外者也。然才有庸俊，气有刚柔，学有浅深，习有雅郑，并情性所铄，陶染所凝，是以笔区云谲，文苑波诡者矣。

这段话有两层意思，一是从文学创作本身内容和形式关系上说明作者的个性特征和文学表现特色必然是一致的。因为文学创作是作者内心有了情感冲动，才借语言表达出来，由内而外，由隐而显，这就从根本上说明了作品风格和作者个性的关系。二是说明由于作者天赋和环境习染的不同，他们的才华、气质、学识和习性也就不同。这种不同，表现在创作上就形成了无限多样的不同的艺术风格。

刘勰考察了文学中许多著名作家及其作品，认为大都如此，如贾谊才气英发，所以文辞洁净而风格清新；司马相如性格狂放，所以说理夸张而辞采过多；扬雄性格沉静，所以内容含蓄而意味深长；刘向性情平静，所以文辞志趣明白而事例广博；班固文雅深细，所以文体绵密而思想细致……所有这些，无不“表里必符”。

刘勰的观点基本上是正确的。“风格就是人”，这是十八世纪法国的布封在《关于文章风格的演说》中的名言，然而早于布封一千多年前的刘勰已经提出了相似的看法。

刘勰把文章风格分为八种：一是典雅，特点是向经书学习，走儒家的道路；二是远奥，特点是文辞含蓄而有法度，多谈道家哲理；三是精约，特点是语言简练，分析精细；四是显附，特点是文义显扬，说理令人满意；五是繁绣，特点是辞采繁富，光华四溢；六是壮丽，特点是议论高超，文章卓异；七是新奇，特点是追求新颖怪异；八是轻靡，特点是轻浮无力，内容空泛，趋向庸俗。这只是概括了当时作家作品的基本趋势。刘勰在具体论述作家作品时，剖析极细，名目纷繁，这说明八体之中，每一体还可以有更细的分别。

刘勰还认为艺术风格的形成，除了作家个性这种主观因素之外，还有客观因素，如文体因素，时代因素。同一作家在写不同体裁的作品的时候，会显示不同的风格。这是由于不同文体从其自身出发，要求作者顺应文体本身所需要的风格，如《定势》所说的"章表奏议，则准的乎典雅；赋颂歌诗，则羽仪乎清丽；符檄书移，则楷式于明断；史论序注，则师范于核要；箴铭碑诔，则体制于宏深；连珠七辞，则从事于巧艳：此循体而成势，随变而立功者也"，要求作者依照不同文体，构成不同风格，从而取得良好效果。但文体只是规定结构的类型和作品风格的基本轮廓，不同作家由于创作个性的差异，在写同一体裁作品的时候，仍会显示他所独有的风格和共同基础，所以这只是异中之同。

刘勰还认为时代也是形成艺术风格的因素，《时序》就是论述时代和风格关系的专著。他阐述了上古至两晋的文风流变，结论是"文变染乎世情，兴废系乎时序"。就以同一文学体裁的作品来说，不同时代也会显示不同的风貌。以歌谣为例：唐尧时代，道德高尚，世风淳厚，产生了朴素的民谣；虞舜时代，政阜民暇，心乐声泰，文有雍容之美；禹汤文武德盛，则多歌功颂德之作；幽厉昏暴，出现了《板》《荡》之类愤怒之诗；平王式微，出现了《黍离》之类哀怨之音。这些都表现了时代影响之下文学风貌的同一性。但是同中有异，不同的作家由于创作个性差异，还是有其区别于其他作家的独特的文学风格的。

除了以上所述，影响文学风貌的，还有阶级的因素，国家的因素，民族的因素，流派的因素等，但是刘勰都没有涉及，这是他的局限。

（四）刘勰的文学批评论

文学批评是《文心雕龙》的一个重要内容，除了在论辨文体探讨创作问题时对涉及的作家作品有所批评外，作者更以许多专篇如《知音》、《才略》、《程器》等，从各方面加以论述。

《知音》着重阐述了文学批评的标准和态度问题，文章奇峰突起，一开头就深沉感慨："知音其难哉！音实难知，知实难逢，逢其知音，千载其一乎！"这里作者分析了"知音难"，即要对作品有深刻理解正确剖析所以难的原因，一是"音实难知"，由于文学作品本身的复杂性，它不像分辨麟凤和麏鹿野鸡、珠玉和砾石之类具体事物容易，何况还有人在阳光之下把麒麟当麏鹿，把野鸡当凤凰，把夜光璧当怪石的呢！二是"知实难逢"，能对文学作品有深刻理解正确剖析的评论家难逢。接着，作者列举了文学批评史上种种错误态度：人们常常囿于成见，或贵古贱今，或崇己抑人，也有些人，"信伪迷真"，这些人学识浅薄是够不上谈文的，却也信口雌黄，当然会把劣质货物看做优质产品。另外是"知多偏好，人莫圆该"，人们的爱好多有所偏，不能全面地观察问题。由于个人的偏爱，有的爱好音调慷慨，有的爱好内容含蓄，有的爱好文采清丽，有的爱好文辞奇诡，合乎口味的就加赞美，反之则贬抑，在这种错误的态度之下怎么会有正确的文学批评呢？最后作者以“酱瓿之议，岂多叹哉！”作为《知音》第一段文章的结尾，担心著作被认为毫无价值而用来覆盖酱瓮，这难道是多余的感叹吗？《梁书·刘勰传》载，《文心雕龙》“既成，未为时流所称。勰自重其文，欲取定于沈约，约时贵盛，无由自达，乃负其书，候约出，干之于车前，状若货鬻者。约便命取读，大重之，谓为深得文理，常陈诸几案”。《知音》第一段之所以写得如此感慨系之，如此深沉，显然和刘勰的亲身遭遇有关。

但是刘勰又认为，尽管“音实难知”，深刻理解并正确评价文学作品却不是不可能的。为此，他正面提出了文学批评的主张：首先，批评者要提高自我修养。“操千曲而后晓声，观千剑而后识器”，会演奏一千首曲子的自然懂音乐，观察过一千把剑的，自然能识剑。过去有的批评者由于学识浅薄，“信伪迷真”，为人嗤笑，所以批评者“务先博观”只有经过广泛的观察学习，提高了鉴别能力，才能鉴别真伪，正确而全面地评价作品。

其次，要掌握批评标准。刘勰提出了“六观说”，即六条批评标准。一是“观位体”，看根据表达的思想内容所确定的文体风格是否合适；二是“观置辞”，看作品的遣词造句；三是“观通变”，是否能既借鉴古人，又有创新；四是“观奇正”，看或奇或正的表现手法；五是“观事义”，看引证典故是否贴切，是否丰富了作品内容；六是“观宫商”，看作品声律是否和谐优美。这里要说明的是，“六观说”往往被误解为是刘勰关于文学批评标准的全部内容，其实这只是他批评标准的部分内容，他在《宗经篇》还提出“六义说”，即好的文章应该具备的六个特点。一是“情深而不诡”（感情真挚而不偏邪）；二是“风清而不杂”（教化意义纯正而不混杂）；三是“事信而不诞”（所写事物真实而不虚假）；四是“义直而不回”（意义正确而不歪曲）；五是“体约而不芜”（语言简练而不繁杂）；六是“文丽而不淫”（文辞华丽而不过分）。“六义说”既是刘勰对创作的要求，也是文学批评的六个标准。

刘勰的批评标准显然是把内容和形式结合起来的，“六义说”既有内容的要求，也有形式的要求，“六观说”主要讲形式，与下文要阐述“观文者披文以入情”的观点有关。

最后，具体做法上要“披文以入情”。刘勰对文学作品主张文质并重而又把内容放在首要地位，所以说：“缀文者情动而辞发，观文者披文以入情。”从创作角度看，是先有了思想感情的冲动，然后用文辞来表达；从文学批评的角度看，却是从形式入手来探讨内容。它不仅说明内容在创作和批评中都占重要地位，而且从创作过程和批评过程的关系中，说明了文学批评的基本方法和原理。刘勰认为过去许多文学批评的缺点是“未能振叶以寻根，观澜而索源”，即只停留于表面的文，而未能深入到情。这里的“叶”、“澜”指作品形式，“根”、“源”指作品内容。因此他提出了“披文以入情”和“沿波以讨源”的主张。

刘勰认为批评者如果既能够“无私于轻重，不偏于憎爱”，又能够提高自我修养，并掌握“六义”、“六观”的批评标准，采取“披文以入情”的方法，就能够“平理若衡，照辞如镜”，像天平一样称量内容的高下，像镜子一样照见文辞的美恶，文章优劣就显出来了。

刘勰的批评论内容丰富全面，他对古典文学批评理论的建立是有贡献的。

三、钟嵘的《诗品》

《诗品》以五言诗为评论对象，是《文心雕龙》之后又一部具有独创性的文学批评名著。作者钟嵘，字仲伟，颍川长社人，官至晋安王记室。其生卒年据王达津考定为468—518年，大致合乎实际。《诗品序》说“不录存者”，其中所评沈约卒于梁天监十二年(513)，据此可确定《诗品》成书当在天监十二年以后，比《文心雕龙》至少要晚十多年。

钟嵘在《诗品序》中说当时诗坛创作风气是“庸音杂体，人各为容”，“终朝点缀，分夜呻吟，独观谓为警策，众绪终沦平钝”，一味讲究用典和声律而忽视内容。批评界则是“随其嗜欲，商榷不同。淄渑并泛，朱紫相夺，喧议竞起，准的无依”，对诗歌的评论，各以个人的喜爱为依据而无正确的标准。因此，他“感而作焉”。他写《诗品》的目的是为了纠正时弊，给诗歌的创作和评论树榜样，立标准。

《诗品序》是全书的重要组成部分，对于诗歌的一些根本性问题，钟嵘提出了值得注意的看法和主张。

钟嵘认为自然界和社会生活是诗歌的本源：

若乃春风春鸟，秋月秋蝉，夏云暑雨，冬月祁寒，斯四候之感诸诗者也。嘉会寄诗以亲，离群托诗以怨，至于楚臣去境，汉妾辞宫；或骨横朔野，魂逐飞蓬；或负戈外戍，杀气雄边；塞客衣单，孀闺泪尽；或士有解佩出朝，一去忘返；女有扬蛾入宠，再盼倾国。凡斯种种，感荡心灵，非陈诗何以展其义？非长歌何以骋其情？故曰："诗可以群，可以怨。"

这段话阐述了自然和社会生活特别是社会生活对诗歌的作用。孔子说"诗可以兴，可以观，可以群，可以怨"，钟嵘则突出了"群"和"怨"。封建社会中，被压迫、被损害的人们的痛苦生活，是产生文学的土壤，钟嵘能注意到这些事实，并主张以诗歌来反映，通过个人的抒情以表达遭遇相同者的情绪，从而使读者认识社会的面貌。这样观点，在作诗偏重形式的齐、梁时代，是有重大的进步意义的。

在诗歌的内容和形式的关系上，钟嵘主张文质并重。他认为诗歌必须"干之以风力，润之以丹彩"，必须要有充实的内容和华美的文采。因此，在古代诗人中他最推崇曹植，理由是曹植的诗"骨气奇高，词采华茂，体被文质"。这显然是想通过曹植那样的诗歌，针砭当时只重视文采而忽视内容的弊病。但是他在不少场合，还是更强调辞藻的华美。例如他对玄言诗的批评，说是"理过其辞，淡乎寡味"，远不如刘勰所指斥的"世极迍邅，而辞意夷泰"（《文心雕龙·时序》）那样能从反映现实的角度着眼。又如他认为刘桢的诗"气过其文，雕润恨少"，其实刘桢的作品并非缺乏文采，语言比较朴素正是他的优点。

钟嵘十分重视诗歌的自然美。他认为诗歌必须“自然英旨”（鲜美）。这一主张具体地表现在反对用事繁密和过于讲求声律方面。齐梁之际，骈文高度发展。作为骈文形式因素之一的用典之被诗人刻意讲求，正是骈俪文风在诗歌创作上的反映。钟嵘在《诗品序》中指出这种情况，并提出他的看法：

> 若乃经国文符，应资博古；撰德驳议，宜穷往烈。至乎吟咏情性，亦何贵于用事？“思君如流水”，既是即目；“高台多悲风”，亦惟所见；“清晨登陇首”，羌无故实；“明月照积雪”，讵出经史。观古今胜语，多非补假，皆由直寻。……大明、泰始中，文章殆同书抄。……尔来作者，浸以成俗。遂乃句无虚语，语无虚字，拘挛补衲，蠹文已甚。但自然英旨，罕值其人。

钟嵘并非一概反对用典，他反对的是在诗歌创作中大量用典。他认为诗的用途在抒情，应该用新鲜明朗的语言直接表达。如果大量运用典故，必然会损伤生动鲜明的感人效果。但是当时的诗风是句句用典故，字字讲出处。这样，创作时就受到束缚，其作品也必然零碎，窒碍难懂，奄奄无生气。这是完全正确的。

对于过于讲求声律，他反对得尤为激烈。《诗品序》说：“余谓文制本须讽读，不可蹇碍，但令清浊通流，口吻调利，斯为足矣。”钟嵘认为诗歌创作应该讲求音律美，诗歌应该音节和谐，自然流畅，朗朗上口，但如果过分讲究声病，必然“文多拘忌，转伤真美”。由此可见，钟嵘主张的是诗歌要有自然的音节美，他所反对的是过于讲究声病而伤真实，这是正确的。问题是他走到了另一个极端，连四声的区别也加以拒绝，说“平上去入，余病未能；蜂腰鹤膝，闾里已具”，对王融、沈约等探讨声律，使诗歌的格律更为完整的努力也加以否定，这就未免偏激了。

钟嵘在诗歌创作问题上提出了“滋味说”。上文提到钟嵘重视诗歌的“群”“怨”，这就决定了他对诗歌的另一要求，认为好的诗歌必须是有滋味的。什么是诗歌的滋味呢？他认为应该是“指事造形，穷情写物，最为详切”。详，指描写的细致；切，指描写的深刻。那么，怎样才能达到这个要求呢？他说：

> 故诗有三义焉：一曰兴，二曰比，三曰赋。文已尽而意有余，兴也；因物喻志，比也；直书其事，寓言写物，赋也。宏斯三义，酌而用之，干之以风力，润之以丹彩，使味之者无极，闻之者动心，是诗之至也。若专用比兴，患在意深，意深则词踬。若但用赋体，患在意浮……

这就是说，赋比兴三者并重，做到言近旨远，形象鲜明，有风力，有藻采，含蓄而流畅。使“味之者无极，闻之者动心”，这才是诗歌中的极品。

钟嵘从重味的观点出发，在诗歌的形式上，他并不赞成采用“文约”的四言和“文繁”的骚体，而极力主张五言，因为“五言居文词之要，是众作之有滋味者也”。

《诗品》全书将汉魏至齐梁的一百二十二位诗人分为上、中、下三品（上品十一人，中品三十九人，下品七十二人），分别评论了他们的五言诗的特色和渊源，常有精到的见解。例如他评左思的诗是“文典以怨，颇为精切，得讽喻之致”，很切合左思的《咏史诗》等作品的精神风貌。对陶渊明是“文体省净，殆无长语，笃意真古，辞兴婉惬”，“世叹其质直”，极为中肯。钟嵘评诗，常和作者身世及社会情况联系起来，知人论世。例如他评刘琨：“琨既良才，又罹厄运，故善叙丧乱，多感恨之词。”这样，刘琨“善为凄戾之词，自有清拔之气”的原因，也就使人易于理解了。他评郭璞的《游仙诗》是“词多慷慨，乖远玄宗……乃是坎壈咏怀，非列仙之趣也”，深入诗人的心灵，揭示了他真正的创作意图，于读者理解诗旨是很有裨益的。

钟嵘评论诗人的艺术特色时，往往用生动形象的比喻，间或叙述有关的创作故事。例如评谢灵运山水诗：“名章迥句，处处间起，典丽新声，络绎奔会。譬犹青松之拔灌木，白玉之映尘沙，未足贬其高洁也。”还叙述了作者因梦见谢惠连而得“池塘生春草”这一名句的故事。又如评范云、丘迟诗则说：“范诗清便宛转，如流风回雪，丘诗点缀映媚，似落花依草。”

对诗人及其作品概括地作总结性的评点，运用比喻等诗化的语言，间或插叙有关的创作故事，这种写作方法为后代诗话著作开了先河。清人何文焕辑印《历代诗话》就以钟嵘《诗品》冠首。

钟嵘把作家分为上、中、下三品，以区别作品的高下，但在品次之间，有明显不恰当的。例如把陆机放在上品，而把陶渊明放在中品。他指出陆诗“咀嚼英华，厌饫膏泽，文章之渊泉也”，说明陆诗以学问见长，这是不合他“自然英旨”的主张的；他又指出陆诗“伤直致之奇”，也不合他“诗语要直寻”的主张，而陶诗则相反，但囿于重辞藻的世俗之见，他还是违背自己的主张，把陆机放在上品，而把陶渊明放在中品。又如把鲍照放在中品，曹操放在下品，也是不公正的。这些偏差的出现，或者是囿于世俗之见，或者是作者对于所评论的作品的思想内容及其高度的艺术成就认识不够，也是因三品评高下的方法本身的缺陷带来的。这一点他自己也有所觉察，他曾在对张华的评语中就说过“今置之中品，疑弱，处于下科，恨少”的话。

钟嵘在说明作家作品的传承关系时，指出某家诗源出于某某。但是一个作家承受前代的影响是多方面的，不可能只在某一方面，充其量只能说受某方面的影响较大。他把作家作品的传承关系看得太简单了。而且有的地方，他所指出的某某和某某的传承关系，使人无法理解。例如说潘岳、张协都源出于王粲，而王粲又源出于李陵，但是从总的风格看，很难找出他们彼此之间有明显的相似之处。又如说陶渊明的诗源出于应璩，就历来为人疵病。

附：虚字诠要

人们常说，虚字（词）在各类书面语中，都起着“关键脉络的作用”，事实确是这样，特附虚字诠要如下，以资参鉴。

历来讲虚字的书，有专篇讲释的，有结合析句或选文兼释的，收字或多或少，讲释或详或略，书作不下百种。收虚字最多的，要算杨树达的《词诠》；逐字用例、细大不捐、悉数铺陈的，当推裴学海《古书虚字集释》和胡吉宣《玉篇校释》相关部分。其间失于疏略者有之，言多而不要其中者亦滋甚。“之”字用法列七十八种之多，“于”字用法列四十二种之多，茫茫字海，读者殊觉难得枢要。吕叔湘有鉴于此，驭以现代学科方法论，就近二百个文言虚词，去芜存精，钩玄取要，揭其规律，明其理据，奏画龙点睛之效。讲释百余虚字之全文仅万余，较之某些鸿篇巨制，对初学者来说，可谓以少胜多，事半功倍，为同类书作之上乘。面对事实，笔者自度无另述必要，以转录吕作为胜。吕著《文言虚字》全书一百五十五页，列为该书附录之一的十四页，占全书十分之一篇幅，今转录于本书，为便于笔画统摄，字序作了数十处更动，个别字例酌删（如俾、寖、浸），固无伤大体。至于虚字范围广及某些实词，有其历史缘由，未可与现代汉语虚实划界等量齐观。

一　画

一（壹）　1）一概，全都（曹参为相，凡事一遵萧何约束）。　2）竟（不意其懦怯一至于此）。　3）真是，实在：**一似**（子之哭也，一似重有忧者）；**一何**（上有弦歌声，音响一何悲）。

二　画

乃（迺）　1）你的（竖儒！几败乃公事！）　2）是（此书乃后人伪作）；实在是（我非知君者，知君者乃苏君也）；原来是，表示出于意料之外（至拜大将，乃韩信也）；是，解释原因（乃官吏畏事，故为此说，非真有其事也）。　3）就，于是（中原大乱，乃南渡江）。　4）方才，然后（有此父乃有此子）。　5）竟，表示出于意外（名父乃有此不肖之子）。　6）**乃至**：以至，一直到了（琴棋书画，骑射拳棒，乃至医卜星相，无所不学）。

几（幾）　1）兼有现代“几”和“多少”的用法，不限于可计数的事物（若作三千人食者，已有几米？），也不限于较小的数（将军度羌虏何如？当用几人？），后面可以不跟名词（畏首畏尾，身其余几？）。　2）jī 几乎，差点儿（竖儒！几败乃公事）。　3）**几曾**：何尝（几曾识干戈？）。

三 画

与（與） 1）和，跟，连词（鱼与熊掌，不可得而兼）。 2）和，跟，对，介词（与士卒共甘苦；不如早与之绝）。 3）给（以低利之借款放与农民）。 4）与其（与人刃我，宁自刃）。 5）同“欤”。

也 这是文言里用得最多的一个语气助词，跟现代的“也”（你十五岁，我也十五岁）没有关系，跟早期近代语的“也”（我去也）也没有关系，大体上近于现代的“啊”。 1）用于判断句句尾（项籍者，下相人也；孺子可教也）。 2）表示解释的语气：说明是怎么回事（山肴野蔌，杂然而前陈者，太守宴也）；说明原因或理由（剖竹以代瓦，以其价廉而工省也）；说明结果（饮少辄醉，而年又最高．故自号曰醉翁也）。 3）加强肯定或否定的语气（环滁皆山也；未之闻也）。 4）表示疑问（何也?）。 5）表示感叹（以一钱之微而死三人，吁，可悲也!）。 6）表示禁止语气（君如知此，则无异于民之多怨望也）。 7）用在句中，表示停顿（向也不怒而今也怒，何也？大道之行也，天下为公；祈祷也，祭告也，忏悔也，立种种事神之仪式）。

已 1）太，过（其细已甚，民弗堪也）。 2）已经（老父已去，高祖适从旁舍来）。 3）后来，常与“而”连用（废以为侯，已又杀之；已忽不见；已而释之）。 4）语气助词，大略同“矣”（吾知其无能为已）。

凡 1）一切，所有（凡今之人，莫如兄弟）。 2）总共，都（在途凡三十五日）。

亡（wú） 1）同“无”。 2）同“否”。 3）**亡其：**抑，还是（秦之攻赵也，倦而归乎？亡其力尚能攻，爱王而不攻乎?）。

之 1）这个（之子于归，远送于野）。 2）作宾语用的代词，指人（＝他），指物（＝它），也指事（吾爱之重之，愿汝曹效之；姑妄言之姑妄听之；无之；总之；均之）。　3）的（是谁之过欤？虎狼之国；丧家之犬）。　4）加在句子的中间，取消句子的独立性（余之识君，且二十年）。　5）用在倒置的宾语和动词的中间（父母唯其疾之忧）。

于（於）　1）在，表动作的静境（遇之于涂；君生于光绪壬寅年；此非可于道路言也；余于次年始人中学），注意文言的“于……”多数放在谓语动词之后。　2）表动作的趋向，到（世世秘其术，不传于外：百有余年于兹矣）；给（寓书于其友，假而观之）；现代无相当的介词（是不亦近于以五十步笑百步乎？难民之结群过江者几于五日无之）。　3）从（家贫无书，每假借于藏书之家；而卒赖老仆脱之于难）。　4）由于（生于忧患，死于安乐）。　5）被（善战者致人，不致于人）。　6）对于（有损于人而无益于已；口之于昧也，有同嗜焉）。　7）　比（苛政猛于虎）。　8）在……方面（其民勇于私斗而怯于公战）。　9）**于是：**这就（于是饮酒乐甚）；这才（然后知吾向之未始游，游于是乎始）。

四　画

为（為）　1）2）3）10）wéi，其余wèi。　1）是（尔为尔，我为我）。　2）做（山树为盖，岩石为屏）；变做（高岸为谷，深谷为陵）。　3）被（不为酒困）。　4）给，替（为天下兴利除害；善为我辞焉）。　5）因为（天不为人之恶寒山辍冬；樗栎虽大，匠者不顾，为其无用也）。　6）为了（正确地使用祖国的语言，为语言的纯洁和健康而斗争）。　7）对，向，和（不足为外人道也；道不同不相为谋）。　8）**为之：**因此（昂首视之，项为之强）。　9）**所为：**　为5）（此有识之士所为长叹息者也）；为6）（无所为而为者，不考虑个人利害之谓也）。　10）**何以……为：**做什么（匈奴未灭，何以家为？即要家做什么?）。

无（無）　也作毋，尤其是2）3）9）。　1）没有。　2）别，

表禁止（无道人之短，无说己之长）。　3）等于“不”，用在表示使令，得能，愿欲，即令，庶冀，比较等意思的句子（我不欲人之加诸我也，吾亦欲无加诸人；可以取，可以无取，取伤廉；夜行者能无为奸，不能禁狗使无吠己也；彼不能自使其无死，安能使王长生哉？今币重而言甘，诱我也，不如无往）。　4）**无以**：无所以……之物，之道（某生无以答；初学于其乡之画工，终其技，师无以为数）。　5）**无何**：无几何时（无何，至醉者之家）。　6）**无奈（……何）**：同现代“无奈”（闻匈奴中乐，无奈候望急何）。　7）**无乃**：只怕（许之而不予，无乃不可乎）。　8）**无亦**：只怕（汝无亦谓我老耄而舍我）。　9）**无宁**：宁可（不自由，无宁死）。　10）**无为，无事**：不必，不值得（子当立志复仇，无为俱死也；某于义不得不死，诸君无事空与此祸）。

勿　比较无2）、3）。1）等于“无之”（无友不如己者，过则勿惮改；救赵孰与勿救）。　2）后起的用法，等于“无”（闻毁勿戚戚，闻誉勿欣欣）。

夫　1）这个，那个（夫人不言，言必有中；君独不见夫朝趋市者乎）。　2）语首助词，用在议论开端的时候（夫人必自侮，然后人侮之）。　3）语末助词，表感叹（悲夫！逝者如斯夫）。

方　1）正在（国家方危）。　2）刚才（方出城门，便逢骤雨）。　3）方才（用久方知）。

及　1）和（阴以兵法部勒宾客及子弟）。　2）到了（吾所以有大患者，为吾有身；及吾无身，吾有何患）。　3）乘（彼众我寡，及其未济击之）。4）来得及（时促，未及遍观）。

从（從）　1）同现代“从”（有一人从桥下走出；公等皆去，吾亦从此逝矣）。　2）向（从昆弟借贷，犹足为生，何至自苦如此；从所识索一饭之资）。 3）听凭（鸳鸯绣取从君看，不把金针度与人）。

比（bì） 1）到了（有托其妻子于其友而之楚游者，比其反也，则冻馁其妻子）。 2）频，连（比年伤水灾；间者数年比不登）。 3）近（比来不审尊体动止何似）。 4）比比：每每（郡国比比地动；比比然也）。

少 1）些，点儿（楼下有少酒，与卿为别）。 2）稍微（可以少安）。

止 只（止可远现，不足近玩）。

曰 是，列举时用（曰水，曰火……；一曰水，二曰火……）。

云 1）语末助词，多数有“据说如此”意（闻其言不见其人云）。 2）**云云**：如此如此（何子之言云云也）。 3）**云何**：如何，为何（不有舟车，云何得达）。 4）**云尔**：A 如此（安乐令栾弘……赋诗见赠，答之云尔）；B 而已（公明仪曰：“宜若无罪焉。”曰：“薄乎云尔，恶得无罪?”）；C 焉，只用在一篇之末（惧或乖谬，有亏大雅君子之德，所以战战兢魏，若履深薄云尔）。

兮（xī） 舒缓语气的助词，多见于韵文，用在句末和句中（归去来兮！田园将芜胡不归？力拔山兮气盖世）。

乌 哪儿，岂（齐楚之事又乌足道哉?）。

见 1）被（苏武使匈奴，见留二十年）。 2）有代“我”字的作用（家叔以余贫苦，遂见用于小邑＝用我）；间或也代第三身（恐帝长大后见怨）。

五 画

乎 1）表疑问，与“吗”相当（许子必种粟而后食乎，可以人而不如岛乎）。 2）表疑问，与“呢”相当（且夫发七国之难者虽乎，滕，小国税，间于齐楚：事齐乎？事楚乎）。 3）表推测，常兼感叹，与“吧”

相当（此君小异，得无是乎，泰山其颓乎！梁木其坏乎！哲人其萎乎）。　4）表感叹，与“啊”相当（惜乎。子不遇时！嗟乎，子卿）。　5）表呼而告之，与“啊”相当（天乎，吾无罪）。　6）表语中停顿（焕乎其有文章；于是乎有黠者出，乘机施其枝）。　7）等于“于”（是所重者在乎珠王而所轻者在乎人民也）。

以　1）拿，用（哑者以手为口；以理喻之，喻之以理）。　2）把（尔以我为可侮乎？乃以所乘马赠之）。　3）因为（未尝以贫废学；其地多云雾，以四界逼于高山也）。　4）依（众客以次就坐；园有门，以时启闭）。　5）在，关于时日（余以八月十九日返，而君以中秋后一日行，终不得一晤）。　6）表示目的（继续努力，以求贯彻）。　7）表示结果（发愤忘食，乐以忘忧）。　8）表示方式与情态，与“地”或“着”相当（呱呱以啼，哑哑以笑；谈笑以死；白衣冠以送之）。　9）连接两个形容词（其责己也重以周，其待人也轻以约）。　10）从……往（六十分以上为及格；五岭以南，古称百粤）。　11）**以至**：一直到了（自王公卿相以至工艺杂流，凡有名者皆留像于馆）。　12）**以故**：所以（世皆称孟尝君能得士，士以故归之）。

且　1）将要（积资且千万）。　2）暂且（我醉欲眠卿且去）。　3）尚且，连……都，多用于两件事情比况句（明日且未可知，况明年乎?）。　4）连接两个形容词，又……又……（邦无道，富且贵焉，耻也）；常和“既”连用，见“既”2。　5）一边……一边……（且歌且饮，旁若无人）。　6）连接选择问句，抑，还是（敌之不进为畏我耶？且有所待也?）。　7）并且，而且（公语之故，且告之悔；邀之未必来，且来亦何济于事，……且君侯何不思昔者也？有昔者必有今日）。

弗（fú）　1）等于“不之”（得之则生，弗得则死）。　2）后起的用法，等于“不”（后家居长安，长安诸公莫弗称之）。

未 1）没有，不曾（未之闻也；君言竟未？吾亦欲有所言）。 2）不（人固不易知，知人亦未易也；又见于“未可”“未必”）。 3）**未几**：没有多少时候（初习法语，未几而改习英语）。

由 1）从（由此观之，爱之适以害之也）。 2）归（设理事五人，由会员共推之）。 3）因为（由此杨氏与郭氏为仇）。

用 1）拿，凭（卫青霍去病亦以外戚贵，然颇用材能自进）。 2）因（用此，其将兵数困辱）。 3）**何用，焉用**：为什么（何用弗受也；邻之厚，君之薄也，焉用亡郑以倍邻？）

令 倘若（令冬月益展一月，足吾事矣）。

可 1）能（无可奈何）。 2）可以（可去矣）。 3）用于命令句，“可以”之意甚少（吾今日不喜饭，可具粥）。 4）该（但可遣人问讯，不足自往）。 5）大概（年可十六七）。 6）**可得**：能（可得闻欤）。

宁（寧） 1）宁可（与其害于民，宁我独死；宁人负我，无我负人）。 2）宁可，用于选择句（人之情，宁朝人乎，宁朝于人也？）。 3）岂，难道，用于反诘句（居马上得之，宁可以马上治之乎）。 4）可，用于真牲问句（质通达长者也，宁有子孙不）。

正 1）恰好（正唯弟子不能学也）。 2）只（莫作孔明择妇，正得阿承丑女）。 3）即，即使（正使死，何所惧？况不必死耶）。

只（衹、秖、祗） 1）适足以，徒然（虽杀之，无益，祗益祸耳）。 2）后世常用来代“止”，作“只”讲（所部衹二百人）。

他 1）别的（子不我思，岂无他人，于是沛公乃夜引兵从他道还）。 2）别的东西（他无所取），别的事情（王顾左右而言他），别的缘故（无他，专心而已），别的用心（闭门谢客，以示无他）。 3）**其他**：同2）。

尔（爾） 1）你。 2）那个（尔夜风恬月朗）。 3）然，那么样（贵土风俗何以乃尔乎，诸葛亮见顾有本末，终不尔也）。　4）然，形容词语尾（子路率尔而对；夫子莞尔而笑）。　5）而已，罢了（吾军亦有七日之粮尔，尽此不胜，将去而归尔）。　6）近似“呢”字的语气（用臣之谋，则今日取虢而明日取虞尔）。　7）尔许：那么些（此鼠子自知不能保尔许地也）。

六　画

伊　1）那个（所谓伊人，在水一方），后世专以“伊人”为怀想中的女子。　2）通俗文言中代词，他（我就伊无所求，我实亦无可与伊者）。　3）**伊谁：**谁。

此　这个，指人（此壮士也），指物（贤者亦乐此乎），指地（予居于此，多可喜，亦多可悲），指时（盖风习移人，贤者不免，百有余年于此矣），指事（此所谓归人之仁也）。

如　1）像（文如其人；爱民如子；如此；如故；如下）。　2）像，举例用（常绿树如松、杉，落叶树如槐、柳）。　3）形容词的语尾，同“然”（三月无君，则皇皇如也）。　4）假如（如耻之，莫若不为）。　5）**如此，如是：**这么样（其愚如此；如是其难也）。　6）**如何：**怎么（究应如何办理，伫候明教）。　7）**如之何：**怎么样（竭力以事大国，则不得免焉，如之何则可）。　8）**如……何：**怎么样（不能正其身，如正人何？＝如何正人），把……怎么样（君如彼何哉）。

而　“而”字是文言用得最多的一个连词，所连接的两个部分可以是两个词，也可以是两个句子；可以是顺在一边，可以是互相背戾，还可以是既不相承，也不相背。1）顺接，两个形容词（语其浅而近者如此），两个动词（觉而起，起而归），两个句子（价廉而物美）。　2）转接，等于“但是”，两个形容词（东道夷而远，西道险而近），两个动词（知其不可为而力之），两个句子（价靡而物不美） 3）连接表方式或情态的词语于动同，和“地”或“着”相当（侃侃而谈；默尔而笑；攀援而登；不劳而获）。 4）连接时间副词于动词（已而复如初；既而悔之；俄而客至；久而习与俱化；始而喜，继而疑）。 5）连接用如副词的名词于动词（朝而往，暮而归；一日而行千里；一言而决）。 6）连接各种副同性短语于动词（由小而知大；自古而然；为利而来；人才以培养而出）。 7）从……往（宜昌而东，江行平地；今而后吾不复言矣）。 8）到（自小学而中学而大学；一而十，十而百；小而一家。大而一国，莫不有其特有之问题）。 9）用在主语和谓语的中间，有“可是”的意思（匹夫而为百世师，一言而为天下法）。 10）用在主语和谓语的中间，有“要是”的意思（人而无志，终身无成）。 11）**而已**：罢了（江山之外，第见风帆沙岛，烟云竹树而已；夫子之道，忠恕而已矣）。 12）形容词语尾（颀而长兮；已而，已而）。 13）你的（苦归，试从容问而父）。

自 1）自己，副词性，现代说“自己骗自己”，文言只用前一个“自”字，如“自欺”（夫人必自侮，然后人侮之）。 2）从（有朋自远方来；自古至今）。 3）连，虽然（自京师不晓，况于远方）。 4）附在“故、正、终、犹”等副词后，本身无显明意义（此儿故自可人；正自不易言；终自有尽时）。 5）**自非**：除非（自非圣人，外宁必有内忧）。 6）**自余**：除此以外（自余文人莫有逮者）。

至 1）极（其理至浅，何以不达?）。 2）到，一直到，指方所，有时加“于”（上至公卿士夫，下至贩夫走卒；东至于海；至于犬马，皆能有养）。 3）到了，指时间（至日中，所期不来；至死不悟）。 4）到了，指程度，有时加“于”（后之亡者多至数十百人；深怀忧惧，至废寝食；至于废寝而忘食）。 5）到了，另提一事，有时加“于”（诸将易得耳，至如信者，国士无双；至于日常事务，一以付之属吏）。

因 1）依，顺着（因山构屋；因势利导）。 2）由……居间（魏使人因平原君请从于赵）。 3）因为（因前使绝国功，封骞博望侯）。 4）因此，于是，就，有时加“而”字（及至颓当城，生子，因名曰颓当；避仇至沛，因家焉；草木为之含悲，风云因而变色）。

会（會） 1）恰好遇着（抵罪远戍，数年会赦，乃归）。 2）会当：总得要（男儿居世，会当得数万兵千匹骑着后耳）。

有 1）（yòu）又（是后六十有五年，而山戎越燕而伐齐）。 2）**有以：** 有所以……之物，之道（杀人以梃与刃，有以异乎？王语暴以好乐，暴未有以对也；惟足下有以督教之）。

并（並、竝） 1）一同（诸侯并起）。 2）都（卜之，并吉）。 3）连同（并前在京所得，共三千余册）。 4）连……也（厌疾奢侈者，至于并一切之物质文明而摒弃之）。

则 这是文言里用得很多的连词，和“而”字比较起来，“而”字是圆的，软的，“则”字是方的，硬的。 1）表两事在时间上的联系，跟“就”字相当（诸儿见家人泣，则随之泣；叩其门，则其妻应声出）。 2）表因果或情理上的联系，跟“（要是……）就”相当（凡物热则涨，冷则缩）。 3）原来是，原来已经（就而视之，则赫然死人也；及诸河，则在舟中矣）。 4）表两事对待，但不一定两句都用，跟重重地说的“是”字相当（衣则不足以蔽体，食则不足以充腹；人皆好逸而恶劳，我则异于是；量则多矣，质皆不佳）。 5）用于“此、是”等字之后，跟“就是”相当（此则言者之过也，是则贪多务得而不求其精之故也）。

许 1）附数词之后表约数，“来”（可容三千许人；留饮十许日）。 2）**少许：** 一点儿；**多许：** 许多：**几许：** 多少。 3）**尔许，如**

许：如此（“许多”就是“尔许多”之省）。 4）**何许**：何处（不知**何许**人）。

设 假使（设中途有变，何以善其后？）。

亦（yì） 1）同现代“也”。 2）也就是，只是（王亦不好士耳！何患无士？子击因问曰：“富贵者骄人乎？且贫贱者骄人乎？”子方曰：“亦贫贱者骄人耳。”）。

耳 1）而已，罢了（前言戏之耳）。 2）呢（诸将易得耳，至如信者，国士无双；若虽长大，好带刀剑，中情怯耳）。

行 1）将（日月易得，别来行复四年）。 2）且（既痛逝者，行自念也）。

安 1）哪儿，何处（王室多故，予安逃死乎？汝安从知之）。 2）哪儿，如何，多数用在“得、能、可、敢”等字的前头（君安得高枕而卧乎？吾亦欲东耳，安能郁郁久居此乎）。

岂（豈） 1）难道，表反诘（岂有此理；虽曰天命，岂非人事哉）。 2）难道，表测度性的疑问（家岂有冤，欲言事乎）。

七 画

何 这是文言里应用最广的疑问代词，兼有现代“什么、为什么、怎么、哪儿”等用处，结合语很多。 1）什么（内省不疚，夫何忧何惧？以此攻城，何城不克）。 2）为什么（彼丈夫也，我丈夫也，吾何畏彼哉）。 3）怎么（子在，回何敢死）。 4）怎么，感叹（何子之不达也）。 5）哪儿（轸不之楚，何归乎）。 6）**何者，何则**：为什么，用于自问自答（何者？功多，秦不能尽封，田以法诛之：何则？皆不欲齐秦之合也）。 7）**何如，何若**：怎么样，用作谓语（读书之乐乐何如？吾欲东家食而西家宿，何如？我视君何若）。 8）**何如**：用在比较的两个事物中间（与秦地何如勿与？长安何如日远）。 9）**何以：**拿什么，怎么样（虽然，何以报我？不为者与不能者之形何以异）。 10）**何以，何为：**为什么（德、日，美之敌国，何以扶植之若此？战胜未可必，何必战）。 11）**何自，何由，何从：**从哪儿，怎么样（乱何自起？起不相爱；何由知吾可也？若不中辨，何从得直）。 12）**何可，何得，何足，何须，何必，何至，何尝：**“何”都作问情理的“哪儿”讲：“何至”，哪儿要弄到；“何尝”，哪儿（何尝有此言？=哪儿有过这个话）。 13）**何……之有：**有什么……的（何难之有，何不利之有）。 14）**何有：**A 哪儿有……的道理（将军何有当尔？何有乱头养望，自谓宏达耶）；B 何难之有（能以礼让为国乎，何有）；C 何爱之有（除君之恶，唯力是视、蒲人狄人，余何有焉）。

况（況） 何况，常与“而”连用，上句又往往有“尚、且、犹”等字相呼应（此不足以欺童子，况我辈乎？困兽犹斗，况一国之民乎？死且不惧，况未必死乎？天地尚不能久，而况于人乎）；注意文言只用在问句，不用在现代用“况且”（=而且）的地方，文言在这种地方一般用“且”字。

矣 “矣”字是次于“也”字而应用最广的语气助词。这两个字的分别，简单地说，“也”字是静性的，表示本然之事，“矣”字是动性的，表示已然或将然之事，即经过一番变动而成之事。大多数“矣”字和现代的“了”字的语气相当。1）表已然之事，有“已经”的意思（晋侯在外、十九年矣；险阻艰难，备尝之矣；民之情伪，尽知之矣）；有“现在”的意思（孺子可教矣）。 2）表将然之事，或是说话的人自己宣告的（夜半，客曰：吾去矣），或是根据目前事态估计的（天下从此多事矣），或是假设的结果，多与“则”字呼应（民为邦本，民困则国危矣）。 3）表感叹，在句末者（交友之道难矣），在句中者

（甚矣，人之不可以无耻也）。 4）用于命令句（先生且休矣，吾将念之）。

每 1）个个（每人而悦之，日亦不足矣）。 2）各逢（每一念至何时可忘?）。 3）**每每：**往往，常常（埴欢无复娱，每每多忧虑）。

更 1）再，又，否定句多于肯定句（即日行事，不更计议；孟尝君有一狐白裘，入秦献之昭王，更无他裘；欲穷千里目，更上一层楼）。 2）更加（洗脂除粉，转更妩媚）。 3）递互（九卿更进用事）。

抑 1）还是，用于选择问句（敢问天道乎，抑人故也）。 2）可是（若圣与仁，则吾岂敢，抑为之不厌，诲人不倦，则可谓云尔已矣）。

犹（猶） 1）像，跟……一样（吾今日见老子，其犹龙邪）。2）尚，还（其民犹有先王之遗风；蔓草犹不可除，况君之宠弟乎）。

但 1）只（不闻爷娘唤女声，但闻黄河流水鸣溅溅）。 2）只是，但是（无他，但手熟尔）。

足 常与“以”字连用。 1）够（是四国者，专足畏也；适足以结怨深仇，不足以偿天下之费）。 2）**不足：**不值得（公幸有亲，吾不足以累公；竖子不足与谋）；不必（不足为外人道也）。

否（不） 1）称代性否定词（晋人侵郑以观其可攻与否＝不可攻？二三子用我，今日；否，亦今日＝不用我）。 2）用于反复问句后，古多作“不”（尊君在不；春初得书，寻即裁谢，不审得达否？如此则动心否乎）。 3）否定的应答词，与“然”相对（“许子必织布而后衣乎?”曰：“否”）。

纵 即使（纵江东父兄怜而王我，我何面目见之）。

欤（与） 句末语助词，用法跟“乎”1）至4）相同。1）表疑问，与“吗”相当（子非三闾大夫欤？何故而至此）。 2）表疑问，与“呢”相当（吾言之而听者谁欤）。 3）表推测兼感叹，与“吧”相当（孝弟也者，其为仁之本与）。 4）表反诘兼感叹（可不慎与）。

讵（渠、巨） 岂哪儿（讵可便富贵骄人？沛公不先破关中，公巨能入乎），常与"庸"连用，见"庸"2）。

即 1）就是，用在主语和表语中间（梁父即楚将项燕）。 2）就，表时间连接（岁余，高后崩，即罢兵）。 3）就，表上下两事相因，与"则"2）同（先即制人，后则为人所制）。 4）就在，下接表处所词语（天子使者持大将军印即军中拜车骑将军青为大将军）。 5）就在，下接表时间词语（项羽即日因留沛公与饮＝当日；贼素闻其名，即时降服＝当时）。 6）假使（所贵于天下之士者，为人排患释难，解纷乱而无所取也；即有所取者，是商贾之人也）。 7）即使（仆即无状，何至认贼作父？）。

八 画

其 1）那个（其地无井泉，恃雨水为饮）。 2）他的，用在名词前（工欲善其事，必先利其器）。 3）意义同上，但用在动词或形容词前，在现代语里说"他"比"他的"更合适（见其生，不忍见其死；鸟，吾知其能飞）。 4）其中之（其一能鸣，其一不能鸣；孔融幼时，与诸兄食梨，取其小者）。 5）殆，大概，恐怕，表测度或拟议（知进退存亡而不失其正者，其唯圣人乎）。 6）可，表命令或劝勉（子其有以语我来！尔其无忘乃父之志）。 7）还是，用于选择问句（诚爱赵乎？其实憎齐乎）。

彼 1）那（我欲易之，彼四人辅之，羽翼已成，难动矣）。 2）那个（由是观之，在彼不在此；彼亦一是非，此亦一是非）。 3）那个人，他（彼必自负其材，故受辱而不羞）

所 这是文言里特有的一个指示词，加在动词之上而指受动之物。 1）有受动的名词（牛所耕之田，牛所耕田＝牛耕的田；所读之书，所读书＝读的书）。 2）无受动的名词，"所"字兼有代词性质（目之所见，耳之所闻；目所见，耳所闻＝眼睛看到的，耳朵听到的；所见所闻＝看见的，听见的）。 3）**为……所**：合起来跟“被”字相当（月氏为匈奴所败，乃远去）；但“火药为中国所发明”=是中国发明的。 4）**何所**：所……者为何，译成现代语可以不理会这个“所”字（问女何所思？=姑娘，你想什么，何所见而云然？=你根据什么说这个话）。 5）**无所**（女亦无所思=不想什么；终其身无所成=没有成就个什么；不廉则无所不取，不耻则无所不为=什么都要，什么都做得出）。 6）有所（有所恃而无恐=有个什么可倚赖；人必有所不为，而后能有所为=必得有不肯做的事，才能做出点儿事）。 7）**所以**：跟现代语里的用法不同，应特别注意。A“所以……”等于“……的缘故”（人类之所以为万物之灵者，尚智而不尚力也；人类尚智而不尚力，此其所以为万物之灵也）；B“所以……”等于“拿来……的东西”（所以自奉者甚薄；所以维系之者惟一时之利害耳）。

初 1）头一回（初至一地，必问民俗）。 2）当初（初，吏捕条侯，条侯欲自杀，夫人止之）。 3）才（天下初定未久）。 4）本来，从来，专用在否定句（初不中风，但失爱于叔父，故见罔耳；恨见君晚，群臣初无是言也）。

非 不是（子非鱼，安知鱼之乐）。

宜 1）应该，表合宜（是宜为君，有恤民之心；止可少尝，不宜多食）； 2）应该，表测度和拟议（帝问：“天下谁爱我？”曰：“宜莫如太子”）。 3）似乎（宜若无罪焉）。

定 1）确实（闻陈王定死，因立楚怀王孙心为楚王）。 2）到底，毕竟（卿云“艾艾”，定是几“艾”）。

审（審） 1）真的（高喜曰：吾王审出乎？泄公曰：然）。 2）如果（王审用臣之议，大则可以王，小则可以霸）。

固 1）坚，硬（朱公欲遣少子，长男固请欲行）。 2）本来（臣固知王之不忍也)。 3) 本来如此，是啊，应对之词(固也，吾欲言之久矣)。 4) 固然(成固所愿，不成亦可以自勉)。

果 1) 果然(趋而视之，果其子也)。 2) 究竟，用于疑问句(客果何为者?)。 3) 如果(果能此道矣，虽愚必明，虽柔必强)。

尚 1) 还(赵王使使者视廉颇尚可用否；如仆，尚何言哉！尚何言哉！禽兽尚知合群，而况人乎?)。 2) 命令语气助词(呜呼，尚飨)。

使 假使(使天下无农夫，举世皆饿死矣)。

或 1) 有，多与“未”字同用(有一于此，未或不亡；自古以来，未之或失也)。 2) 有人(或谓孔子曰：子奚不为政)。 3) 有的(凡六出寄计，或颇秘，世莫能闻也)。 4) 或者，也许(或数年不至，或一年数来)。

苟 1) 苟且，马马虎虎(临财毋苟得，临难毋苟免)。 2) 姑且，不过(苟自救也，社稷无损，多矣)。 3) 假如(苟得其养，无物不长)。

奈 1) 奈何：A 怎么(男儿死耳，奈何效新亭对泣耶?)；B 怎么办(食尽援绝，奈何? 祸成矣，无可奈何矣)。 2) **奈……何：** A 把……怎么样，怎么对付他(此皆上圣，无奈下愚子何)；B 叫……怎么样，怎么安顿他(吾君老矣，国家多难，伯氏不出，奈吾君何? 虞兮，虞兮，奈若何?)；C 怎么办(其言信美，奈国人不信何? =国人不信，奈何)。

弥(彌) 1) 连，用于时日(盗贼起，弥年不定)。 2) 满，遍(茂林修竹，弥望皆是)。 3) 越发，愈加(退而修诗书礼乐，弟子弥众)。

若 1) 你(若归，试从容问而父，然毋言吾告若也)。 2) 这个，那个(君子哉若人)。 3) 这么样，那么样(以若所为，求若所欲，犹缘木而求鱼也)。 4) 像(山有小口，仿佛若有光；其人视端容寂，若听茶声然)。 5) 形容词语尾，同“然”(桑之未落，其叶沃若)。 6) 若是，假如(王若隐其无罪而就死地，则牛羊何择焉?)。 7) 至于，常与“夫”字连用（若仆，则形格势禁，言之无益也；若夫为不善，非才之罪也）。 8）或是（以万人若一郡降者，封万户）。 9）**不若**：不如（与其哀不足而礼有余也，不若礼不足而哀有余也）。 10）**若此，若是**：同“如此，如是”。11）**若何**：怎么（此非国家之利也，若何从之）。 12）**若之何**：怎么样（寇深矣，若之何）。 13）**若……何**：把……怎么样（无若群臣何）。

者 1）的（黄冈之地多竹，大者如椽，爱人者人恒爱之，敬人者人恒敬之；君子务知大者远者，小人务知小者近者；得骏马日行千里者二）。2）样，件（鱼与熊掌，二者不可得而兼；此数者，用兵之患也）。 3）**谁……者**（君即百岁后，谁可代君者？=可代君者谁）。 4）**……似的**（叩之不应，若未闻也者；吾视郭解状貌不及中人，言语不足采者）。 5）用于语词后，表停顿（古者，言之不出，耻躬之不逮也）；待解释（风者，空气流动而成）。 6）用于小句后，表停顿（客如复来见者，吾必唾其面）；待解释（不即言者，有所待也）。

诚 1）真，当真（嗟乎，利诚乱之始也，沛公诚欲倍项羽邪?）。 2）当真，如果（诚如父言，不敢忘德）。

九 画

既 1）已经（单于既立，终归汉使之不降者）。 2）又……（又……）（既能诗，又善画；既醉且饱）。 3）既然，为下文转折张本（吾辈既以壮士自许，当仗剑而起）。 4）**既而**：后来又（誓之曰：“不及黄泉，无相见也!”既而悔之）。

信 1）真的，果然（卜人皆曰吉，发书视之，信吉）。 2）果真，表假设（信能行此五者，则邻国之民仰之若父母矣）。

殆（dài） 大概，只怕（张仪天下贤士，吾殆不如也）。

相 1）互相（诸侯相送不出境）。 2）有替代“你、我、他”

的作用（当以一枚相赠＝送你；何不早相语？＝告我；生子无以相活，率皆不举＝养活他）。 3）相与：一块儿，共同（遂至承天寺寻张怀民，怀民亦未寝，相与步于中庭）。

独（獨） 1）一个人（吾何为独不然）。 2）只（子所言者，其人与骨皆已朽矣，独其言在耳）。 3）偏偏（今君独跨敝马孑孑而来）。 4）难道，用于反诘句，尤其在“不、无”等字前（君独不见文朝趋市者乎？公奈何众辱我，独无闲处乎？将军虽病，独忍弃寡人乎）。

某 1）代不知道的人名，或是失传（于是使勇士某者往杀之），或是泛概的替代（某式：某率于某顿首）。 2）代真实人名，为了避讳，或记载者图省事（师冕见……皆坐，子告之曰：某在斯，某在斯），因为师冕是个瞎子，所以孔子历举在座的人，但记下来只作“某”。 3）古时有自己称名的习惯，记下来也常作“某”，因此“某”又等于“我”（诸君赖遭某，故得有今日耳）。 4）用在表时间、处所或其他名词前（某时使公主某事，不能办，以此不任用公；具为区处，某所大木可以为棺，某亭猪子可以祭）。 5）**某甲，某乙**：代人名，同上1）2）。

适（適） 1）恰好（身中大创十余，适有万金良药，故得无死）。2）刚刚，只，多用于“适足以、适所以”（其知适足以知人过，而不知其所以过；所以为子孙者适所以祸之）。 3）**刚才**（适启其口，匕首已陷其胸）。

爰（yuán） **乃，于是**（爰伸笔濡墨而记之）。

垂 快要（吾年垂六十；垂暮抵家）。

复（復） 1）又，再，重新（遂入关，收散兵复东；虽舜禹复生，弗能改已）。 2）**亦复**：也还（亦复不恶）。

皆 都（故言富者皆称陶朱公）。

甚 1）很（惧者甚众矣）。 2）利害（太后曰："丈夫亦爱怜其少子乎？"对曰："甚于妇人。"太后笑曰："妇人异甚。"对曰："老臣窃以为媪之爱燕后，贤于长安君。"曰："君过矣，不若长安君之甚"）。 3）**甚至：**甚而至于，表程度之极甚（甚至夜不安眠）。

是 1）这个（诚哉，是言也！币厚而言甘，是诱我也＝这个（是）……。 2）用在倒置的宾语和动词的中间，常和"唯"字同用（惟余马首是瞻；唯利是视）。 3）**是以：**因此，所以（见其生不忍见其死，闻其声不忍食其肉，是以君子远庖厨也）。 4）**是故：**为了这个缘故，所以（其言不让，是故哂之）。

哉 1）表感叹，或在句中（异哉，此人之教子也），或在句末（小不忍而乱大谋，惜哉）。 2）表反诘，常与"岂"字同用（岂可人而不如鸟哉，秦以不闻其过亡天下，又何足法哉）。 3）表疑问，仍带感叹（君如彼何哉？强为善而已矣）。

耶（邪） 用法大致同"乎"字前三项。 1）表疑问，与"吗"相当（将军怯耶）。 2）表疑问，与"呢"相当（子何为者耶？傥所谓天道，是耶，非耶）。 3）表推测，与"吧"相当（先生所处之境其有与余同者耶）。

故 1）因为……的缘故（乱故，是以缓；财物丧失，贪无厌故），后一种句法多见于佛教经典。 2）所以（死亦我所恶，所恶有甚于死者，故患有所不避也）。 3）从前（燕太子丹故尝质于赵）。 4）故意，特地（我今故与林公来相看）。 5）与"自、复、应、当"等副词连用，本身没有多少意义（其人不足称，其诗故自佳；卿故复忆竹马之好否？故当是妙处不传；使真长来，故应有以制彼）。

虽（雖） 1）虽然（门虽设而常关）。 2）即使（虽鞭之长，不及马腹）。 3）连（苟非吾之所有，虽一毫而莫取）。 4）**虽然**：虽说如此（人生莫不有死，死亦何足惧？虽然，要不可以轻死）。

将 1）表未来之副词，或含意志作用，“打算”（君将何以教我？）；或不含意志作用，“要、会”（发愤忘食，乐以忘忧，不知老之将至；若不然，后将悔之无及）。 2）带领（自以为久宦不达，遂将家属客河东），早期近代语里“将”作“拿，把”讲，就是从这个意义变来的。 3）表选择问，“还是”（知其巧奸而用之邪，将以为贤也）。

矧（shěn） 而况（求其生而不得，则死者与我皆无恨也，矧求而有得耶）。

尝（嘗） 曾经（广尝与望气者王朔燕语，曰：自汉击匈奴，而广未尝不在其中）。

胡 1）怎么（人尽夫也，父一而已，胡可比也）。 2）为什么，多用于否定句（胡不下，吾乃与而君言，汝何为者也）。 3）**胡为**：为什么（此秋声也，胡为乎来哉）。

曷（hé） 1）几时（时日曷丧，予及汝偕亡！中心好之，曷饮食之）。 2）怎么（侠客之义又曷可少哉）。 3）**曷为**：为什么（曷为久居此围城之中而不去）。 4）岂（曷若是而可以持国乎）。

十 画

请 1）等于“我请你”（君请择于斯二者）。 2）等于“请你让我”（王好战，请以战喻）。

奚（xī） 1）什么（卫君待子而为政，子将奚先）。 2）为什么或谓孔子曰：子奚不为政）。 3）**奚以**：何以（奚以知其然也）。4）**奚自**：从哪儿（水奚自至）。

盍（hé） “盍”古音收 p，是“何”字受了“不”字的影响，暗变而成，所以只见于“不”字的前面，或是本身就等于“何□”。　1）见于“不”字前（盍不起为寡人寿乎）。　2）等于“何不”（盍各言尔志）。

匪　1）不是，同“非”（匪来贸丝，来即我谋）。　2）不（夙夜匪懈）。

倘（傥）　1）或者，也许（慎无多言，傥幸得脱）。　2）倘若（傥急难有用，愿效微躯）。

徒　1）只是（天下汹汹数岁者，徒以吾两人耳）。　2）徒然（于事无补，徒自苦耳）。

特　1）只是（臣之所见，特其小小者耳）。　2）只是，不过，有连接作用（此其属意非止此也，特畏高帝吕太后威耳）。

借（藉）　1）假使（借使子婴有庸主之材……秦之地可全而有）。2）即使，就算（人而无自治力，则禽兽也，非人也。借曰人矣，小儿也，非成人也）。

益　更加，愈（毛血日益衰，志气日益微）。

差（chā）　稍微，比较（山后有小径，往来差近）。

殊　1）极（丞相特前戏许灌夫，殊无意往，军皆殊死战）。　2）**殊不：**一点儿不；**殊无：**一点儿没有（孔明拜于床下，公殊不令止；奋战益力，殊无降意）。

容　1）或许（诸王子在京，容有非常，宜亟发遣，各还本国；求之密迩，容或未尽）。　2）可，该，只用在问句和否定句（父殁何容辄呼？事实昭彰，不容曲解）。

致　同“至”4）（浑沦而吞之，致酿成消化不良之疾）。

顾（顧）　1）反而（足反居上，首顾居下）。　2）只是（吾每念痛子骨髓，顾计不知所出耳）。

恶（wū） 1）哪儿（君子去仁，恶乎成名？为民父母行政，不免于率兽而食人，恶在其为民父母也）。 2）哪儿，跟“能、足”等字连用（先生饮一斗而醉，将恶能饮一石哉？虽有江河，恶足以为固）。 3）感叹词，表惊讶（恶！是何言也）。

莫 1）没有……的（女五嫁而夫辄死，人莫敢娶；乐莫乐兮新相知，悲莫悲兮生别离）。 2）没有人，没有东西（狂者伤人，莫之怨也；莫非命也，顺受其正）。 3）**莫……者**：同1）（及平长，可娶妻，富人莫有与者）；同2）（诸侯贵人争欲揖章，莫与京兆尹言者）。 4）**莫若**：不如（为君计，莫若早为之所）。 5）勿（劝君莫惜金缕衣，劝君惜取少年时）。

诸 1）“之于”合音（我不欲人之加诸我也，吾亦无欲加诸人）。2）“之乎”合音（有美玉于斯，韫匵而藏诸？求善价而沽诸）。 3）“之”字受后面“乎”字的影响，音变为“诸”（能事诸乎？曰：不能）。

十一画

率 大率，以此为常例（一岁中往来过他客，率不过再三过）。

旋 不久，只能紧接动词，不能用在主语之前（病旋已）。

脱 1）或许（事既未发，脱可免祸）。 2）倘若（脱有缓急，奈何？）。

惟 1）只（不惟许国之为，亦聊以固吾圉也）。 2）只是，但是，不过（霜又与雪之形状颇相类似，惟霜乃近地面空气中水汽之凝结而非由高空下降者）。 3）语首助词，常用在年月之前（惟二月既望，越六日己未，王朝步自周，则至于丰）。

唯 1）同“惟”1）（方今唯秦雄天下）。 2）表希望（寡君将率诸侯以见于城下，唯君图之）。 3）同“虽”（相如使时，蜀长老多言通西南夷不为用，唯大臣亦以为然）。 4）应诺之词（秦王曰：先生何以幸教寡人？范雎曰：唯，唯。若是者三）。

盖（蓋） 1）大概，语气较确实（吾闻之周生曰：舜目盖重瞳子）。 2）承接上文，解释原故，仍多少带点“大概”的意思（孔子罕称“命”，盖难言之也）。 3）用在一段话的头上，有很少的一点“大概”的意思（朕闻：盖天下万物之萌生，靡不有死；盖闻王者莫高于周文，霸者莫高于齐桓）。

辄 就，多表习惯性的行为（有一人徙之，辄予五十金，以明不欺；沛公不好儒，诸公冠儒冠来者，沛公辄解其冠搜溺其中）。

孰 1）哪一个（弟子孰为好学？战与和孰利）。 2）谁（孰能为我使淮南）。 3）什么（是可忍也，孰不可忍也）。 4）**孰与，孰若：**用在比较句，或有用为比较标准的形容词（战孰与和利），或无形容词，乃比较两事之得失，常与“与其”呼应（求人孰若求己？与其求人，孰若求己）。

第 1）只要，用于祈使句（君第重射，臣能令君胜）。 2）假使（公等遇雨，皆已失期，失期当斩；借第令毋斩，而戍死者固十六七）。

焉 1）等于“于之、于是”（晋国，天下莫强焉；爱其幽胜，有终焉之志）。 2）等于“之”（众好之，必察焉；众恶之，必察焉）。 3）哪儿，等于“于何”（人焉廋哉）。 4）哪儿，问情理，多用在“得”字前（又焉得不凉凉也哉）。 5）语助词，大体跟现代“呢”字相近（宅边有五柳树，因以为号焉；吾于足下有厚望焉）。 6）语助词，用在句中停顿处（少焉，月出于东山之上）。

庸 1）哪儿，岂（患难相从，庸可弃乎）。 2）**庸讵：**哪儿（多用在“知”字前）（庸讵知吾所谓知之非不知邪？庸讵知吾所谓不知之非知邪）。

3）无庸：不必，不用（窃为君计，莫若与民休息，无庸有事于民也）。

庶　幸而，或许，有连接作用，以下句表上句之目的（君姑修政而亲兄弟之国，庶免于难；后之人与我同志，嗣而葺之，庶斯楼之不朽也）。

假　假使，多与“令”合用（假令仆伏法受诛，若九牛亡一毛，与蝼蚁何异）。

得　1）能（卒得不死）。　2）可以，准许（五十分以上者得补考）。　3）**得无**：只怕，表测度（日食饮得无衰乎？得无难乎）。

十二画

斯　1）这个（斯人也而有斯疾也）。　2）这儿（有美玉于斯）。则，就（我欲仁，斯仁至矣）。

曾（céng）　1）曾经（虏曾一人，尚率车骑击之）。　2）简直，用于否定句（谁谓河广？曾不容刀；此两人言事，曾不能出口），或问句（何曾比予于管仲？＝为什么竟把我跟管仲相比）。

厥（jué）　1）其，那个（有其善，丧厥善；矜其能，丧厥功）；其，他（盘庚既迁，奠厥攸居，乃正厥位）。　2）乃（左丘失明，厥有国语）。厥后：其后（自时厥后＝从此以后）。

属　1）（shǔ）辈（雍齿尚为侯，我属无患矣）。　2）（zhǔ）适，巧（下臣不幸，属当戎行）。　3）（zhǔ），适，刚才（天下属安定，何故乎?）。

辈　1）用在代词和名词之后，等于“们”（情之所钟正在我辈；辈利吾家财）。　2）“此辈”等于“这些人”（右侯舍我去，令我与此辈共□）。　3）用在数字后，本来是集体的意义，略同“起”（诸使外国，辈大者数百，少者百余人……一岁中使，多者十余，少者五六辈），后世把它当□人、个”用（群儿结数十辈攻之）。

然　1）如此（知其当然而不知其所以然；有毅力者则不然）。　2）是，对，用作应答之词（此言有之乎？一然，有之），用作谓语（雍言然）。3）形容词语尾（欣欣然有喜色；油然作云，沛然下雨）。4）……似的（人之视己，若见其肺肝然）。 5）等于“然而”（书益多，莫不有，然学者益以苟简）。 6）然而：转折连词（饮食所以养身，然饮食无节亦足以伤身）。 7）**然则**：“既然如此，那么”（为善则中心□，为恶则无时不在畏惧悔艾之中，然则吾人又何苦不为善而为恶?）。

滋 愈加，越发（若是，则弟子之惑滋甚）。

遂 1）一直，到了（及归，遂不见；此人后生无比，遂不为世所称，亦奇事）。 2）于是，就（缪公用之，遂霸西戎）。

十三画以上

微 1）倘若没有（微管仲，吾其被发左衽矣）；即使没有（微子之言，吾亦疑之）。 2）非，不是（微我无酒，以遨以游；微君之故，胡为乎中露）。 3）稍微，隐约（微露其意；微闻其事）。

蔑（miè） 无（虽甚盛德，其蔑以加于此矣）。

靡（mǐ） 1）没有，无（靡事不为）。 2）没有人，没有东西，没有……的，用法同“莫”，但几乎限于“靡不”和“靡得”（万物萌生，靡不有死；其详靡得而记焉）。

后　记

拙著《南北朝的诗和散文》（署名金汉祥，山西人民出版社，1985）出版后，昔日同窗好友范敬宜、曹通衡等多有嘉许，责编宋金龙编审继约写《简明诗律》等陆续出版。时过不久，自视《南北朝的诗和散文》尚得增补加工，特别是“文”的部分谈得较少，尚待补述。20 世纪八九十年代之交，笔者应邀与季羡林、任继愈、钱锺书诸先生出席由当时澳门总督名义召开的“澳门东西方文化交流”国际学术研讨会议，有缘与诸先生谈及此书改写意图，深受诸先生教益与策励。如今同窗挚友、前辈良师皆已驾鹤，问学无从，多有缺憾，天丧斯文，不胜浩叹，然时贤虽已去，千载有余情，当严自律，不负雅望。

笔者 1993 年应聘为广东教育出版社顾问，并承韩国高校资深教授委托撰写《汉语学》，由广东教育出版社出版发行到韩国，随后，韩国庆南大学等又聘为特请教授，邀前去讲学，其间谈及文学书作，笔者许以奉赠《诗圣杜甫》、《南北朝的诗和散文》修订本请正，现在商务印书馆接稿《南北朝诗文雅析》（20 世纪 80 年代中期出版的《南北朝的诗和散文》改写本），得报高谊，欣喜无限。

拙著原先深得贤内助辛勤查阅积累资料倾心鼎助奠基，继得同窗金甲学长全面协调助写，更得商务印书馆专家锦注和大力帮助支持，笔者无限篆感！学海无涯，见识有限，不当之处，敬祈读者赐教。